MORTELLE TENTATION

DU MÊME AUTEUR
CHEZ LE MÊME ÉDITEUR

La Petite Fille du phare, 2018.

CHRISTOPHE FERRÉ

MORTELLE TENTATION

roman

l'Archipel

Notre catalogue est consultable à l'adresse suivante :
www.editionsarchipel.com

Éditions de l'Archipel
34, rue des Bourdonnais
75001 Paris

ISBN 978-2-8098-2721-7

Prologue

Quelques mètres après la bifurcation, l'homme commença à devenir bizarre. Le sentier était étroit, la pente s'accentuait, les cailloux roulaient sous les pieds. Elle était chaussée de sandales en cuir qui lui écorchaient la peau.

Elle s'arrêta et le regarda.

— Pourquoi tu m'emmènes ici ?

— Tu n'aimes pas la montagne ?

Il se colla contre elle. Ses yeux étaient froids comme la glace.

Elle sentit une menace.

Tout à l'heure, il s'était montré chaleureux. Souriant. Précautionneux. Attentif. Elle ne s'était pas méfiée. Pourquoi se serait-elle méfiée ?

Depuis qu'ils avaient dépassé un couple de randonneurs qui descendaient vers le parking, l'homme n'était plus le même.

— On va où ? demanda-t-elle d'une voix blanche.

— Au lac.

— Quel lac ?

— Tu verras bien.

— J'ai mal aux pieds. Je ne suis pas équipée pour la randonnée.

Elle portait une tenue légère. Sur son short hawaïen figuraient de grosses fleurs rouges. Ses jambes étaient nues, ses cuisses magnifiques. Ses cheveux blonds descendaient jusqu'à sa poitrine. Ses jolis seins pointaient derrière un T-shirt blanc moulant. Elle était belle et désirable.

Elle espéra croiser d'autres promeneurs, mais elle devina qu'il n'en serait rien. L'homme aussi le savait. Peu de gens venaient ici en octobre, surtout en semaine. C'était un mercredi. Un mercredi gris et venteux.

Une heure plus tôt, ils s'étaient garés sur le parking. D'une voix aimable, il lui avait proposé d'admirer la vue du haut d'un promontoire. « Un joli panorama sur les Pyrénées. Il faut suivre pendant trois cents mètres un petit chemin », avait-il murmuré. « Pourquoi pas ? » avait-elle répondu, un peu étonnée.

Après une marche éreintante, il lui avait annoncé de manière autoritaire qu'il fallait continuer. Elle n'avait pas voulu. Elle sentait que quelque chose clochait. La voix de l'homme avait changé. Son attitude aussi. Ses traits s'étaient durcis.

Il lui avait ordonné de tourner à gauche sur un sentier perpendiculaire au chemin principal. Il avait enfilé des gants en cuir qu'il avait sortis de la poche de son anorak.

— Tu as froid ? demanda-t-elle.

— On va cueillir des fleurs, il y en a plein par ici. J'adore les jolies fleurs.

L'homme lui empoigna la main gauche et la serra fort, comme s'il avait peur qu'elle ne s'échappe. Elle protesta.

— Tu me fais mal.

— Tais-toi !

Sa voix était devenue froide et cruelle.

De sa main libre, elle essaya d'allumer son téléphone portable, mais il le lui arracha et le mit dans sa poche.

Elle commença à crier. Il posa une paume sur sa bouche et pressa son corps frêle contre le sien, presque à l'étouffer.

— Reste tranquille.

Elle essaya de parler mais n'y parvint pas.

— Je te sens tendue, poursuivit-il, ironique.

Elle réussit, à force de mouvements de la tête, à dégager sa bouche. Elle lui mordit la main à travers le gant avec l'énergie du désespoir. Surpris, il relâcha son étreinte. Elle lui échappa et se mit à courir, mais ses sandales l'empêchèrent d'avancer vite. Elle regarda ses pieds. Ils commençaient à saigner. Pas une vraie hémorragie, juste de petites rigoles de sang qui tombaient goutte à goutte sur la terre. Elle trébucha.

Il la toisa d'un air moqueur.

— Qu'est-ce qui t'arrive, petite salope ?

Il avait dit « petite salope ». Elle n'en revenait pas.

— Tu es devenu fou ou quoi ? murmura-t-elle dans un sanglot.

— Mais non, c'est un jeu. Tu n'aimes pas ?

Elle avait quelques mètres d'avance sur lui. Pas grand-chose. Elle reprit son souffle et se releva.

Le paysage était magnifique. Elle se dit qu'en temps normal, avec de bonnes chaussures, ce devait être une balade agréable. En été, des familles venaient sûrement pique-niquer dans le coin mais l'été était loin, tellement loin. Le chemin était désert. Le vent soufflait en rafales tristes. Le brouillard s'accrochait aux sommets blanchis par les toutes premières neiges.

Elle aurait voulu rencontrer un randonneur, un berger, n'importe qui, se blottir contre lui, demander de l'aide, implorer.

Mais il n'y avait personne.

Elle détestait la montagne.

Elle préférait les ruelles de Toulouse, les petites ruelles qui sentaient bon le Sud, les restos sympas, les terrasses, l'église Saint-Sernin, la place du Capitole, le canal du Midi, le Pont-Neuf, la prairie des Filtres longeant la Garonne.

De nouveau, elle regarda l'homme. Elle ne pouvait pas faire demi-tour. Il lui barrait le chemin de sa masse virile.

Elle se dit qu'il voulait la tuer.

Il ne l'avait pas menacée de mort, à aucun moment, mais pour elle, c'était une évidence : il l'avait emmenée ici pour la tuer. Au début, il s'était montré sympa pour l'amadouer, la tromper. Maintenant elle était foutue. Elle le sentait de manière intuitive, sans pouvoir se l'expliquer. Elle devinait confusément qu'il avait ce désir-là, irrépressible. Ça se voyait à son attitude, à ses yeux. Elle avait le même pressentiment qu'une bête qu'on mène à l'abattoir. La bête n'a jamais vu d'abattoir, elle n'a jamais assisté à une mise à mort, mais elle sent instinctivement qu'on va l'assassiner, et elle panique.

La jeune fille se mit à trembler de tout son être. La peur de mourir la submergea. Elle ne voulait pas mourir. Elle voulait vivre coûte que coûte.

C'était la première fois qu'elle ressentait une peur si forte.

Elle reprit sa course éperdue.

Les lanières de ses sandales achetées au Monop' quelques jours auparavant et qu'elle n'aurait jamais dû enfiler ce matin lacéraient ses jolis pieds. La poussière du chemin était souillée de sang.

— Tu marches trop vite, hurla-t-il.

Elle regarda de nouveau le paysage immense. Elle espérait apercevoir un refuge, un gardien, n'importe qui. Quelqu'un qui appellerait les gendarmes. Le cauchemar prendrait fin. L'homme serait appréhendé. Elle rentrerait chez elle, rue du Périgord, dans le petit appartement qu'elle occupait en plein centre de Toulouse. Elle voulait revoir la ville rose qu'elle aimait tant. La montagne la faisait vomir.

L'homme la rattrapa juste après un rocher. Elle avait trébuché, n'avait pas réussi à se relever. Ses genoux étaient en sang. Son visage était en larmes.

— Tu as peur de quoi ? s'écria-t-il, un sourire odieux sur les lèvres.

Elle n'eut pas la force de répondre. Un cri plaintif s'échappa de ses lèvres. Elle rampa quelques mètres, mais elle n'alla pas bien loin.

Il la releva et la gifla. Une fois, puis deux, puis trois.

Elle sanglotait. Son visage était dévoré d'épouvante. Elle avait l'impression que ça le réjouissait.

Il l'entraîna plus loin, hors du sentier, derrière un bosquet. Elle perdit ses sandales et marcha pieds nus sur les pierres coupantes, sur la végétation épineuse. Elle essaya de s'enfuir mais il la gifla de nouveau.

Elle se mit à genoux et l'implora, les traits défigurés.

— Ne me tue pas, je t'en supplie.

— Pas tout de suite, ricana-t-il. Pas tout de suite ! Ne sois pas si pressée.

En deux gestes brutaux, il lui arracha son T-shirt et son short hawaïen.

— Quelle jolie poupée tu es ! Une poupée nue comme un ver. Un délice ! Vraiment dommage d'en arriver là.

Il avait peur qu'elle se mette à crier, qu'elle alerte des promeneurs. À cause de l'écho, la voix portait loin. Alors il s'approcha d'elle et la serra contre lui. Il plaça de nouveau sa paume sur la bouche de la jeune fille. Il ne voulait plus l'entendre. Plus jamais.

C'était la première fois qu'elle ressentait une telle panique. Ce fut aussi la dernière.

Elle tomba sur le sol, les yeux révulsés par la mort.

Première partie

LA PLUIE ÉTAIT TRISTE ET MONOTONE

Le vent avait soufflé sur Toulouse toute la nuit. La température avait chuté de dix degrés depuis la veille. Après les chaleurs estivales de septembre, l'automne était venu en quelques heures, surprenant tout le monde.

Alexia Chanez eut du mal à se lever. Elle ne savait pas pourquoi, mais elle avait mis un temps fou à s'endormir. Était-ce à cause du vent ? L'avocate était en charge d'un dossier compliqué, et hier soir, dans son lit, elle avait ressassé l'affaire en tous sens. Elle défendait un client indéfendable, coupable de violence avec préméditation sur sa femme et ses enfants. Un dossier lourd, scabreux. L'homme avait été laissé en liberté conditionnelle, faute de place en prison, avec interdiction formelle d'approcher les siens sous peine d'incarcération immédiate. Le procès devait avoir lieu le mois prochain et Alexia se demandait comment elle arriverait à défendre un individu qui l'écœurait : alcoolique et sadique. Mais après tout, c'était son job. L'avocat ne défend pas que des innocents. Il défend aussi des monstres.

Elle ouvrit rideau et volet donnant sur le jardin. Le matin était sombre. Des perles d'eau dégoulinaient le long du carreau. Elle espérait qu'un peu de lumière finirait par venir. Elle aimait la lumière du Sud. Elle détestait la pluie, le vent.

Elle entendit du bruit dans la cuisine. Son fils Kevin s'était levé avant elle. Un adolescent de treize ans brun qui ressemblait à son père. C'était le seul enfant que le couple avait réussi à avoir après plusieurs tentatives infructueuses. Il était l'enfant du miracle. Il n'y avait pas eu d'autre miracle. Alexia avait pensé qu'elle était devenue stérile. Elle en avait éprouvé un chagrin incommensurable.

Elle enfila une robe de chambre et rejoignit son fils dans la cuisine. Il terminait son petit déjeuner.

— Ça va chéri ? lui demanda-t-elle.

Elle regarda sa montre.

— Il est 8 heures. Dans quinze minutes, il faut filer à l'école.

— Papa revient quand ?

— Surprise !

— Je veux voir papa. Il me manque.

— Et moi, si je m'en allais, je te manquerais ? répondit-elle d'un air amusé.

Elle pensa à Peter, parti depuis vendredi, seul. Il avait pris quelques jours de vacances. L'ancien rugbyman du Stade toulousain devenu architecte d'intérieur restait un athlète de haut niveau. Il continuait à pratiquer ses trois sports favoris de manière intensive : le rugby au poste de pilier, le vélo tout-terrain, la randonnée en montagne. Peter était amoureux des Pyrénées. Il en avait gravi les principaux sommets.

L'année précédente, il avait suivi le GR 10 reliant l'Atlantique à la Méditerranée en solitaire. Il marchait vite et longtemps, parfois douze heures d'affilée. Il n'aimait pas calquer son rythme sur celui des autres. Il détestait attendre les randonneurs qui traînaient. Alexia l'avait accompagné plusieurs fois. Avec tendresse, il lui avait expliqué qu'elle n'avait pas le niveau pour le suivre. Ça l'avait un peu vexée, mais après tout, il avait raison, et ce n'était pas grave.

Elle se souvenait du jour où il était rentré de sa traversée des Pyrénées. Il avait le corps dur comme l'acier, le visage éclaboussé par le soleil. Il était magnifique, heureux. « Tu m'as beaucoup manqué, mon amour », lui avait-il dit en la serrant dans ses bras. Ils s'étaient appelés presque tous les jours. Alexia avait suivi sa progression sur des cartes : départ de la plage d'Hendaye sur l'Atlantique couturé de blanc, Saint-Jean-Pied-de-Port, Cauterets, Gavarnie, Luchon, Aulus-les-Bains, Arles-sur-Tech, Banyuls et la Méditerranée gorgée de soleil.

Elle l'enviait, elle l'admirait, elle le désirait. Elle était folle de lui. C'était l'homme parfait. Le héros. Elle aimait sa puissance, son équilibre, son corps, sa gentillesse. Sa bonté. Il était l'homme de sa vie, le seul. Elle ne pouvait pas se passer de lui.

— Papa fait encore une randonnée ? demanda Kevin.

— Il te l'a dit, non ? Il marche du côté de Superbagnères au-dessus de Luchon. Tu sais, là où on va skier.

En réalité, Alexia ignorait où il se trouvait. Superbagnères, c'était l'endroit d'où il était parti, mais depuis, elle ne savait rien.

— Bizarre de marcher en ce moment, s'écria l'adolescent. Il fait un temps dégueulasse.

— Ton père est un athlète. La pluie ne le dérange pas.

— Tu ne sais vraiment pas quand il revient ?

La question agaçait Alexia. Peter ne disait jamais à quel moment il rentrait au bercail. Il donnait toujours une fourchette. Il expliquait que la météo pouvait le faire changer d'itinéraire au dernier moment et que cette même météo expliquait qu'il progressait plus ou moins vite. De programme précis, il n'en définissait jamais à l'avance, il marchait selon la couleur du ciel, son humeur du moment, sa forme physique.

« Si je n'indique pas de jour pour mon retour, disait-il à Alexia, c'est pour éviter que tu t'inquiètes. »

En altitude, la solitude était sa seule compagne.

En cas de problème, il avait son téléphone, mais il n'y avait jamais de problème. Il agissait avec la plus grande prudence, la montagne n'avait pas de secret pour lui. Elle était son royaume, son âme.

Alexia venait d'avoir quarante et un ans. Une très belle femme. Des cheveux noir de jais. Un regard intense.

Elle s'assit devant sa table de travail, dans sa chambre, et alluma son ordinateur. Aujourd'hui, elle ne descendrait pas à son cabinet situé dans le centre de Toulouse. Elle laisserait son associé seul. De toute façon, ils avaient chacun leurs propres clients, depuis des années. Ce matin, elle devait traiter des dossiers urgents. Elle avait du mal à avancer en ce moment et les retards s'accumulaient depuis des semaines.

Elle était épuisée.

Son portable sonna.

C'était Léo, le meilleur ami de Peter. Léo Ustaritz.

Répondre ?

La conversation allait durer. Léo était charmant, mais bavard. Elle n'avait pas le temps. Pas tout de suite. Elle le rappellerait.

Il téléphona une deuxième fois.

Puis une troisième.

Bon, je le prends, il m'agace.

Une voix claire et franche.

— Salut Alexia. Comment vas-tu ?

— Et toi ?

Meilleur ami de Peter, mais aussi très proche d'Alexia. Un garçon en or.

— Tout va bien, merci. Je ne te dérange pas longtemps. Je voulais savoir si Peter était rentré.

— Pas encore. Pourquoi ?

— On dîne ensemble la semaine prochaine. Je dois réserver une table.

— Ah bon ? Quel jour ?

— Pas encore décidé.

Cela faisait partie des cachotteries de Peter. Il dînait avec son meilleur ami, et sa femme n'en savait rien. Elle avait l'habitude, il agissait comme ça depuis des années. Vingt-deux ans exactement. Peter et Alexia se connaissaient depuis vingt-deux ans, il était jeune espoir au Stade toulousain, elle était en première année de fac de droit.

Tout de suite, ils s'étaient aimés. L'histoire avait commencé par un coup de foudre qui les avait laissés sans voix, en apesanteur. Ils s'étaient mariés trois ans plus tard.

Peter aimait les petites cachotteries, mais ce n'était jamais méchant.

L'an dernier, il était parti huit jours avec son fils à Sète pendant qu'Alexia séjournait chez ses parents en Ardèche. Elle ne l'avait appris qu'à son retour, Peter n'avait rien dit. Quand elle l'appelait, il racontait que tout allait bien, sans préciser qu'il était allongé sur le sable avec son fils, ou en train de dévorer une bouillabaisse dans un bistrot du port.

— Le problème, poursuivit Léo, c'est que je tombe sur son répondeur depuis plusieurs jours.

— Tu veux m'inquiéter, c'est ça ?

— Pas du tout. Je veux juste savoir quand il rentre pour réserver une table.

Elle soupira.

— Il ne m'a rien dit. Sans doute ce week-end, ou alors en début de semaine prochaine. Tu vois, c'est vague.

Elle l'avait eu au téléphone deux jours auparavant à l'heure du déjeuner. Depuis, plus rien. Elle en avait déduit qu'il n'y avait pas de réseau.

— Je l'appelle à midi, poursuivit-elle. Je lui pose la question mais je ne sais pas s'il saura me répondre. Tu le connais !

— Oui, je t'appelais à tout hasard.

Léo avait l'habitude de téléphoner pour un oui ou un non.

— Au revoir Léo, j'ai du travail, je te recontacte tout à l'heure quand j'ai des nouvelles.

— Je peux passer ?

— Passer ? Mais pourquoi ?

— J'ai quelque chose à te montrer.

Elle n'avait pas de temps à perdre.

— C'est urgent ?

— Oui.

— Écoute, je suis pressée.

— Je te promets, ça ne sera pas long.

Elle soupira.

— Entendu, mais tout de suite.

Elle sentit qu'une chose grave était arrivée.

Léo habitait le même quartier qu'Alexia, celui de la Côte pavée, une colline qui domine Toulouse.

Il arriva sur sa grosse cylindrée, une BMW GS 1200. Il avait le même âge que Peter. Ils avaient joué au rugby ensemble autrefois. Mais Léo, malgré son physique athlétique, n'avait pas le profil d'un champion. Il avait renoncé à une carrière qui n'avait jamais démarré. Il était devenu employé dans une administration locale. La vie d'un petit employé de province sans perspectives. Il avait eu une copine, puis une autre. Puis plus personne.

— Coucou ma belle ! murmura-t-il en embrassant Alexia.

— Désolée, j'ai été un peu sèche au téléphone, mais je suis débordée. Tu vas bien ?

— Moi ça va. Excuse-moi de te déranger.

— Tu veux un café ? Je viens d'en faire.

Elle prit deux tasses, ils s'assirent dans le salon.

Les murs étaient tapissés de photos de matchs de rugby et de randonnées en altitude.

— Que se passe-t-il ? demanda-t-elle, le front soucieux.

— Je ne veux pas t'affoler, mais tu as lu le journal ?

— Non.

— Une jeune femme a été assassinée dans la zone où marche Peter.

— Tu sais où il randonne ?

— Avant son départ, il m'a parlé de son itinéraire.

— Pourquoi tu me parles de cette jeune fille ? demanda Alexia, circonspecte.

— Si un meurtrier rôde là-bas, il faut le prévenir.

Elle haussa les épaules.

— Les Pyrénées, c'est grand.

Léo déplia *La Dépêche du Midi.* Un titre barrait la première page qu'il lut à voix haute.

PYRÉNÉES : UN CADAVRE DE FEMME NUE RETROUVÉ EN PLEINE MONTAGNE

Hier après-midi, non loin du GR 10, un randonneur a repéré des vautours qui tournoyaient à basse altitude. Intrigué, il s'est approché et a découvert le cadavre d'une jeune femme entièrement nue. Il a aussitôt appelé les gendarmes qui ont envoyé un hélicoptère. Une rapide analyse de la dépouille par un technicien de la police scientifique a conclu que la jeune fille avait été assassinée peu de temps auparavant, sans doute la veille. Une information judiciaire pour homicide volontaire a été ouverte, le procureur de la République a…

Alexia l'interrompit.

— Inutile de continuer.

— En montagne, ce genre de chose n'arrive jamais.

— Mais pourquoi prévenir Peter ? Il n'est pas assez grand pour se défendre seul ? Tu le sous-estimes ?

— Et si le type est armé ?

— Tu veux me faire peur ou quoi ? On dit comment elle a été tuée ?

— Non.

Un long silence.

Alexia regarda par la fenêtre. Elle essayait de deviner les Pyrénées au loin. Mais le ciel était bouché.

Elle soupira.

— OK, je lui dirai de faire attention. Mais je ne suis pas inquiète. Tu sais à quoi il ressemble.

Il éclata d'un grand rire jovial.

— C'est sûr ! On ne risque pas d'aller chercher des noises à un ancien pilier du Stade toulousain. Excuse-moi de t'en avoir parlé, tu me trouves sans doute ridicule, mais je voulais t'informer.

— Pourquoi tu ne m'as pas annoncé ça au téléphone ?

— J'ai eu une mauvaise intuition. J'avais peur que tu t'affoles. Je voulais être à tes côtés pour le cas où...

Il cherchait ses mots.

— Même si tu ne le montres pas, tu es une femme hypersensible. Tu adores Peter, tu es soucieuse quand il s'absente...

Alexia était touchée par la sollicitude de Léo. Il agissait toujours avec elle comme un grand frère protecteur.

— Tu sais dans quel coin il se trouve actuellement ? reprit-il.

— Vendredi dernier, à Luchon, il a pris la télécabine jusqu'à Superbagnères. Le cadavre a été retrouvé où ?

— Dans le massif de Néouvielle, près de Saint-Lary.

Elle hocha la tête.

— C'est pas à côté ! La probabilité pour qu'il tombe sur le meurtrier est quasi nulle.

— Je sais, mais...

Il ne finit pas sa phrase.

— Si tu as des nouvelles, préviens-moi, ajouta-t-il. J'essaierai de le joindre de mon côté. Je voudrais rapidement réserver le resto. On va au Macao, c'est toujours plein de monde.

— Tu veux un autre café ?

— Non merci. Je file. Je commence dans une demi-heure.

Il occupait un poste au service communication du Conseil départemental de Haute-Garonne, un travail qui ne l'intéressait guère.

— Je te laisse le journal ?

— Si tu veux.

Alexia n'avait pas montré son inquiétude. Elle n'était pas femme à s'épancher en public. Elle avait un physique un peu froid, des cheveux courts et n'utilisait pas de maquillage. Austère, disaient certains de ses proches. Elle gardait tout pour elle.

Sauf avec Peter. Son amour. Son immense, son seul amour.

Elle discutait avec lui pendant des heures. Ils parlaient de tout, de leurs joies, de leurs peines. Leur relation était belle et sensuelle. Ils pouvaient se caresser, s'embrasser, se masser pendant des heures. Comme au premier jour.

Vingt-deux ans de bonheur. Pas l'ombre d'un nuage.

Le rugbyman professionnel, héros des stades en liesse, était devenu un brillant architecte d'intérieur spécialisé dans le design branché. Il avait aménagé et décoré restaurants et hôtels un peu partout en Europe. Elle était devenue une avocate spécialisée dans les affaires de mœurs. Elle était surtout amoureuse, les sentiments qu'elle éprouvait pour Peter lui faisaient perdre toute forme de raison.

La visite de Léo l'avait chamboulée.

Bien sûr, elle ne pensait pas que son mari risquait grand-chose. Avec ses cent kilos de muscles, il pouvait affronter n'importe qui, il l'avait démontré pendant des années sur les terrains. Mais ce crime la tourmentait.

Elle s'assit devant son ordinateur et consulta plusieurs sites d'information. Malgré l'urgence de certains dossiers, elle n'avait pas l'esprit à travailler.

Le meurtre était évoqué par les médias de la France entière. Ce n'était pas tous les jours qu'on retrouvait le cadavre nu d'une jeune fille en pleine montagne. Une scène atroce.

Pas de photo de la jeune fille suppliciée. Un quotidien précisait que l'identité judiciaire était en train de créer, grâce à un logiciel, un visage qui serait diffusé à grande échelle. Un journaliste écrivait :

Le visage de la morte n'est pas beau à voir. Impossible à montrer au public en l'état.

Les médias disaient tous à peu près la même chose.

La police criminelle était sur place, cherchant le moindre indice. Le corps de la victime avait été transporté à l'institut médico-légal pour être autopsié afin de connaître la cause exacte du décès. Hypothèse la plus probable, selon les journalistes : strangulation. Mais il n'y avait pas de preuve formelle à ce stade. Juste des traces sombres dans le cou.

Corps entièrement nu. Pas de chaussures aux pieds. Aucun habit, pas même un slip ou une chaussette à proximité. Rien. Nue comme un ver. Épilée, y compris les parties intimes.

Aucun papier. Aucun indice permettant de connaître l'identité de la victime.

Tuée sur place ? Si c'était le cas, comment était-elle montée à cet endroit ? Était-elle montée nue ? L'avait-on portée vivante ? Avait-on porté son corps mort ? Les gendarmes avaient retrouvé des traces de sang sur le chemin.

Rien ne permettait de savoir si elle avait été abusée sexuellement. L'autopsie le dirait.

Violée en pleine montagne, puis tuée pour éviter qu'elle ne parle ?

Qui était le meurtrier ?
Un article se terminait ainsi :

Une scène barbare en pleine montagne. Une très belle jeune femme entièrement nue, à plus de deux mille mètres d'altitude, dans les rochers. Un meurtre horrible, étrange, mystérieux. Qui est-elle ? Pourquoi a-t-elle été tuée ? Comment ? Qui est son abominable assassin ?

Quand Peter marchait en montagne, Alexia l'appelait à l'heure du déjeuner. Il lui décrivait le paysage, l'immensité. Puis il lui murmurait des mots doux, pour elle, rien que pour elle, qu'elle ne répétait à personne. Des mots poétiques, mais aussi des mots érotiques. D'une certaine façon, pendant quelques minutes, à leur manière, ils faisaient l'amour au téléphone.

Il lui avait dit qu'il ferait une grande boucle vers l'ouest au départ de Luchon, direction Gavarnie et le massif du Vignemale, point culminant des Pyrénées françaises, puis qu'il regagnerait Luchon avant le 10 octobre. Une dizaine de jours de marche en altitude. Nuits seul sous la tente. Il se ravitaillerait dans les refuges, les gîtes d'étape, les villages.

Alexia connaissait la géographie des Pyrénées. Néouvielle se trouvait sur l'itinéraire de Peter. Un passage obligé, ou presque, d'autant que l'endroit est d'une beauté stupéfiante : lacs, cascades, neiges, forêts de pins, sommets d'où la vue laisse sans voix.

Elle attrapa son téléphone. Elle ne voulait pas attendre.

Trois jours avant, à 13 heures, il avait murmuré à son amour qu'il mangeait un sandwich aux rillettes les pieds dans un lac glaciaire et qu'il l'embrassait à l'étouffer. Quel lac ? Il ne l'avait pas dit.

Ils avaient échangé des paroles délicieuses, aériennes.

Avant-hier, pas d'appel.

Avant-hier était le jour du meurtre.

Hier, pas d'appel. Pas de texto. Pas un signe de vie.

Elle composa son numéro.

Décroche, décroche, je t'en supplie.

Elle tomba directement sur le répondeur.

La voix lumineuse du dieu des stades : « Merci pour votre appel. Je ne peux vous répondre en ce moment, mais je vous recontacte très vite si vous êtes sympa avec moi. Laissez votre message après le bip. »

Lui dire quoi ? Qu'elle se faisait du souci ?

Elle n'aimait pas lui laisser de message.

Elle appela une deuxième fois. Elle voulait l'entendre de vive voix.

Répondeur.

Bah, se dit-elle, *il doit marcher. Son téléphone est dans son sac à dos. Je le dérange. On s'appelle toujours à l'heure du déjeuner. Il va penser qu'il est arrivé quelque chose. Allez, je me calme.*

Elle ouvrit un premier dossier, celui consacré à l'homme qui violentait sa femme et ses enfants, mais elle n'arriva pas à se concentrer. Ses pensées vagabondaient là-bas, sur les cimes.

Elle repensait à ce meurtre étrange en pleine montagne. Elle repensait au silence de Peter. Avait-il vu quelque chose ? Avait-il été menacé lui aussi ?

Elle l'aimait, elle éprouvait une inquiétude diffuse.

Elle ouvrit son agenda.

Il était parti le vendredi 30 septembre. Énorme sac à dos, trente kilos, contenant le nécessaire pour survivre en altitude. Ils avaient préparé le barda ensemble : une tente, un duvet grand froid, une couverture en aluminium, un matelas pneumatique, quatre paires de chaussettes, deux bermudas, un short, un survêtement blanc, un anorak, quatre T-shirts, un débardeur, une casquette, un bonnet de laine, une cape de pluie, une paire de gants, une serviette de bain, un couteau suisse, des couverts, un réchaud, une casserole, un briquet, un gobelet en plastique, une lampe de poche, une paire de lunettes de soleil, des cartes IGN, une trousse de toilette, une trousse de secours, une paire de jumelles, deux gourdes, une paire de chaussures de montagne, une paire de bâtons.

Et puis cet ourson en peluche, avec des yeux rouges, au bout d'un porte-clés qu'il emportait toujours en randonnée. Kevin le lui avait offert avec son argent de poche quelques mois plus tôt. C'était devenu sa mascotte, accrochée à une lanière du sac à dos.

Peter avait dit à Alexia qu'il prenait le train, puis le car, jusqu'à Luchon d'où il partirait à pied. Il n'avait pas voulu qu'elle l'accompagne là-bas. « Tu ne vas pas te coltiner trois cents kilomètres de voiture aller-retour alors que je peux prendre les transports en commun. »

Elle avait insisté, elle aurait aimé faire un bout de chemin avec lui.

Elle n'avait pas compris son refus. Elle aurait voulu le conduire jusqu'au point de départ de sa randonnée, passer une nuit avec lui dans la vallée, puis revenir à Toulouse. Il avait dit non. À cause de ça, ils s'étaient disputés, ce qui arrivait rarement. Elle s'était dit qu'il avait envie d'être seul et cela l'avait intriguée.

À midi, elle sortit machinalement un plat cuisiné du congélateur, des tomates farcies qu'elle plaça dans le four. Elle découpa un concombre en lamelles, les déposa dans un saladier en verre transparent et les aspergea de vinaigrette toute préparée.

Kevin mangeait à la cantine du collège.

Sur le mur se trouvait une photo de Peter à la plage, torse nu, lunettes de soleil bleues sur le nez. Sourire éclatant. Joie de vivre. Un corps bronzé de sportif. Torse couvert de poils. Cuisses puissantes.

Elle soupira. Elle venait de traverser plusieurs jours sans échanger avec lui. Ce n'était rien, mais vu les événements, ce silence lui semblait une éternité. Tout à l'heure, quand elle lui parlerait, elle n'évoquerait pas son inquiétude. Ce n'était pas la première fois, à cause d'un réseau défaillant, qu'ils ne parvenaient pas à se joindre.

Elle mâchouilla sans plaisir, n'arrêtant pas de regarder sa montre, l'écran de son téléphone.

Peter n'appelait pas.

12 h 45. Rien, toujours rien.

Elle appellerait à 13 heures précises.

C'était certain, il décrocherait. Sa voix la rendrait ivre de joie.

À l'heure dite, un rayon de soleil illumina la cuisine, le premier de la journée. Le cœur d'Alexia battait la chamade. Elle composa le numéro, elle tomba directement sur le répondeur. Elle essaya une nouvelle fois, toujours le répondeur. Cette fois, elle lui laissa un message : « Salut mon amour, j'espère que ça va. On ne s'est pas parlé depuis mardi et je n'arrive pas à te joindre. Ça me ferait plaisir d'avoir de tes nouvelles. Je t'embrasse fort. »

Elle raccrocha puis envoya un texto : *Téléphone-moi dès que possible. I love you !*

Elle faisait comme si tout était normal. Comme si rien n'avait changé. Comme si aucun cadavre n'avait été découvert non loin du GR 10.

Elle regarda de nouveau l'écran, espérant que s'afficherait le nom de l'homme qu'elle aimait. Il allait rappeler. Oui, c'est ça, il allait rappeler dans quelques secondes, dans quelques minutes. Il l'envelopperait de sa belle voix puissante.

Il ne rappelait pas.

Que se passait-il ?

Elle téléphona de nouveau, une fois, deux fois, trois fois. Ce n'était pas dans ses habitudes de le harceler.

Rien de pire qu'un répondeur. Rien de pire que le silence. Rien de plus odieux. Que faire ?

Un quart d'heure s'écoula.

Le téléphone sonna.

Enfin !

Elle se précipita vers l'appareil, ivre de joie.

Qu'est-ce que j'ai été bête de m'inquiéter, qu'est-ce que j'ai été bête !

Alexia regarda l'écran.

Chloé.

Son amie de toujours. Une fille épatante qu'elle connaissait depuis l'enfance. Chouette, très chouette. Pipelette, susceptible, agaçante, mais Alexia l'adorait.

Chloé Cosson.

Si j'ai un double appel de Peter, j'aurai du mal à lui couper la parole.

Le soleil avait disparu. De lourds nuages roulaient dans le ciel d'automne comme des vagues. Quelques gouttes criblèrent la fenêtre de la cuisine.

— Allô ! s'écria Alexia.

— Je te dérange ?

— J'ai beaucoup de travail. Je suis débordée.

— Tu n'es pas aimable. Je te rappelle plus tard ?

— Vas-y, je t'écoute.

Elles se disaient tout, même les choses les plus désagréables.

— Je sens que je te dérange.

— Oui.

— Que se passe-t-il ?

— J'attends un coup de fil de Peter.

— Ton petit chéri te manque à ce point ?

Alexia n'avait pas la tête à se faire charrier, même par sa meilleure amie.

— Lâche-moi, tu veux ?

Elle savait que Chloé n'était pas indifférente au charme du rugbyman, d'autant qu'elle était célibataire. Très jeune, elle avait eu une fille qui était maintenant étudiante à Montpellier. Pas d'homme à la maison. Pas depuis le départ d'un certain Olivier, officier parachutiste à Montauban.

— Si je te dérange, je raccroche. J'avais un truc sympa à te proposer.

— Dis-moi, mais vite.

Alexia avait allumé le haut-parleur. Elle tenait le téléphone assez loin de son oreille. Elle avait les yeux rivés sur l'écran. Elle espérait que *Peter* s'afficherait.

— Je vais faire court, poursuivit Chloé. Je fête mon anniversaire dans dix jours. J'organise une petite sauterie chez moi et je vous attends, toi et Peter. Léo sera de la partie. On sera une quinzaine. Ça te va ?

— Je ne sais pas, il faut que je demande à Peter.

— Tu n'as qu'à l'appeler. Dis-lui que je l'attends de pied ferme. Ça va l'exciter.

Alexia marqua un silence.

— C'est pas si simple.

— Que se passe-t-il ? Je te sens bizarre.

— Peter ne donne aucune nouvelle. Il ne répond plus à mes appels. Je viens d'envoyer un texto. Pas de retour. J'ai peur qu'il lui soit arrivé quelque chose.

— La dernière fois que tu lui as parlé, c'était quand ?

— Mardi.

— Mardi ? On est vendredi, ça fait quatre jours. Et tu t'inquiètes déjà ? Tu te fais de la bile pour rien. Il n'a peut-être plus de batterie.

— Il en a une de secours. Avoir un téléphone qui marche est vital pour sa sécurité.

— Le réseau en montagne est aléatoire.

— Plusieurs jours sans réseau, c'est quand même bizarre.

Elle ne voulait pas lui parler du meurtre de la jeune fille.

À l'extérieur, le vent redoublait. La porte de la maison craquait.

— Que c'est beau de s'inquiéter pour son mec. Moi je ne m'inquiète plus depuis longtemps.

— Qu'est-ce que tu ferais à ma place ?
— Rien. J'attendrais. Il va t'appeler. Tu sur-réagis.
— Et s'il n'appelle pas ?
— Alors tu iras allumer un cierge à l'église Saint-Sernin pour qu'il revienne. À coup sûr il est parti avec une autre ! Toutes les filles sont à ses pieds. Pas compliqué pour lui d'aller voir ailleurs.
— Tu es odieuse.
— Je te taquine.

Alexia n'était pas d'humeur à encaisser ce genre de boutade. Elle avait les nerfs à vif.

Chloé reprit la parole.

— Je ne sais pas ce qui t'arrive, mais tu as l'air angoissée. Peter ne t'appelle pas pendant quelques jours et tu paniques. Soit tu es malade, soit tu me caches quelque chose. Lâche-toi, dis-moi tout !

Elle hésitait à lui révéler pourquoi elle était anxieuse. Cette histoire de fille assassinée, quel rapport avec Peter ? Elle avait été retrouvée dans la zone où il marchait, mais la zone était immense : des dizaines de vallées, de canyons, de sommets, de cirques.

— Tu as raison, je m'inquiète pour rien. Entendu, je viendrai à ton anniversaire. J'apporte quoi ?
— Dis-moi ce que tu as sur le cœur, mon Alexia.
— Tu vas me trouver ridicule.
— Tu es souvent ridicule.

Une voiture s'arrêta devant la grille. Une Clio rouge vif. Alexia l'aperçut par la fenêtre de la cuisine. Elle n'avait jamais vu ce véhicule. Un homme de grande taille en sortit. Il regarda dans la direction de la maison.

— Chloé, je te rappelle.

Elle raccrocha.

L'homme appuya sur la sonnette située près du portail. Au début, elle ne voulut pas répondre. Elle n'attendait personne. De qui s'agissait-il ? Un démarcheur ? L'homme sonna de nouveau. Il insista. Les coups de sonnette avaient quelque chose d'effrayant. Il s'acharnait.

Il était grand et costaud, la quarantaine.
Répondre ou ne pas répondre ?
Bientôt il enjamba la barrière.

Alexia était paniquée.

Ce n'était pas un démarcheur. Sûrement pas. Un démarcheur n'entre pas comme ça dans une propriété privée.

Un cambrioleur ? Après avoir sonné comme un dingue, s'apprêtait-il à défoncer la porte ?

Elle allait appeler la police. Puis elle se dit que si l'homme avait envie de pénétrer dans la maison, il le ferait avant que la police n'arrive, à supposer d'ailleurs qu'elle arrive. La police se déplace-t-elle pour un individu qui a enjambé une barrière ?

L'homme donna des grands coups dans la porte en bois.

— Il y a quelqu'un ? Il y a quelqu'un ?

— Oui, murmura Alexia d'une voix craintive. Qui êtes-vous ? Vous vous êtes introduit dans une propriété privée.

— Ah, désolé, je pensais que la sonnette ne marchait pas. Ouvrez-moi.

— C'est à quel sujet ?

— Ouvrez-moi, je ne vous veux aucun mal. J'ai quelque chose à vous dire.

— Nous pouvons parler à travers la porte ?

— Ouvrez-moi, voyons, ce sera plus sympa.

— Que me voulez-vous ?

— Je connais Peter...

— Ah ?

— Vous ouvrez ?

— Peter n'est pas là.

— Je jouais avec lui au rugby...

Alexia resta méfiante. On lui avait déjà fait le coup de l'ancien camarade de stade. La plupart du temps, c'étaient des supporters, des abonnés du club, parfois juste des curieux qui voulaient approcher la star. Peter avait encore son fan-club, sa page officielle sur Facebook avec plusieurs milliers de membres, des passionnés de rugby, hommes et femmes qui admiraient celui qui avait permis à son équipe de soulever plusieurs fois le bouclier de Brennus.

— Je connais les anciens coéquipiers de Peter et je ne vous ai jamais vu. Vous êtes qui ?

— José.

José, José, ça ne me dit rien.

— Bon, vous m'ouvrez ?

— Non. Il y a des cambriolages dans le quartier et...

— Je ne suis pas un cambrioleur. Je veux juste vous parler.

— Je travaille. Je n'ai pas le temps. Et puis vous n'avez qu'à l'appeler si vous le connaissez si bien.

Il donna de nouveau des coups dans la porte.

— Je n'arrive pas à le joindre et c'est ça le problème. Je commence à m'inquiéter. D'habitude, il rappelle tout de suite. Mais là, rien. Je lui ai laissé au moins dix messages. J'ai des trucs urgents à lui dire, et il fait le mort.

Il fait le mort.

Cette phrase la glaça.

— Je ne peux rien vous dire de plus, monsieur. Quand il rentrera, je lui signalerai que vous cherchez à le voir. Merci et bonne journée.

— Mais voyons, ça ne coûte rien d'ouvrir la porte. Tu n'es pas sympa pour une femme de rugbyman ! Allez, ouvre-moi !

Et il me tutoie maintenant!

Il donna des coups d'épaule dans la porte.

— Allez-vous en ! Partez ou j'appelle la police !

— La police, mais pourquoi la police ? Je ne fais rien de mal.

Alexia paniqua.

Les volets du rez-de-chaussée n'étaient pas fermés. Ce José pouvait facilement casser une vitre et entrer dans la maison. Vu sa corpulence, elle ne ferait pas le poids. Cent dix kilos ? Elle en pesait à peine soixante.

Elle retourna dans la cuisine et attrapa son téléphone portable.

Chloé avait essayé de la joindre à deux reprises. Pas d'appel de son bien-aimé. L'homme continuait à tambouriner. Appeler la police ? Mais pour dire quoi ? Qu'un homme tambourinait à sa porte ? On se moquerait d'elle.

Au fond d'elle-même, elle savait que ce n'était nullement par crainte du ridicule qu'elle ne voulait pas appeler la police.

Elle revint dans le vestibule.

— J'ai appelé la police. Elle arrive dans cinq minutes.

— Mais tu es folle, complètement folle. Un pote de Peter s'inquiète pour lui et tu appelles direct la police. C'est minable, Alexia.

Il l'avait appelée par son prénom.

— On se connaît ? demanda la jeune femme, interloquée.

— Bien sûr qu'on se connaît ! Comment j'aurais pu inventer ton prénom ? On s'est vu plusieurs fois au Stadium. Tu as la mémoire courte ?

— Désolée, je n'ai aucun souvenir de vous. Vraiment navrée.

Elle voulait qu'il s'en aille. Elle était à cran, dépassée. Si Peter était là, il la protégerait, ou la rassurerait, mais il était loin. Invisible. Injoignable. Perdu au milieu des cimes.

— Tant pis, dit-il. Je m'en vais. J'avais une chose importante à te dire mais je ne vais pas hurler dans le jardin.

Une ruse pour qu'elle ouvre la porte ?

— Qu'est-ce qu'il y a de si important, José ? Dites-le-moi à travers la porte.

— La police va arriver, je n'ai pas envie de me faire coffrer. Au revoir et à bientôt, Alexia.

Elle entendit ses pas sur le gravier. Elle se précipita vers la fenêtre de la cuisine et l'aperçut en train d'escalader le portail. Puis il monta dans sa voiture et démarra.

Alexia attrapa son téléphone. Elle voulait demander à Peter s'il connaissait José. Elle imaginait sa réponse bien à lui, cocasse, pleine d'humour : « Ah oui, José, le mec gluant ? Un peu lourd. Malgré son physique, il n'a jamais réussi à terminer un match. Un peu lourd mais gentil quand même. Il s'inquiète pour moi ? Le pauvre ! Ça fait dix ans qu'il me court après. Je suis son idole ! »

Des aficionados par centaines tournoyaient autour de Peter. Elle l'imaginait pouffant de rire au bout du fil. Elle rirait avec lui.

Elle appela. Ses mains tremblaient.

Bordel, décroche. Qu'est-ce que tu fous !

Répondeur.

La même voix enregistrée, lumineuse, joyeuse. Mais c'était la vraie voix qu'elle voulait entendre, celle qu'elle aimait tant, celle qui la réconfortait. Il n'existait pas d'autre personne au monde pour la réconforter. Peter avait le don pour lui remonter le moral. Quand ça n'allait pas, il fermait les volets et allumait des bougies parfumées. Elle se déshabillait, il se déshabillait. Il la massait des pieds à la tête avec ses grandes mains.

Puis ils faisaient l'amour.

Divinement.

Ils touchaient le ciel avec leurs corps.

Pourquoi tu ne réponds pas ? Pourquoi ? Qu'est-ce qui se passe ?

Elle essaya de se souvenir des moments où elle n'avait pas réussi à le joindre pendant plusieurs jours. Cela était déjà arrivé. Quand il participait à des matchs loin de Toulouse. Mais il finissait toujours par rappeler, ou du moins il envoyait des textos pour dire que tout allait bien.

Une fois, pendant quatre jours, il ne s'était pas manifesté. Son équipe jouait à Édimbourg, mais elle avait eu des nouvelles par le club. Jamais elle ne s'était inquiétée. Pourquoi s'inquiétait-elle aujourd'hui ? À cause de cette jeune femme assassinée ?

Alexia oublia de rappeler Chloé.

Elle retourna dans sa chambre et s'installa devant son ordinateur. Elle ne travaillerait pas aujourd'hui. Impossible. Elle voulait en savoir davantage sur le meurtre. Ce meurtre l'attirait comme un aimant. Un aimant maléfique.

Elle se connecta à Google actualités.

La gendarmerie confirmait que l'identité de la jeune fille demeurait inconnue. Elle ne correspondait à aucun signalement de personne disparue dans la région. Le mobile restait énigmatique. Un appel à témoin venait d'être lancé :

Toute personne ayant aperçu une jeune femme blonde, seule ou accompagnée, du côté du lac de l'Oule ou du refuge d'Orédon, à proximité du sentier de randonnée numéro 10 (GR 10), dans la réserve naturelle de Néouvielle, le mercredi 5 octobre, est priée d'appeler le 17.

Plusieurs hypothèses étaient envisagées par les médias : soit la jeune fille était seule et avait fait une mauvaise rencontre ; soit elle était venue avec un individu qui l'avait assassinée ; soit son cadavre avait été transporté à cet endroit dans le but de le dissimuler.

L'hypothèse la plus probable, privilégiée par les enquêteurs, était qu'elle avait marché avec quelqu'un qu'elle connaissait, en qui elle avait confiance, elle ne s'était pas méfiée et, pour une raison qui restait à déterminer, l'individu l'avait tuée. Préméditation ? Coup de folie ? Crime passionnel ? Crime crapuleux ? La presse se perdait en conjectures.

Alexia regarda l'écran de son téléphone d'un air abattu.

Elle commençait à en vouloir à l'homme de sa vie.

Une heure plus tard, une nouvelle tomba comme un couperet de guillotine.

Un ourson, au bout d'un porte-clés, avait été retrouvé sur le lieu du crime. Un article s'en faisait l'écho :

La police vient de révéler un détail. Un curieux objet, un seul, minuscule, a été découvert : un petit ours en peluche, brun, accroché à un porte-clés. Mais le plus étonnant est que la jeune femme le serrait dans sa main droite, comme si elle avait voulu signifier quelque chose.

Alexia relut dix fois le texte. Elle voulait être sûre d'avoir bien compris. Elle espérait qu'elle avait eu une hallucination visuelle. Ce n'était pas une hallucination. Elle avait bien lu. On avait découvert dans la main de la suppliciée un ourson qui rappelait le porte-bonheur de Peter, le fétiche, celui que Kevin lui avait offert et dont le sportif ne se séparait jamais. Il l'emmenait sur les terrains de rugby et lors de ses courses en altitude.

Une pensée fugace traversa comme un éclair le cerveau surexcité d'Alexia. Elle avait eu cette pensée tout à l'heure, une fraction de seconde, elle l'avait chassée de sa tête à coups de fouet, mais cette pensée était revenue, comme un mauvais rêve, un cauchemar insondable. Une pensée fausse, absurde, irrationnelle, révoltante.

Et si Peter était mêlé à ce meurtre ?

Ah non, ce n'était pas possible ! Pourquoi l'homme le plus doux de la terre, le plus serviable, le plus attentionné, le plus délicat, le plus fidèle, le sportif équilibré, heureux, lumineux aurait-il violenté une jeune fille ?

Elle ne voulait pas que le mot « tué » pollue sa boîte crânienne.

Il ne pouvait pas l'avoir tuée. Inimaginable. Il n'avait pas du tout le profil.

Elle essayait d'évacuer cette idée insensée.

Elle s'en voulait énormément d'imaginer ça. Elle s'en voulait de le soupçonner, même subrepticement.

Elle s'en voulait d'imaginer qu'il avait rencontré une belle jeune fille un soir, ou un matin, dans un refuge, un gîte d'étape, un village, sur un chemin. Avaient-ils marché ensemble ? Avaient-ils sympathisé ? L'avait-il trouvée jolie, désirable ? Avait-il eu une pulsion irrépressible ?

Si Peter aimait les femmes, il n'était pas un homme à femmes. Il n'aimait qu'une seule femme. Il ne faisait l'amour qu'avec elle. Il était d'une fidélité sans faille. Il aimait ses seins, sa bouche, ses yeux, mais surtout, il aimait son être, tout son être. Leur amour était un fleuve de lumière.

Pourquoi aurait-il désiré une inconnue ?

Je chasse de mon cerveau cette idée complètement débile. Je suis inquiète parce qu'il n'appelle pas. C'est tout.

Alexia composa le numéro de sa meilleure amie.
— Chloé, tu peux me rendre un service ?
— Tu me connais, je suis la fille la plus dévouée du monde. Qui a sonné à ta porte tout à l'heure ?
— Un vendeur de tapis.
— Tu en as mis du temps à me rappeler.
— Excuse, j'ai eu d'autres appels. Les gens me demandent où est passé mon mari.
— Les parents de Peter ont téléphoné ?
— Sa mère. Mais tu sais, je suis brouillée avec elle. Je lui ai dit que tout allait bien. De mon côté, j'essaie de ne pas trop m'inquiéter.
Chloé savait qu'elle était dans tous ses états.
— Tu te passes un film ?
— Un film ?
— Tu as peur qu'il soit parti avec une autre ?
— Arrête tes bêtises. Il est bloqué quelque part à cause de la météo. Tu as vu le temps ?
— Un temps de saison. Il était au courant que ce ne serait pas terrible, non ?
— En tout cas, ce n'est pas normal de tomber directement sur le répondeur.
— Il a peut-être perdu son téléphone.
Alexia se racla la gorge.
— Chloé, tu peux appeler la gendarmerie ?
— Pour quoi faire ?

— Pour savoir s'il n'y a pas eu d'accidents en montagne. Tu n'as pas de nouvelles d'un ami et tu es inquiète. Ne donne aucun nom. Demande juste si les gendarmes ont...

Elle ne trouvait pas ses mots.

— S'il était arrivé quelque chose, on t'aurait appelée. Et pourquoi tu ne le fais pas toi-même ?

— Je n'ai pas le temps, j'ai un dossier urgent à traiter. Appeler les gendarmes est chronophage. Tu tombes sur une secrétaire qui te fait attendre une éternité et qui...

— Et tu penses que je n'ai rien à faire ?

— Je t'en supplie, appelle !

Sa voix était blanche.

— Oh, tu me caches quelque chose, toi ! Je sens ça à ta façon de parler. Tu es bizarre.

— Le silence de Peter n'est pas normal.

— J'aurais compris s'il ne t'avait pas contactée depuis huit jours, mais là... Je ne sais pas quoi te dire.

— Je t'ai menti. Le type qui est passé tout à l'heure connaît Peter, il s'appelle José.

— Jamais entendu parler !

— Lui aussi est inquiet.

— C'est qui ?

— Je n'en sais rien, peu importe. Il venait aux nouvelles.

— Bizarre. Il n'est pas marié avec lui. Quelque chose m'échappe. Alexia, tu ne dis pas tout.

— Léo non plus n'a pas de nouvelles. Il a appelé plusieurs fois. Répondeur. Toujours le répondeur.

Après un silence, elle ajouta, la voix glacée :

— Tu peux passer ? Je me sens seule.

— Maintenant ?

— Oui. Je t'en supplie.

Chloé déboula vingt minutes plus tard. Elle habitait en contrebas de la colline.

La pluie fouettait le sol, les pelouses, les toits de tuiles romaines.

Alexia lui ouvrit la porte. Elle était contente de la voir.

C'était une belle femme au regard triste, d'origine espagnole, coiffée de cheveux noirs, élégante, racée, une sorte de jumelle d'Alexia. Exactement le même âge, à quelques mois près. Elle avait créé sa propre ligne de vêtements féminins sept ans plus tôt, elle dirigeait une entreprise florissante, elle était toujours tirée à quatre épingles.

En regardant Alexia, elle poussa un cri :

— Qu'est-ce qui t'arrive ? Je ne t'ai jamais vue dans cet état. Tu es toute blanche.

— Désolée, désolée. Un thé ? Un café ? Un verre d'eau ?

— Non, rien. Si tu veux me voir, c'est que tu as quelque chose à me montrer.

— Exact. Jette un œil à *La Dépêche*.

Le journal était étalé sur la table basse du salon. Elles s'assirent sur le canapé en cuir.

Chloé regarda le titre.

— J'ai vu ça rapidement sur Internet, c'est moche, mais bon, qu'est-ce qu'on peut faire ? Tu la connaissais, c'est ça ?

— La police ne sait pas qui c'est. Lis l'article jusqu'au bout.

— OK, mais pourquoi ça t'affecte ? On ne va pas pleurnicher à chaque fois que quelqu'un se fait trucider, sinon on passe sa vie à pleurnicher.

— Un meurtrier sévit à l'endroit où randonne Peter. Depuis ce meurtre, je n'arrive plus à le joindre.

— C'est pour ça que tu es soucieuse ? Ton mari est capable de se défendre, non ? À supposer d'ailleurs qu'il tombe sur le meurtrier.

Alexia respira un grand coup.

— Oh, tu sais, je deviens folle. Cette histoire me met la tête à l'envers depuis ce matin. J'imagine le pire.

— Explique !

— Une femme amoureuse extrapole, fantasme, échafaude des scénarios.

— Tu penses qu'il a été tué lui aussi ?

— Possible.

Chloé hocha la tête, l'air peu convaincu.

— Mais encore ?

— Il a peut-être assisté au meurtre.

— Je ne devrais pas dire ça, mais tu as peur qu'il soit soupçonné, c'est ça ?

Les yeux d'Alexia étaient gonflés de larmes.

— Oh non, il ne peut pas être soupçonné. Impossible ! Mais j'ai pensé à ça tout à l'heure, une fraction de seconde. Le crime a eu lieu près d'un chemin qu'il est susceptible d'emprunter. Sa randonnée passe par là. Il n'y a pas des milliers de gens qui marchent en ce moment dans le secteur.

Elle se leva, se dirigea vers la cuisine et ouvrit le réfrigérateur. Elle saisit une bouteille de jus de pamplemousse, attrapa deux verres, et revint dans le salon. Sans même demander à son amie si elle avait soif, elle les remplit. Elle saisit l'un d'eux entre ses doigts frêles.

Chloé attrapa à son tour un verre et le porta à ses lèvres.

— Pourquoi aurait-il tué une jeune fille ? murmura-t-elle. Je ne saisis pas.

— Oui, je sais, c'est absurde. Mais une chose me tracasse. Dans la main de la morte, on a retrouvé un porte-clés qui ressemble à celui dont Peter ne se sépare jamais. Un porte-clés avec un ourson en peluche.

Chloé haussa les épaules.

— Oh tu sais, ce genre d'objet est courant. En quoi prouve-t-il que Peter est un assassin ? Tu t'inquiètes parce qu'il ne répond pas.

— Oui.

— Imaginons qu'il soit mêlé à ce meurtre. Quel intérêt pour lui de ne pas répondre ?

— Pour éviter qu'on apprenne où il se cache. Si les flics le soupçonnent, il est facilement localisable.

— On peut être localisé sans décrocher son téléphone.

— Sans doute. Mais j'aimerais bien savoir ce qu'il fabrique.

— Sois patiente, il va t'appeler.

— Mais quand ?

Elle regarda de nouveau son téléphone, posé sur la table, désespérément silencieux.

— Ce n'est pas ton appareil qui déconne ? s'écria Chloé.

— Bien sûr que non. Tu m'as appelée.

— Le sien, alors ?

Alexia ne répondit pas. Elle se leva de nouveau sans savoir pourquoi. Assise, elle se sentait mal. Mais debout aussi elle se sentait mal. Elle avait des picotements dans les jambes, des bourdonnements dans la tête, une douleur à la poitrine.

— Tout à l'heure, ce type qui tambourine à la porte, il avait l'air tellement bizarre !

Elle lui raconta la scène.

— Ça fait beaucoup, ajouta-t-elle. Un meurtre. Une disparition. Un inconnu qui tente de fracasser ma porte.

Chloé soupira.

— Tu essaies de relier trois événements qui n'ont rien à voir. Le temps pourri ajoute à ton angoisse.

— Peut-être, répondit Alexia d'un air abattu.

Elle disparut un instant dans sa chambre et revint son ordinateur à la main.

— Je vais regarder les dernières infos.

Un dossier spécial consacré au meurtre était actualisé en temps réel. L'avocate parcourut un article qui venait d'être mis en ligne. Son visage s'illumina.

— Écoute, dit-elle. Ouvre bien tes oreilles. C'est formidable. Tout s'arrange !

Un chien de détection a été utilisé sur la scène de crime. À partir de l'odeur de la jeune femme, il a été capable de suivre le chemin qu'elle avait emprunté avant de mourir. Elle serait venue en marchant. Si elle avait été transportée à dos d'homme jusqu'au lieu où elle a été retrouvée, le chien n'aurait pas reniflé son odeur, à moins qu'elle n'ait été traînée, mais cela est peu probable, le chemin aurait gardé trace de son passage, or il n'en est rien.

Le chien a suivi l'odeur jusqu'au parking du refuge d'Orédon, situé en contrebas, où elle s'arrête brutalement, ce qui signifie que la victime est venue à bord d'un véhicule. Aucun doute à ce sujet. Il est donc probable que le meurtrier soit arrivé en voiture avec sa victime. La connaissait-il? Était-ce une auto-stoppeuse?

Alexia respira un grand coup. Un sentiment de plénitude parcourut son corps meurtri.

La victime est venue à bord d'un véhicule.

Peter avait laissé sa voiture à Toulouse, une Cactus que son épouse utilisait presque tous les jours. Il avait pris le train puis le bus jusqu'à Luchon, d'où il était parti à pied dans la montagne.

— Tu as entendu, Chloé ?

— L'histoire du véhicule...

— Peter n'en avait pas.

— Tu es soulagée ?

— Oui.

— De toute façon, tu te doutais bien que ce n'était pas lui. Ça ne correspond pas du tout à son caractère. Lui se tuerait pour sauver quelqu'un. C'est la mère Teresa de Toulouse. Ton mec est une perle. Tu te souviens du jour où il a sauvé une adolescente de la noyade ?

Alexia se remémora la scène. L'hiver précédent, une jeune fille était tombée accidentellement dans les eaux glacées du canal du Midi, Peter n'avait pas hésité une seconde, il avait plongé, l'avait ramenée saine et sauve sur la rive. Le lendemain, l'incident avait fait la une des journaux locaux. Elle se souvenait d'un titre qui l'avait émue : *Peter Chanez, l'étoffe du héros.*

Elle repensa à l'ourson retrouvé dans la main de la suppliciée. Ça devait être une affreuse coïncidence. Des oursons en peluche au bout d'un porte-clés, il en existait des millions dans le monde, un peu comme les tours Eiffel miniatures. Si Peter avait tué la fille, pourquoi lui aurait-il laissé son porte-clés ? De toute façon, la présence d'un véhicule sur les lieux du crime le disculpait définitivement. Sa voiture était restée dans le garage. Il avait pris le train à Toulouse-Matabiau, où elle l'avait déposé en voiture à midi. Elle avait vu le billet. Départ 12 h 38. Changement à Montréjeau. Puis car jusqu'à Luchon. Arrivée à 15 h 09.

Alexia souriait. Le premier sourire depuis le matin.

— Tu essaieras de l'appeler ce soir, murmura Chloé en lui caressant les cheveux. Ne t'en fais pas. Tout va bien. Prends une infusion de tilleul après dîner, puis va te coucher. Demain sera un autre jour.

Alexia ne trouvait qu'une explication à son silence : ses batteries de téléphone étaient vides. Il n'avait pu les recharger pendant plusieurs jours car il n'avait pas trouvé de prise de courant. Explication toute simple ! Elle l'imaginait dans le massif du Vignemale constitué de parois rocheuses et de glace, une atmosphère alpine. Des refuges sans électricité. Dans son souvenir, celui de Bayssellance, à 2651 mètres d'altitude, le plus haut de la chaîne, était éclairé à la bougie. Impossible de recharger ses batteries.

À 17 heures, Kevin rentra de l'école.

— J'ai eu 19 à ma dictée, s'écria-t-il en déboulant dans le salon. Papa va être content.

— Et moi, je ne vais pas être contente ? s'écria Alexia, un peu vexée.

— Papa regarde mes copies, alors que toi, tu t'en fiches.

— Tu exagères. J'ai plus de travail que ton père. Je ne lis pas tes copies, c'est vrai, mais je suis super contente quand tu as des bonnes notes.

— Il revient quand papa ? s'écria-t-il. On doit aller au match Toulouse-Montpellier ensemble.

Ça y est, il recommence.

— Le match Toulouse-Montpellier, c'est dans dix jours. Il a le temps de rentrer.

L'adolescent scruta le visage fatigué de sa mère.

— Il t'a appelé ?

— Il a un problème de batterie.

— Comment tu le sais ?

— S'il n'appelle pas, c'est qu'il a un problème de batterie.

— Comment tu le sais ?

— Tu me fatigues.

— La montagne, en ce moment, c'est dangereux. Un copain m'a dit ça. Son père alpiniste reste chez lui à cause du temps pourri.

— Ton papa est un surhomme. Il n'a peur de rien.

Elle repensa à une balade qu'ils avaient effectuée en famille l'an dernier au-dessus de Cauterets. Ils avaient garé la voiture au Pont d'Espagne, point de départ de randonnées. Au bout d'une heure de marche, un violent orage les avait surpris. Ils avaient attendu dans un creux, entre deux rochers. La foudre frappait. La pluie était diluvienne. Alexia avait eu très peur, mais son mari était resté calme. L'orage passé, il l'avait serrée très fort contre lui. Elle avait senti sa puissance à travers son T-shirt mouillé.

— Il n'a jamais peur mon papa. C'est un héros de *L'Iliade*.

— Tu connais *L'Iliade* ?

— On l'étudie en classe. Achille, Patrocle, Ajax... Papa, c'est Achille, sauf qu'il n'a aucun défaut.

— Tu as raison, même son talon est résistant.

Elle se mit à rire nerveusement, avant d'ajouter :

— Va faire tes devoirs dans ta chambre, j'ai encore du travail.

Kevin monta à l'étage.

Elle regarda de nouveau les actualités sur son ordinateur. Le mystère sur l'identité de la jeune fille, sa nudité, sa jeunesse alimentaient toutes les rumeurs et tous les fantasmes.

Ses parties génitales étaient épilées. Les journalistes étaient très intrigués par ce détail.

Elle consulta la météo. Un avis de tempête avait été publié, mais cela ne l'inquiéta pas outre mesure. De toute façon, s'il était arrivé quelque chose à Peter au cours de ces derniers jours, c'était avant la tempête.

Mais il ne lui était rien arrivé. Elle en était persuadée.

Elle ne l'appela pas. Avant de se coucher, elle regarda son écran de téléphone. Rien. Toujours rien. Ah si, une quinzaine de textos de proches qui s'inquiétaient du silence de Peter.

Un de Léo : *Toujours pas de nouvelles de mon pote. Dis-lui de m'appeler dès que possible.*

Un autre de Chloé : *Ne t'en fais pas. Peter va te rappeler. Fais de beaux rêves.*

Par politesse, mais aussi parce que ça lui faisait du bien de parler, elle rappela tout le monde, sauf Chloé. Elle leur dit que Peter avait eu un problème de batterie et que tout allait s'arranger.

La tempête souffla toute la nuit. Elle arracha un arbre dans le jardin du voisin. Elle fit voler quelques tuiles, mais rien de grave.

Alexia se leva très tôt, elle était triste. Même si Peter n'était pas lié au meurtre, elle avait l'impression qu'il l'avait abandonnée.

Pendant le petit déjeuner avec son fils, elle ne dit presque rien, elle était ailleurs. Son esprit vagabondait sur les cimes couvertes de brouillard et de pluie.

Elle avait hâte que Kevin parte à l'école. Elle voulait être seule.

À 10 heures, elle aperçut le facteur qui déposait du courrier dans la boîte aux lettres vissée à la grille du jardin.

Une averse fouettait le sol.

Elle alla le chercher sur-le-champ par crainte que les enveloppes ne prennent l'eau.

Quatre plis : la banque, la Sécurité sociale, une carte postale d'un ami en vacances à Palerme et un courrier de Speedcar, le loueur de voitures.

Elle s'inquiéta.

Pourquoi Speedcar envoie-t-il un courrier ? Je ne loue jamais de véhicule.

Il était adressé à Monsieur Peter Chanez.

Elle était atterrée.

Avait-il loué une voiture ? Mais quand ? Il n'en avait pas parlé.

Elle tenait l'enveloppe au bout de ses doigts frêles. Elle n'osait pas l'ouvrir, elle ne lui était pas destinée.

Il arrivait à Peter de recevoir des courriers personnels, mais jamais émanant d'un loueur de véhicules.

La jeune fille assassinée était arrivée en voiture sur le parking d'Orédon.

Alexia n'ouvrait jamais le courrier de son mari, même quand elle était intriguée. Il n'ouvrait jamais celui de sa femme. La confiance était le ciment de leur couple.

Cette enveloppe envoyée par un loueur de voitures !

Elle essayait de deviner, par transparence, ce qu'elle contenait. Elle n'y arrivait pas.

Une facture ?

D'habitude, les factures sont envoyées par mail. Mais pourquoi une facture ?

Elle comprit.

Elle fut soulagée.

Cette enveloppe devait être une publicité, un prospectus, une offre spéciale envoyée à des milliers de gens à travers la France. Elle ne trouvait pas d'autre explication.

Elle l'ouvrit.

Ça ne se faisait pas de violer la correspondance, mais puisqu'il s'agissait d'une banale publicité, cela n'avait aucune importance. Elle la mettrait à la poubelle, et Peter, quand il rentrerait après sa randonnée, n'en saurait rien.

Une feuille A4 blanche.

Une lettre signée par le directeur commercial.

Alexia parcourut les lignes.

Elle fut glacée d'effroi.

Toulouse, le 7 octobre

Cher Monsieur,

Vous avez loué une Volkswagen Polo noire dans notre agence de Toulouse-Matabiau le vendredi 30 septembre à 15 heures pour une durée annoncée de cinq jours, soit jusqu'au mercredi 5 octobre à 15 heures.

Vous n'avez pas restitué la voiture au moment convenu, sans nous en avertir, et malgré plusieurs relances, vous ne donnez plus aucune nouvelle.

Nous espérons qu'il ne vous est rien arrivé.

Nous avons été obligés d'encaisser la caution déposée lors de la réservation. Elle vous sera restituée le jour où vous régulariserez votre situation.

Afin d'éviter un signalement auprès des autorités compétentes, nous vous serions reconnaissants de vous manifester avant le lundi 10 octobre à 15 heures au numéro d'urgence mentionné en bas de cette lettre.

En vous remerciant, nous vous prions de croire en nos sentiments les plus cordiaux.

Alexia relisait la lettre dans tous les sens. Elle ne comprenait pas ce qui arrivait. Elle était perdue, déboussolée, sidérée.

Peter avait menti. Il n'avait pas pris le train à Toulouse-Matabiau. Il avait acheté un billet dont il ne s'était pas servi. Il avait loué une voiture pour cinq jours.

Quelqu'un avait transporté dans un véhicule la jeune fille jusqu'au parking d'Orédon situé au pied du chemin menant à l'endroit où le cadavre avait été découvert le 5 octobre, jour où Peter aurait dû restituer la Polo noire.

Alexia se rendit sur-le-champ à l'agence Speedcar de Toulouse-Matabiau.

Derrière le comptoir, une grosse fille mal maquillée parlait au téléphone. Un badge indiquait qu'elle s'appelait Mylène. Elle n'avait pas l'air d'avoir vu Alexia.

— Oui, monsieur, il faut confirmer en réglant la totalité de la somme par carte bleue sur le site internet dans les vingt-quatre heures.

L'avocate se demandait si Mylène saurait répondre à ses questions. Elle avait dans la main la lettre reçue par la poste.

L'hôtesse raccrocha.

— Que puis-je faire pour vous ? demanda-t-elle d'une voix faussement aimable.

— J'ai reçu un courrier m'indiquant un véhicule non restitué...

Mylène regarda la lettre. Elle tapa la référence sur son ordinateur.

— Ah oui, effectivement, nous attendions la voiture. Vous l'avez garée devant ?

— Heu, non. Mon mari l'a empruntée plus longtemps que prévu.

— Nous n'avons eu aucune nouvelle de lui. Normalement il faut nous prévenir en cas de retard. Le véhicule sera restitué quand ?

— Je ne sais pas.

— Ah bon ?

— Je ne sais pas ce qu'est devenu mon mari.

L'hôtesse avait l'air ennuyée.

— Il faut payer le supplément et indiquer à quel moment la Polo sera rendue. À défaut, nous serons obligés de signaler sa disparition à la police. Vous pouvez joindre votre mari ?

— Je n'y arrive pas.

Mylène tapa de nouveau sur son clavier.

— Je suis désolée de vous dire ça, mais nous avons reçu une amende pour excès de vitesse qu'il faut également régler.

— Écoutez, mon mari a disparu et vous me parlez de contravention. À quel moment a-t-il été flashé ?

— Le 6 octobre à 17 h 45.

Alexia tressaillit.

Le 6 octobre, le lendemain du meurtre.

— À quel endroit ?

— J'en sais rien. On l'a reçue ce matin. Le client doit payer tout de suite.

— Quand mon mari a pris la voiture, il était seul ?

— Ah ça, madame, on n'a pas le droit de vous le dire, et puis le vendredi, je suis en pause. C'est un collègue qui lui a donné la clé.

— Votre collègue est là ?

— Oui, dans son bureau.

— Appelez-le, je vous en supplie, je veux le voir.

— Il travaille.

— Appelez-le, je suis avocate.

Elle brandit sa carte professionnelle.

— Ne vous énervez pas, je vais voir s'il est disponible.

Mylène décrocha son combiné.

— Félicien, tu peux venir ?

Il arriva. Mylène lui expliqua la situation.

— Madame est avocate, son mari a disparu, sa voiture a disparu.

Alexia retrouvait ses forces, son caractère.

— La loi m'autorise à exiger des nouvelles de mon mari. Tout manquement à vos obligations de loueur de voitures entraînera un dépôt de plainte.

Le ton ne supportait aucune contestation. Le jeune homme ne savait pas si elle fabulait, ou si elle disait vrai, c'était la première fois qu'il était confronté à ce genre de situation.

— Que puis-je faire ? murmura-t-il. Je ne suis au courant de rien.

Elle sortit de son portefeuille la photo de Peter.

— Vous connaissez cet homme ?

— Ben oui, bien sûr, c'est Peter Chanez, le champion de rugby. On a discuté ensemble quand il est venu chercher la voiture. Je suis un fan du Stade toulousain. Il m'a même signé un autographe. Un type très sympa !

— Il était seul ?

— Sa femme l'accompagnait.

— C'est moi sa femme !

— Ah, pardon. Il y avait une personne à ses côtés mais je ne sais pas s'ils étaient ensemble.

— Comment était-elle ?

— Une jolie fille, bien plus jeune que lui.

Alexia était abasourdie.

— Il vous a dit qu'ils partaient ensemble ?

— Heu, non, il n'a rien dit. C'était peut-être sa petite sœur. Ou quelqu'un qui était là par hasard.

— Il n'a pas de petite sœur.

Félicien se mordit les lèvres.

— Je n'aurais pas dû vous en parler, vous avez l'air triste.

— Ce n'est rien, tout va bien. Mon mari a disparu et vous m'apprenez qu'il est parti avec une autre.

— Ou alors, c'était une admiratrice qui l'a aperçu de loin et qui a voulu le saluer. Quand il jouait au Stade toulousain, après les matchs, il faisait la bise à tout le monde, c'était chouette.

— Ils sont montés ensemble dans la voiture ?

— Je ne sais pas.

— Quel âge ?

— Une vingtaine d'années. Une fille magnifique en tout cas. Magnifique !

Le monde d'Alexia s'écroulait. Son amour, son bel amour n'était pas parti marcher, il avait loué une voiture, il avait emmené une jeune fille avec lui.

Elle imaginait ce qui s'était passé. Il l'avait invitée quelques jours dans une chambre d'hôtel. Il adorait faire l'amour la fenêtre ouverte. Alexia avait fait l'amour des dizaines de fois en des lieux d'une beauté à couper le souffle.

À Toulouse, il avait préparé son sac à dos. Il s'était attardé sur chaque détail, chaque objet. Il avait emporté exactement ce dont il avait besoin, rien d'autre, afin que le sac ne soit pas trop lourd.

Tout cela n'avait été qu'une odieuse mascarade.

Alexia était abasourdie qu'il ait pu la tromper avec un tel cynisme.

En rentrant chez elle, elle s'effondra sur le canapé, en pleurs. Les pleurs ne durèrent pas. Elle se releva, arracha plusieurs photos de Peter accrochées au mur et les déchira.

Le téléphone sonna.

Chloé.

Sans même lui laisser le temps de parler, Alexia évoqua la lettre de Speedcar et sa visite à l'agence de location. Sa voix était envahie de colère.

— Bah, s'écria Chloé qui voulait la rassurer. Pour faire plaisir à une admiratrice rencontrée à la gare, il l'a emmenée en voiture quelque part. Puis il a commencé sa randonnée tout seul.

— Qu'est-ce qui te fait dire ça ?

— S'il avait voulu se cacher, pourquoi aurait-il loué une voiture en compagnie d'une minette dans une ville où il est célèbre ? Même le type de l'agence l'a reconnu. Quelque chose ne colle pas.

— Tu l'as dit, quelque chose ne colle pas.

Alexia essayait de se calmer. Elle cherchait des explications réconfortantes, mais la réalité était là: Peter n'avait pas pris le train à la gare de Matabiau. Il avait loué une voiture. Il avait emmené une jeune fille dans une Polo noire. C'était la première fois qu'il mentait. Ou du moins, la première fois qu'Alexia découvrait qu'il mentait.

— À mon avis, ce n'est pas bien méchant, poursuivit Chloé.

Alexia se souvenait qu'il avait décliné de manière vive sa proposition de l'accompagner à Luchon. Elle l'avait déposé en voiture à la gare. Il lui avait dit : « Pas la peine de stationner, c'est payant. »

— Mais pourquoi ne rend-il pas la Polo ? s'écria-t-elle.

— Une panne ?

— Une panne peut immobiliser une caisse pendant des heures, pas des jours. Il devait la rendre mercredi, et nous sommes samedi.

— Que vas-tu faire ?

— Je ne sais pas. Je deviens folle.

— Appelle la police, bordel !

— La police ? Mais ça ne sert à rien. Qu'est-ce qu'elle va faire la police ? Peter est un grand garçon. S'il veut disparaître, il a le droit. Et de plus, il n'a pas disparu. Il ne m'a pas appelée depuis quatre jours. En soi, ça n'a rien d'exceptionnel.

— Tu as peur que la police le soupçonne de...

— Ferme-la, voyons. Tu dis n'importe quoi !

Alexia se mit à pleurer. Elle pleura à chaudes larmes, longtemps, ça arrivait rarement.

Comment sortir de cet enfer ?

L'avocate n'en pouvait plus de tourner en rond chez elle, comme une lionne en cage, à attendre un appel qui ne venait pas.

Elle localisa sur Internet l'endroit exact où avait eu lieu le crime : entre le parking du refuge d'Orédon et le lac de l'Oule, sur un sentier menant au Soum de Montpelat, à l'est de la réserve naturelle de Néouvielle.

Elle s'habilla chaudement, enfila des chaussures de marche, envoya un texto à Kevin qui était à son entraînement de rugby : *Chéri, je pars pour le travail. Risque de rentrer tard. Tu es assez grand pour rester seul, hein ? Bise. Ta maman.*

Elle se mit au volant de sa Cactus, tapa la destination sur le GPS puis démarra. Elle ne savait pas pourquoi elle s'en allait sur le lieu du crime, à quoi ça servait, mais il fallait bien qu'elle agisse, elle ne pouvait pas rester les bras croisés. Elle essayait de comprendre. De trouver des indices, n'importe lesquels, qui la mettraient sur la piste de la vérité.

Après le bourg de Saint-Lary, Alexia tourna à droite vers la réserve de Néouvielle. La route en zigzags longeait un torrent impétueux.

Le ciel était sombre, elle avait l'impression que la nuit approchait à grands pas. Après un dernier tournant, elle se gara sur le fameux parking, non loin du refuge d'Orédon qui dominait un lac de barrage éponyme. Deux voitures étaient stationnées.

Le paysage était grandiose : des forêts de pins, des rochers, de hautes montagnes, un petit air de Canada.

Un panneau indiquait :

GR 10
Lac de l'Oule

Elle avança sur un chemin bordé de cairns qui serpentait entre des pins à crochets. Elle ne savait pas combien de temps il fallait marcher, ni ce qu'elle découvrirait. Retrouverait-elle la scène du crime ? Les enquêteurs avaient-ils déployé des rubans jaunes ?

Elle espérait encore, sans y croire, que Peter allait lui téléphoner. Était-il vivant ? Mort ? Blessé ? S'était-il enfui en voiture ?

Elle avait les yeux scotchés sur son écran.

Elle avait décidé de ne plus l'appeler. À quoi cela servirait-il ? C'était épuisant. Il ne répondait pas. Elle lui en voulait de ne pas répondre. Il pourrait donner un signe de vie, n'importe lequel, pour la rassurer. Juste un mot. Un smiley.

Quand il jouait au rugby, lors des compétitions, à la mi-temps, il envoyait un smiley dont elle connaissait le sens : « partie bien engagée », « incertain », « catastrophe ». Un smiley toujours suivi d'un cœur.

Après avoir emprunté un sentier perpendiculaire au chemin principal, elle aperçut une longue bande jaune sur laquelle était inscrit : *Police technique et scientifique – Zone interdite.*

Le site était grandiose. Elle devinait, à travers les arbres, en contrebas, plusieurs lacs lovés au fond de la vallée.

Le meurtre avait eu lieu trois jours plus tôt, il n'y avait déjà plus personne. En quelques heures, les enquêteurs avaient tout ratissé, tout récolté.

Y avait-il des caméras planquées quelque part ?

Elle contourna la zone sans y pénétrer, elle n'avait pas envie de laisser des indices qui la rendraient à son tour suspecte.

Au-delà de la bande jaune, elle ne remarqua rien de spécial. Pas de sang visible sur les rochers. De l'herbe, des cailloux, quelques arbres. Comme si rien ne s'était passé. Elle imaginait la scène. La jeune fille nue, suppliant qu'on l'épargne. L'homme la serrant contre elle, abusant d'elle, jouissant en elle, avant de la mettre à mort comme un pauvre animal.

En tant qu'avocate, elle savait que la plupart des criminels étaient des gens normaux dans leur vie quotidienne, mais son amour pour Peter l'empêchait d'envisager qu'il ait pu commettre une chose pareille.

Dans cette affaire, elle n'était plus avocate, elle était une femme éprise de l'homme de sa vie.

La pénombre venait, il n'était pourtant pas tard, mais les nuages s'épaississaient. Le brouillard enveloppait les sommets d'une gangue cotonneuse. Alexia craignait la pluie. Elle voulait regagner sa voiture. La balade n'avait pas servi à grand-chose, mais au moins elle voyait à quoi ressemblait la scène de crime. Elle était soulagée d'être là, elle ne savait pas pourquoi.

Elle entendit un bruit.

Au début, elle crut que c'était un animal. Un mouflon, un bouquetin. Ils étaient nombreux par ici.

Elle s'arrêta de marcher.

Le bruit recommença, plus proche, derrière elle. Ça ressemblait à un pas.

Elle se retourna.

Peter ?

Tout à coup, à sa grande surprise, elle aperçut, debout près d'un arbre isolé, en dehors du sentier, à quelques dizaines de mètres d'elle, un homme de grande taille qui la regardait fixement.

Ce n'était pas Peter.

L'individu était vêtu d'un anorak. Allure sportive, cheveu ras, tennis blanches. Il ressemblait lui aussi à un rugbyman, mais Alexia ne l'avait jamais vu.

Pourquoi était-il là ?

Randonneur ?

Herboriste ?

Cueilleur de champignons ?

Meurtrier ?

Si c'était le meurtrier, ça voulait dire que Peter était innocent. Délicieuse nouvelle. La mauvaise, c'était qu'elle courait un grave danger.

Pourquoi le meurtrier revenait-il sur les lieux de son crime ? Pour récupérer des indices compromettants ?

Elle prit peur.

La svelte femme voulait retourner le plus vite possible vers le parking. Elle n'avait pas envie de discuter avec ce promeneur solitaire. Il était peut-être inoffensif, mais elle ne voulait pas courir de risque.

Elle reprit le chemin en sens inverse. Elle courut. Elle espérait que l'individu n'allait pas la poursuivre.

Elle se retourna une fraction de seconde.

Le corps puissant de l'homme était lancé à ses trousses.

Elle était épouvantée.

Elle avait de bonnes chaussures, elle était mince, rapide, mais elle craignait qu'il ne la rattrape.

Les tueurs reviennent toujours sur le lieu de leur crime, pensa-t-elle.

L'affaire s'éclaircissait. Un homme prenait plaisir à violer des jeunes femmes dans la montagne, c'était sa drogue dure, et pour éviter qu'elles ne parlent, il les massacrait.

Les annales judiciaires étaient bourrées de ce genre d'histoires macabres : des individus agressent et tuent selon le même scénario, parfois au même endroit, ils veulent revivre la même la jouissance, quels que soient les risques encourus.

Tel était le raisonnement d'Alexia.

Elle s'en voulait d'être venue seule. Quelle idée idiote ! Elle aurait dû demander à Léo de l'accompagner, c'était un homme robuste qui adorait rendre service. Elle n'y avait pas pensé. Elle était partie sur un coup de tête, sans réfléchir, mue par un instinct irrépressible.

En une fraction de seconde, elle comprit tout : Peter avait vu quelque chose. Il était arrivé juste après le crime, par hasard. Il avait aperçu le cadavre et le meurtrier. Ce dernier avait voulu faire disparaître un témoin embarrassant. Ils s'étaient battus comme sur un terrain de rugby, l'agresseur était aussi puissant que lui, le combat avait été difficile. Après avoir tué la jeune fille, le meurtrier avait tué Peter. Il avait vu le porte-clés accroché à son sac à dos, il l'avait placé dans la paume de la jeune femme, puis il avait fait disparaître le corps du rugbyman.

L'homme n'était plus qu'à quelques mètres. Alexia entendait son souffle. Elle voulait vivre.

— Mais arrêtez-vous, voyons, s'écria-t-il.

Hors de question d'obtempérer, elle ne voulait pas être la nouvelle victime d'un tueur en série.

Elle courait de plus en plus vite. Elle manqua de trébucher à plusieurs reprises, mais elle resta debout, mue par un instinct de survie. Elle finit par distancer son poursuivant.

Elle arriva au parking.

Éperdue d'angoisse, elle s'engouffra dans son véhicule et enfonça la clé de contact. À cet instant, l'homme déboula du chemin et courut dans sa direction. Il essaya d'ouvrir la portière avant, mais Alexia l'avait fermée à clé. Il se mit devant le véhicule pour lui barrer la route.

Il sortit un pistolet de sa poche.

Effarée, Alexia appuya sur la pédale d'accélérateur. Il fallait à tout prix qu'elle quitte l'endroit. Surpris, l'homme s'écarta.

Elle allait survivre.

Au moment de s'élancer sur la route, elle vit jaillir de la forêt trois hommes qui brandissaient eux aussi un pistolet. Ils cernèrent la voiture de tous côtés.

Elle était stupéfaite.

Les écraser ?

Elle n'en avait pas la force, d'autant qu'ils pointaient leurs armes sur elle.

Elle coupa le moteur.

L'homme qui l'avait poursuivie se colla derrière la vitre.

— Ouvrez-moi !

Il tambourina contre le carreau d'un poing énorme et menaçant.

Il extirpa de sa poche une carte rectangulaire barrée d'un bandeau tricolore.

— Police ! Les mains en l'air ! Sortez de la voiture ! Vite !

Alexia éprouva un immense soulagement. Dans sa panique, elle n'avait pas songé un instant que l'homme, là-haut, était un policier surveillant la scène du crime.

Elle s'extirpa de sa voiture, les mains levées au-dessus de sa tête.

— Je suis vraiment désolée, murmura-t-elle, je vous avais pris pour un tueur. Pourquoi ne pas avoir dit dès le début que vous étiez de la police ?

Son poursuivant rangea son arme.

— Dès que vous m'avez vu, vous êtes partie en courant. J'ai trouvé ça bizarre. J'ai crié « police » alors que vous fonciez sur le chemin. J'ai eu l'impression que vous n'aviez pas entendu, ou que vous aviez quelque chose à vous reprocher.

Elle haussa les épaules en signe d'agacement.

— Je rencontre un homme sur une scène de crime, je suis seule, j'ai peur, c'est normal, non ? D'autant que vous faites peur, monsieur ! Vous ne vous êtes jamais regardé dans une glace ?

L'homme la dévisagea. Ses yeux, tout petits, respiraient la cruauté. Il était massif, costaud, laid. Rien à voir avec la beauté solaire de Peter. Son contraire, en quelque sorte, malgré une silhouette qui, de loin, rappelait le rugbyman.

— Vous pouvez baisser vos bras.

Il la scruta des pieds à la tête. Puis, d'une voix autoritaire :

— Comment savez-vous que vous êtes sur une scène de crime ?

— C'est un interrogatoire ?

— Oui.

— Tous les journaux en parlent.

Les autres hommes ne disaient rien. Eux aussi avaient rangé leurs armes.

— Je m'appelle Dayan, juge d'instruction, poursuivit-il. Pourquoi êtes-vous ici ?

— Et vous ? Un juge d'instruction travaille dans un bureau, pas en pleine nature. Il ne course pas les gens dans la montagne ! Votre attitude est surprenante !

— C'est mon problème. Vous ne m'avez pas répondu.

— Je suis là par curiosité.

— Vraiment ? Et vous êtes venue seule ? Vous avez fait preuve d'un grand courage, l'endroit est mal famé. Vous pouvez me présenter vos papiers ?

Elle sortit sa carte d'identité et sa carte professionnelle. Elle commençait à reprendre ses esprits.

— Je suis Alexia Chanez, avocate au barreau de Toulouse. Je m'intéresse aux enquêtes judiciaires. Je suis venue parce que cette affaire m'intrigue.

Dayan fronça les sourcils.

— Vous conseillez quelqu'un dans ce dossier ?

Elle défendait son amour, oui, mais elle ne voulait pas le dire.

— Personne. D'après ce que j'ai compris, il n'existe aucun suspect, n'est-ce pas ?

Elle tentait d'en savoir un peu plus sur l'avancée de l'enquête.

Il inspira un grand coup.

— Nous avançons, mais je ne vous dirai rien de plus.

— Quelqu'un est soupçonné ?

— Désolé, je ne peux pas communiquer d'information à ce sujet. Si, un jour, un suspect devient votre client, vous aurez accès au dossier.

Un court instant, elle s'imaginait en train de défendre Peter, ce qui, juridiquement, était impossible.

— Comment vos hommes ont-ils su que j'arrivais sur le parking ?

— Mais vous ne connaissez pas les forces de l'ordre ? Vous avez l'air d'une débutante. Le site est surveillé en permanence, il y a même des caméras. Mes hommes fouillent la zone à la recherche d'indices. Quand vous avez commencé à courir, je les ai appelés, ils sont redescendus à leur tour vers le parking.

Il avait l'air étonné par l'ingénuité de l'avocate.

— Je n'arrive pas à croire que vous venez ici par simple curiosité, poursuivit-il. J'imagine que vous connaissez quelqu'un concerné par cette histoire. Je me trompe ?

Elle ne put réprimer le tremblement de ses doigts, léger mais irrépressible.

— Nullement, s'écria-t-elle, outrée. Et si c'était le cas, je ne vous dirais rien. Si je devais travailler sur ce dossier, vous en seriez informé par voie officielle, et non sur un parking de montagne.

— Certes, admit l'homme. De toute façon, ici, pour moi vous n'êtes pas avocate… Vous êtes…

Il hésitait sur le mot à utiliser.

— Vous êtes un témoin.

— Un témoin ? Mais témoin de quoi ? Je me promène sur un sentier plusieurs jours après un crime. Je ne suis témoin de rien. Juridiquement, ce que vous affirmez ne tient pas debout.

— Je suis obligé de remplir un procès-verbal. Vous avez tenté de fuir.

Elle haussa les épaules.

— Je refuse de remplir quoi que ce soit. Vous n'étiez pas en uniforme et au début, vous n'avez pas décliné votre qualité. Quand vous avez sorti votre carte, j'ai immédiatement obtempéré. Je suis avocate, je connais les lois.

Dayan semblait impressionné par l'aplomb soudain de la jeune femme.

— Soit, concéda-t-il. Je vais simplement relever votre identité. Mais puisque vous avez l'air de vous intéresser de près à cette affaire, n'hésitez pas à me joindre si vous en savez plus. Nous explorons toutes les pistes. Je vous donne ma carte avec ma ligne directe.

Il rajouta à la main son numéro de portable, puis :

— Ce n'est pas tous les jours que je tombe sur une avocate intéressée par un crime qui ne concerne pas un de ses clients. Étrange, très étrange !

Il se mit à rire. Elle trouva ce rire odieux.

Il scruta les yeux d'Alexia. Elle en fut troublée.

Le fond de la vallée plongeait dans une mer de ténèbres.

Dayan l'autorisa à repartir.

Elle se remit au volant de sa voiture, alluma les phares et démarra doucement.

Elle tremblait des mains, sa gorge était sèche.

Si Peter était mêlé au meurtre, la présence de sa femme sur le lieu du meurtre allait forcément intriguer la police judiciaire. Elle s'en voulait d'être venue à Néouvielle, mais le mal était fait.

Il était plus de 20 heures quand elle retrouva sa maison. Elle avait envoyé un texto à Kevin pour lui dire de ne pas s'inquiéter. Il regardait un dessin animé à la télévision.

— Maman, ça va ? Tu as des nouvelles de papa ? Je l'ai appelé deux fois tout à l'heure. Qu'est-ce qu'il devient ? Ça fait plusieurs jours qu'il ne répond pas.

— Ce n'est pas toujours facile d'utiliser son téléphone en montagne. Pas de batterie, pas de réseau, pas de nouvelles. Mais il va appeler, ne t'en fais pas.

Elle ne voulait pas montrer son désespoir. Elle ne voulait pas parler du crime. À quoi bon ?

— Il revient quand ? demanda-t-il d'un air ingénu.

Elle le prit dans ses bras et caressa ses beaux cheveux.

— Va faire tes devoirs et pense à autre chose. Tout va s'arranger.

Kevin parti, elle appela Léo et lui raconta brièvement sa journée. Il promit de passer la voir bientôt. Puis, après avoir hésité, elle décida de fouiller dans l'ordinateur de son mari.

Peter l'avait laissé dans un coin de la chambre, sur une étagère. Elle ne touchait jamais à son ordinateur. Il ne touchait jamais au sien. De toute façon, il n'avait rien à cacher, bien sûr. Rien du tout. Elle n'avait aucune raison de l'espionner. Ils étaient transparents l'un à l'autre. Jamais une once de méfiance ou de jalousie entre eux.

Il avait emmené une jeune fille dans une voiture de location.

Elle sortit l'ordinateur de sa housse et l'ouvrit. C'était la première fois qu'elle l'allumait. Elle avait honte, et en même temps, elle se disait qu'elle n'avait pas d'autre solution pour tenter d'éclaircir le mystère. Certaines disparitions duraient des mois, des années. Certains disparus disparaissaient pour toujours. Ils ne donnaient jamais plus de nouvelles. On ne savait pas s'ils étaient morts ou vivants, s'ils avaient recommencé une vie ailleurs, s'ils étaient repartis de zéro dans un pays lointain, ou si leur corps gisait en pleine nature, dans un endroit où personne ne va jamais. On ne savait rien. C'était la pire des tortures de ne pas savoir. La pire chose qui puisse arriver à un être humain. La disparition d'un être aimé est pire que la mort.

Sur l'ordinateur de Peter, il n'y avait aucun code à taper. Après l'avoir allumé, on tombait directement sur le *bureau.*

En homme ordonné, Peter avait créé trois dossiers : *famille, travail, sports.* Elle ouvrit le premier. Il contenait des photos, des centaines de photos. Elle les connaissait presque toutes. Vacances, pique-niques, sorties, anniversaires, fêtes. Elle regarda les miniatures à toute vitesse. Tout était normal, parfaitement normal.

Le dossier *travail* renfermait des plans, des croquis, des factures, des courriers de clients, des photos d'intérieur.

Le dossier *sports* était divisé en trois : rugby, montagne, vélo, uniquement des photos. Là encore, rien d'anormal. Des clichés de matchs, d'entraînements, de randonnées, des paysages.

J'ai honte de fouiner dans ses dossiers, ça ne se fait pas. S'il me voyait !

Elle avait peur qu'il ouvre la porte, brusquement, sans prévenir, et qu'il lui dise de sa grosse voix virile : « Pourquoi tu fouilles dans mes affaires ? Qu'est-ce qui se passe ? Qu'est-ce que tu cherches ? Ça ne te ressemble pas. Tu m'espionnes ? Alexia, ma douce Alexia, tu es devenue folle ? Je ne te reconnais pas. »

Oui, elle était devenue folle.

Elle avait peur qu'il se fâche, mais elle avait envie qu'il fasse irruption dans la pièce, même s'il l'engueulait pour la première fois de sa vie.

Elle ouvrit son compte mail : peter.chanez@gmail.com

Ce n'est pas bien ce que je fais, pas bien du tout, mais je n'ai pas le choix.

Le mot de passe était enregistré sur l'ordinateur, si bien qu'elle n'eut aucun mal à accéder à sa boîte.

Je l'espionne, je me culpabilise.

Il n'avait pas ouvert ses messages depuis le jour du meurtre. Le dernier qui avait été lu, c'était le matin du 5 octobre. Un message de Jacques Frolla. Alexia le connaissait. Un client de Peter. Un bon client. Peter avait refait l'intérieur de son restaurant au mois de juin.

Il avait ouvert le message de Jacques Frolla. Les suivants n'avaient pas été ouverts.

Que s'était-il passé après cette date ? Pas de connexion ? Était-il mort ? Avait-il fait exprès de ne pas se connecter ?

Les messages suivants, non ouverts, étaient ceux d'autres clients, ou des publicités, à en juger par l'objet annonçant le mail : *Votre facture, Votre dernier devis, Avancée des travaux, Dernières nouvelles*... En tant qu'architecte d'intérieur, il recevait quantité de mails de ce type. Elle regarda les précédents, ceux des jours précédents. Elle ne remarqua rien de bizarre. De toute façon, elle s'attendait à ne rien trouver. Si Peter avait quelque chose à cacher, il aurait empêché quiconque d'accéder à sa boîte mail.

L'inquiétude grandissait en elle.

Aucun signe de vie depuis le 5 octobre.

Elle jeta un œil dans la corbeille.

Un mail s'y trouvait, un seul.

Celui d'une certaine Natacha Vikachev.

Natacha Vikachev ? Ce nom ne lui disait rien.

Sa gorge se noua.

Elle n'avait jamais entendu parler d'elle.

Quand elle commença la lecture du message, elle eut l'impression de mourir.

Coucou mon Peter, je suis heureuse de partir avec toi. J'ai essayé de t'appeler plusieurs fois, je suis tombée sur ton répondeur. Tu m'as demandé de ne pas laisser de message, c'est pour ça que je t'envoie ce petit mail. Efface-le vite, comme d'habitude. J'ai plein de choses à te dire. Des choses importantes. Je te rejoins demain à l'adresse que tu m'as indiquée. Sans faute. Natacha

Alexia relut plusieurs fois le message. Ses dents claquaient. Qui était cette Natacha dont elle ignorait l'existence ?

Efface-le vite, comme d'habitude.

Peter l'avait placé dans la corbeille, mais il avait oublié de la vider. Acte manqué ? Alexia imaginait qu'il y avait eu d'autres mails, tous effacés. Des dizaines ? Des centaines ?

Elle regarda dans le dossier *Envoyés.* Elle voulait lire les messages écrits par Peter. Aucun message adressé à Natacha. Les avait-il supprimés ? Peter était un homme consciencieux, ordonné, méthodique. Il ne laissait rien au hasard.

Sauf une fois.

Elle n'arrivait pas à croire qu'il ait pu mentir. C'était impensable. Elle n'arrivait pas à croire qu'il ait pu la tromper. C'était inimaginable.

Elle se souvint qu'un jour d'août, sur la plage de la Grande Motte, il avait regardé une jeune fille avec insistance. Il lui avait souri, la jeune fille lui avait adressé un petit clin d'œil. Alexia lui avait demandé s'il la draguait. Il avait répondu qu'il n'avait aucune attirance pour d'autres femmes que celle de sa vie. Pour la rassurer, il l'avait prise dans ses bras, il lui avait caressé les cheveux. Tendrement.

Je suis heureuse de partir avec toi.

Alexia était outrée par ces mots.

Elle les imaginait nus l'un contre l'autre. Facile à imaginer. Tellement facile.

Elle regarda la date d'envoi du mail : sept 29 à 12 h 04 PM. La veille du départ de Peter. Un jeudi. Elle se souvenait très bien de ce moment. À midi, ils avaient dressé la liste des affaires de montagne. Comme avant chaque départ du randonneur, elle avait effectué une grande lessive. Elle avait lavé le sac de couchage, la petite tente, les habits.

Au même moment, Natacha Vikachev envoyait un message plein de sous-entendus, et le lendemain, ils partaient comme des amoureux vers une destination inconnue.

Alexia n'imaginait pas qu'une jeune fille crapahute avec un sportif de haut niveau sur des sentiers caillouteux. Elle n'en était pas capable. La confection du sac à dos était un subterfuge. Ils n'avaient pas marché ensemble.

Où étaient-ils partis ?

Le cadavre était-il celui de Natacha Vikachev ?

Peter l'avait-il tuée ?

S'ils s'entendaient si bien, pourquoi l'avait-il tuée ? C'était incompréhensible.

Alexia ne trouvait aucune réponse à ses effarantes questions.

À mesure que les heures passaient, interminables, odieuses, elle se sentait de plus en plus abandonnée. Elle perdait pied. Elle s'enfonçait dans un brouillard polaire, épais, gluant, sans fin.

Elle chercha Natacha Vikachev sur Google. Elle ne trouva rien. Il existait de nombreuses Natacha et de nombreux Vikachev, mais aucune Natacha Vikachev. Elle n'était référencée sur aucun réseau social. On ne trouvait aucune information sur elle.

Un pseudonyme ?

Qui était-elle ? D'où venait-elle ?

Une fille magnifique en tout cas. Magnifique ! avait dit le loueur de voitures.

Une heure plus tard, Chloé débarqua à l'improviste. Elle avait tenté plusieurs fois de joindre sa meilleure amie, mais celle-ci n'avait pas décroché, elle avait bu la moitié d'une bouteille de whisky et, ravagée par le désespoir et l'alcool, gisait sur le divan.

La nuit était froide et triste.

Kevin dormait dans sa chambre.

Les cheveux fraîchement lavés de Chloé encadraient son joli visage. Elle essayait de sourire. Elle voyait bien qu'Alexia n'était pas dans son état normal.

Elles s'assirent dans le salon l'une à côté de l'autre. Face à la mine déconfite de sa copine, Chloé ne savait pas quoi dire.

— Toutes mes certitudes se sont effondrées en quelques jours, murmura l'avocate d'une voix quasi inaudible. Un meurtre atroce, mon mec qui disparaît, et puis...

— Et puis quoi ?

— Il fréquente une autre femme...

Elle raconta ce qu'elle venait de découvrir. Elle lui révéla le nom de la jeune fille.

— Tu n'as jamais eu de soupçon ? demanda Chloé, la mine grave.

— Jamais. Il aime les femmes, le corps des femmes, mais j'étais persuadée d'être la seule... L'unique...

— Tu es certaine qu'il fait l'amour avec elle ?

Alexia secoua la tête.

— Un colosse de muscles emmène une belle jeune fille sans en parler à son épouse... Tu penses qu'ils jouent aux cartes ?

— D'où elle sort cette Natacha ?

— Pas la moindre idée. Jamais entendu parler.

— Un nom russe.

— En tout cas, elle écrit bien français.

— Qu'est-ce qu'il y a dans ce fameux mail ?

À force de l'avoir lu et relu, Alexia le connaissait par cœur. Elle inspira un grand coup, le récita d'un bout à l'autre puis se tut.

Elle regarda par la fenêtre. De pâles réverbères éclairaient faiblement la nuit. La pluie s'était remise à tomber. Des rigoles de pluie lacéraient les carreaux.

Chloé essayait de trouver des mots de réconfort, mais elle n'en trouvait pas. Le destin de Peter était scellé dans un brouillard d'eau.

— Alexia, poursuivit-elle, excuse-moi pour cette question abrupte, mais penses-tu qu'à chaque fois qu'il randonne, c'est pour s'envoyer en l'air avec une jeune fille ?

— Je me pose moi-même la question. Les randonnées en solitaire, c'est pratique pour cacher une deuxième vie. Il insiste à chaque fois pour partir seul. Louche, non ? Personne n'a jamais vérifié s'il marchait. Il revient avec quelques photos de montagne. Mais les photos, c'est facile d'en piquer sur Internet.

— Et ses affaires ? Quand il rentre, elles sont sales ?

— Très sales. Elles puent la sueur. Elles sont pleines de poussière et de boue. L'eau de la lessive est noire. Mais il est capable de les avoir salies pour faire croire qu'il a marché.

Elle baissa les yeux, avant d'ajouter :

— Je suis en train de découvrir un monde que je n'avais jamais imaginé. Je me mets à douter de tout. Je me demande même s'il m'a aimée.

— Il a joué la comédie avec toi ?

— Peut-être.

— Tout était faux ?

Alexia ne répondit pas.

— Tu penses que j'ai couché avec lui ? poursuivit Chloé.

Son amie lui jeta un regard effaré.

— Pourquoi tu dis ça ?

— Je te rassure. Je ne dis pas qu'il me laisse indifférente, mais jamais je ne t'aurais fait ce coup-là. C'est un bon ami, comme Léo.

— Au fait, tu as des nouvelles de Léo ?

— Il m'a téléphoné tout à l'heure. Il a l'air inquiet. Il n'ose pas t'appeler. Il n'a rien de nouveau à te dire. Il pense qu'il faut prévenir la police.

— La police ? Mais je n'ai pas envie que Peter soit soupçonné de meurtre.

— Pourquoi le serait-il ? Il est parti avec une jeune fille, et au même moment, une autre jeune fille dont on ignore l'identité est assassinée. La France, c'est grand. Tu as peur que les deux affaires soient liées, mais aucun élément ne permet de faire le moindre rapprochement.

— Qu'as-tu raconté à Léo ? Tu lui as parlé de mes craintes ?

Chloé haussa les épaules.

— Tu me connais mal. Je ne révèle rien à personne tant que tu n'as pas donné ton feu vert. La seule chose qu'il sait, c'est que Peter a disparu. Je n'ai rien dit d'autre. Je n'ai pas précisé qu'il avait loué une voiture au bras d'une jeune fille.

Alexia se leva et s'observa dans un grand miroir. Elle avait l'impression d'avoir vieilli de dix ans en quelques jours. Elle, d'ordinaire impeccable, ne se reconnaissait plus. Elle avait mis de côté tous les dossiers sur lesquels elle travaillait. Elle recevait des dizaines d'appels de clients inquiets. Elle ne répondait à personne. Ce n'était pas du tout dans ses habitudes de faire la morte.

Son amie partie, elle se coucha. Elle n'arriva pas à trouver le sommeil. Elle se retournait dans tous les sens. Elle voulait disparaître de la surface de la terre. Elle pensait à son fils qui dormait à l'étage. Se doutait-il que son père pouvait être lié à une affaire sordide ?

Au milieu de la nuit, un mince croissant de lune illumina ses draps. Elle n'avait fermé ni le volet ni le rideau. Elle était tellement triste qu'elle oubliait les choses courantes de la vie.

Quelques jours plus tôt, elle dormait dans les bras de Peter. Pas une seconde elle n'aurait imaginé ce qui allait se passer. Elle n'aurait jamais imaginé que le soleil brûlant de l'amour se transformerait en lac de sang.

À l'aube, elle reçut un appel de Léo. Elle somnolait dans son lit, elle avait mal à la tête.

— On prend le petit déjeuner ensemble ? dit-il. Chloé m'a téléphoné. Elle m'a dit que tu n'étais pas dans ton assiette. J'apporte les croissants.

Elle avait envie de rester couchée, elle n'avait pas fermé l'œil de la nuit, elle était épuisée, mais elle n'osa pas dire non. On était dimanche et Kevin partait à l'entraînement de rugby de bonne heure. Elle n'avait pas envie de rester seule.

Sans surprise, elle s'aperçut que Peter n'avait laissé aucun message. S'il n'était pas mort, pourquoi ce silence ? Pourquoi tant de cruauté à son encontre ? Tant de sadisme ? Tant de méchanceté ? Même s'il avait décidé de disparaître pour toujours, il pouvait donner un signe de vie, n'importe lequel. Elle lui en voulait pour tout : d'avoir menti, de l'avoir trompée, d'avoir disparu, d'avoir coupé tout lien avec elle.

Vingt-deux ans d'amour fou avaient été anéantis en quelques jours.

Comment en était-on arrivé là ?

Quand Léo sonna, elle n'était pas encore levée, elle n'avait plus de force. Sa jeunesse l'avait abandonnée. Elle n'avait pas entendu Kevin s'en aller à son entraînement.

Il sonna une deuxième fois.

Elle parvint à s'extraire de son lit et se traîna jusqu'à la porte.

Il tenait un sac en papier rempli de croissants. Il souriait malgré la situation, mais c'était dans son caractère de sourire, même quand rien n'allait.

— Ça va, ma puce ? Tu t'étais rendormie ?

— Tu ne peux pas imaginer comme je souffre.

Elle s'affala dans le canapé du salon. Elle avait gardé sa robe de chambre. Elle ne voulait pas s'habiller.

— Tu as suivi les dernières infos ? Du nouveau sur le meurtre de la jeune fille ?

Léo se gratta le nez.

— La police scientifique a reconstitué un portrait à partir du cadavre.

— Une photo du cadavre ?

— Non, pas une photo. Impossible de montrer un visage de morte dans les médias. Une image refaite avec un logiciel. Les yeux sont ouverts. On a l'impression que la jeune fille est vivante. C'est moins macabre.

— Et ça donne quoi ?

— Tu regarderas sur ton ordinateur. Une belle jeune fille d'une vingtaine d'années. Blonde aux yeux bleus. Des lèvres gourmandes. Un look nordique. Les enquêteurs viennent de lancer un appel à témoin pour savoir si quelqu'un la connaît.

— Et l'autopsie, elle en est où ?

— La presse n'en parle pas. Une autopsie, ça prend du temps.

— On sait comment elle est morte ?

— Des journalistes évoquent un étranglement, mais c'est une hypothèse. Les flics n'ont pas confirmé.

Alexia prépara un café tandis que Léo disposait les croissants dans une corbeille en osier.

Elle revint s'asseoir sur le canapé, une cafetière et deux tasses à la main.

— Affolante cette histoire ! murmura-t-il. Tu penses que Peter a été... Comment dire ? Menacé par le meurtrier ?

— Pas la moindre idée.

— Tu comptes appeler la police pour disparition inquiétante ?

— Non.

— Pourquoi ?

— Écoute, Léo, arrête de me poser des questions. Je ne sais pas quoi faire. Un homme qui n'appelle pas pendant plusieurs jours, en quoi cela peut-il intéresser la police ?

— Je serais à ta place, je la préviendrais. Imagine qu'il soit blessé à trois mille mètres…

Elle ne savait que répondre.

Il reprit la parole.

— Je suis persuadé que Peter n'a rien à voir avec ce meurtre. Il a disparu au même moment, c'est un hasard. Un autre hasard a voulu que son téléphone lâche. Ma crainte, c'est qu'il ait un gros problème : une cheville foulée, une luxation, une déchirure musculaire. Il est coincé en altitude sous la pluie battante dans un endroit où personne ne passe. Il faut prévenir les secours, tu m'entends ? Excuse-moi d'insister, Alexia, mais je suis très inquiet.

Elle ne voulait pas lui parler de ses soupçons, de la voiture louée chez Speedcar, du mail qu'elle avait découvert.

Le téléphone sonna.

Numéro masqué.

Le cœur battant, elle décrocha.

— Alexia Chanez ?

Elle ne reconnaissait pas la voix.

Elle avait la gorge sèche. La police appelait toujours en numéro masqué. Allait-on lui annoncer la mort de Peter ?

— Oui, c'est moi.

— Ne vous mêlez pas de cette histoire.

La voix était rauque, inquiétante.

— Quelle histoire ?

— Vous le savez bien.

— Mais non. Qui êtes-vous ?

— Un homme qui tient à ce que vous restiez en vie.

Léo fronçait les sourcils.

— Monsieur, pouvez-vous me dire avec précision l'objet de votre appel ?

— Je vais être bref. Reste chez toi. Ne te mêle pas d'un meurtre qui ne te regarde pas, sinon, un jour, c'est toi qui passeras à la casserole.

— Mais je ne me mêle de rien. Que voulez-vous dire ?

— On t'a vue sur les lieux du crime.

Des perles de sueur coulaient sur le front d'Alexia.

— Vous êtes de la police ?

— Je n'ai rien d'autre à ajouter. Rien. Tu as compris ?

— Vous savez où est mon mari ?

— Laisse tomber ton mari. Occupe-toi de ton fils et tout ira bien.

Puis, sans même dire au revoir, il raccrocha.

Le visage de la jeune femme était blême.

— Que se passe-t-il ? demanda Léo.

Elle ânonnait.

— Il m'a... Comment dire ? Quelqu'un... Il m'a menacée.

— Mais qui ?

— Je ne sais pas. Un homme, une voix terrible. Une voix jamais entendue…

Elle répéta les mots du mystérieux correspondant.

Était-il un complice de Peter, un homme qui avait participé au meurtre avec lui ? Quelqu'un qui le couvrait ? José ?

Les murs de la pièce vacillaient autour d'elle.

— Tu vas enquêter par toi-même ? demanda Léo.

— Peter m'a abandonnée. Et maintenant, un inconnu me menace. Ce qui compte le plus, c'est mon fils. Pour l'instant, il est en dehors de cette histoire et je tiens à ce qu'il le reste. Je n'ai pas envie de mourir pour un homme parti je ne sais où. Je vais laisser la police faire son travail. Tu en penses quoi ?

— Tu as raison.

— Si Peter n'avait pas disparu, on pourrait le questionner. Mais il s'est envolé. Envolé !

— Excuse-moi de te dire ça, mais ce coup de fil laisse présager que ton mec est lié à cette histoire, non ? Peter demande à quelqu'un de t'appeler et de te menacer…

Elle soupira.

— Je finis par soupçonner la police d'être dans le coup. Au bout du fil, l'homme m'a dit que je m'étais rendue sur les lieux du crime. Bizarre, non ? Les seuls individus rencontrés là-bas étaient des policiers encadrés par un juge.

Elle passa sa main dans ses cheveux avant de reprendre :

— Je suis perdue. Comme si le monde entier était devenu absurde. C'est un cauchemar.

— Imaginons que la police soit dans le coup, quelle est ton hypothèse ?

— Le juge dénommé Dayan abuse d'une jeune fille qu'il massacre. Puis il manigance pour s'occuper de l'enquête afin de ne pas être inquiété. On a vu ça dans certaines affaires. Tu as entendu parler du tueur de l'Oise ?

— Non.

— Il y a quarante ans, un gendarme modèle agressait des femmes dans la région de Chantilly. C'est lui qui menait les investigations. Il a fini par être démasqué. Ce psychopathe a été placé en hôpital psychiatrique…

— Ça n'explique pas la disparition de Peter !

— Mais si ! Par hasard, il se trouvait sur les lieux du crime. Le juge l'abat, puis il fait disparaître son corps. Je te rappelle que Peter n'a donné aucun signe de vie depuis le meurtre ! Et là, un homme m'appelle et me menace. Il me demande de laisser tomber l'affaire. Il a peur que l'avocate découvre la vérité. C'est clair, non ?

— Tu penses que Dayan vient de t'appeler en dissimulant sa voix ?

— Tout est possible.

— Un peu tiré par les cheveux, non ?

— Tout est tiré par les cheveux dans cette histoire. Je nage en plein brouillard. Une chose est certaine : quand je suis arrivée sur les lieux du crime, le juge était seul. Je connais la façon dont les enquêtes sont menées. Un enquêteur se promène rarement seul sur les lieux d'un crime, mais passons. Le plus étrange, c'est qu'il m'a couru après.

— Mais toi, tu as couru ?

— Oui, forcément, j'ai cru qu'il était le meurtrier.

— Une femme arrive sur une scène de crime puis s'en va en courant. Rien d'extraordinaire à ce qu'il t'ait couru après.

— Il prétend qu'il a crié « police » pour que je m'arrête. Or, je n'ai rien entendu.

Léo haussa les épaules.

— Ça change quoi ? Écoute, Alexia, il faut que tu te reposes. Il y a cinq minutes, tu me disais que Peter t'avait abandonnée, et maintenant tu me dis qu'il a été tué par le juge chargé de l'enquête. Tu n'as plus tous tes esprits, c'est normal, mais tu dois décompresser.

— Je pense tout et son contraire.

— Va consulter un psy. Il te donnera des calmants. Et puis tu as tes amis. Chloé et moi, on t'épaule. Tu m'appelles quand tu veux. Je file. À bientôt ma douce.

Alexia se retrouva seule dans sa maison vide. La vie heureuse appartenait au passé. Même si Peter réapparaissait et qu'il était lavé de tout soupçon, rien ne serait jamais plus comme avant. Elle ne l'embrasserait plus de la même manière. Elle ignorait si elle aurait envie de faire encore l'amour avec lui.

Elle ferma les yeux et se remémora un voyage sur l'île de Naxos, dans les Cyclades, deux ans auparavant. L'air sentait le sel marin, le citronnier, l'olivier, le caroubier. Ils avaient dormi sur la terrasse de la maison louée dans le village de Chora à quelques mètres du port. La lune éclairait leurs caresses. Ils avaient été bercés par le murmure de la mer sous le ciel gorgé d'étoiles. Jamais Alexia n'avait connu un tel bonheur. Une telle ivresse. Un tel oubli de sa condition de mortelle.

Peter était perdu à jamais dans l'immensité de la montagne.

Elle se résolut à l'idée qu'il ne reviendrait pas. Abandonner toute velléité pour le retrouver était insupportable, mais attendre sans fin était encore pire. Non seulement elle ne savait pas comment agir, mais depuis qu'elle avait été menacée, elle se sentait elle-même en danger de mort.

Elle était dévastée par le désespoir, mais elle ne montrait rien à son fils.

Le lendemain, lundi, elle l'emmena au collège. Elle avait peur qu'il disparaisse à son tour. Elle avait peur de tout.

Le soir, elle alla le récupérer.

Il était surpris car jamais sa mère n'était venue le chercher depuis la rentrée.

— Que se passe-t-il ? demanda l'adolescent.

— Tout va bien. Ne t'en fais pas.

Elle lui avait dit que Peter avait prolongé son séjour en montagne et qu'il reviendrait plus tard. Face à son fils, elle montrait une force incroyable. Elle ne laissait rien paraître. Son fils était aussi important que l'homme de sa vie. Elle était adorable avec lui, attentive, à l'écoute, comme si tout était *normal*.

Combien de temps allait-elle tenir ?

Une terrible nouvelle tomba le mercredi suivant, une semaine après le massacre.

La nuit précédente, malgré les somnifères prescrits par un médecin, Alexia avait eu le plus grand mal à dormir. Cela faisait plusieurs jours qu'elle ne dormait pas, ou si peu. Des mini bouts de sommeil, entre de longues plages d'insomnie. Des cauchemars brefs, violents, insupportables. Elle s'était levée une dizaine de fois. Elle essayait de ne pas sombrer dans l'alcool.

Pendant la nuit, le vent avait chassé les nuages. C'était la première fois que le soleil brillait depuis le départ de Peter.

Ce matin-là, quand elle arriva dans la cuisine, son fils était déjà parti au collège. Il n'avait pas attendu sa mère.

Elle se prépara un thé au jasmin.

Téléphone.

Elle décrocha.

C'était Chloé.

— Tu vas bien, ma chérie ? demanda son amie.

La voix était inhabituelle, gênée.

Alexia n'eut pas le temps de répondre.

— Je passe te chercher en voiture. On va aller faire un tour. Ça va te changer les idées.

— Du nouveau ?

— N'allume pas ton ordinateur. Surtout pas ! Je te raconterai.

Dix minutes plus tard, elle sonna à la porte.

Alexia venait de s'habiller en hâte. Elle n'avait pas eu le temps de prendre une douche. De toute façon, après l'appel de son amie, elle n'en avait pas eu la force.

Que voulait-elle annoncer ? Pourquoi n'avoir rien dit au téléphone ? Elle supposait que c'était une très mauvaise nouvelle.

Le cadavre de Peter avait-il été retrouvé dans un pierrier ?

La nouvelle serait atroce, certes, mais au moins, elle mettrait fin à l'attente qui menait Alexia aux portes de la folie.

Les deux femmes s'installèrent dans la voiture.

Le soleil était éblouissant.

Au loin, on distinguait la chaîne des Pyrénées, ruisselantes de neige. Les derniers jours avaient poudré les sommets de blanc.

— On va où ? demanda Alexia d'une voix angoissée.

Elle faisait tout pour que Chloé ne lui annonce pas tout de suite la nouvelle.

— Près du canal du Midi, dans la campagne, ça te va ?

Au début, Alexia ne lui posa aucune autre question. Elle étouffait. Elle sentait qu'elle allait perdre connaissance. Son cœur lui déchirait la poitrine.

Chloé n'évoqua que des choses banales, comme si elle voulait retarder ce qu'elle avait à lui dire.

— Il fait beau, n'est-ce pas ? Toute cette lumière sur le paysage, ça change, non ?

Alexia s'en fichait. Elle était insensible à tout. Elle avait le cerveau détruit. Elle ne voyait rien. Elle était perdue dans ses pensées. Des pensées noires. Elle se demandait comment elle allait survivre.

Elle songeait à son fils. Il ne pourrait grandir sans elle. Il fallait qu'elle soit forte. Qu'elle ne flanche pas. Qu'elle fasse preuve d'un courage surhumain.

La voiture quitta Toulouse.

Chloé s'arrêta sur un minuscule parking près d'une écluse, au bord du canal du Midi. Il n'y avait personne.

— On fait un petit tour à pied ? demanda-t-elle.

— Pas le courage. Je suis épuisée. Qu'as-tu à me dire ? Peter est mort ?

Sa voix était livide, sans force.

— Non.

Malgré son ressentiment, Alexia en éprouva un immense soulagement.

Des palombes, belles et frêles, volaient au ras de l'eau.

— Tu as regardé les nouvelles ? poursuivit Chloé.

— Tu m'as dit de ne pas allumer mon ordinateur. Je t'ai obéi.

Elle voyait le soleil dansant dans les feuillages, le ciel bleu.

Chloé respira un grand coup.

— L'appel à témoin a porté ses fruits. La jeune fille a été identifiée. Une voisine l'a reconnue sur le portrait publié dans la presse. Elle a vu le cadavre et a confirmé que c'était bien elle. Elle s'appelle...

Elle respira un grand coup.

— Elle s'appelle Natacha...

— Je m'en doutais, tu sais. Ce n'est pas un scoop. Ça ne pouvait être que Natacha Vikachev.

Elle se tut un instant, l'air perdu, avant de reprendre.

— J'espérais que ce ne serait pas elle, mais bon, l'espoir était mince. Maintenant, je suis fixée. Peter a emmené en voiture la jeune fille qui a été assassinée. Puis il a disparu. Voilà. C'est tout.

Elle était au bord des larmes.

Chloé hésita avant de lui poser la question qui faisait le plus mal.

— Tu penses qu'il l'a tuée ?

Alexia était submergée de douleur. Elle mit sa tête entre ses mains.

— Ben oui, il l'a tuée.

— Tu es sûre ?

Elle ne répondit pas.

Un silence s'installa entre elles. Chloé ne savait plus que dire. Elle repensait au beau Peter, à cet homme qu'elle avait désiré. À sa gentillesse. À son charme. À ce mélange de puissance et de douceur. Elle repensa à ses yeux, des yeux brillants et clairs.

Ben oui, il l'a tuée.

Elle regarda les eaux du canal resplendissant sous le soleil, les grands platanes, la belle lumière du Sud-Ouest.

Plusieurs minutes s'écoulèrent, silencieuses, interminables.

— On dit quoi sur cette jeune fille ? demanda Alexia d'une voix à peine audible.

Chloé sortit de sa poche une feuille de papier. Elle avait imprimé l'article de *La Dépêche* publié sur Internet. Elle se mit à le lire :

MEURTRE DE NÉOUVIELLE :
LE CADAVRE IDENTIFIÉ

Le 5 octobre, non loin du GR 10, était découvert le cadavre d'une jeune fille nue, sans papiers d'identité. Aucune disparition de femme n'ayant été signalée dans la région, la police judiciaire a diffusé son portrait. Plusieurs témoins, dont sa voisine de palier, l'ont formellement identifiée. Il s'agit de Natacha Vikachev, étudiante en lettres à l'université de Toulouse. Née en 1995 à Moscou, de nationalité russe, francophile, elle habitait une petite chambre de la rue du Périgord. Arrivée au printemps dernier dans la ville rose, elle est décrite par ses voisins comme calme, souriante et sans histoire. Aucun élément ne permet de dire, en l'état actuel de l'enquête, pour quelle raison et par qui elle a été assassinée, ni pourquoi elle a été retrouvée nue à plus de deux mille mètres d'altitude. L'autopsie est toujours en cours.

— Une étudiante russe ! s'exclama Alexia. Peter a tué une étudiante russe. Mais pourquoi ? Qu'est-ce qui s'est passé ? Je ne comprends pas.

Elle repensait au mail que Natacha avait envoyé à son mari la veille de son départ.

Elle regarda le ciel d'un bleu intense.

— Maintenant, je me fiche de savoir s'il est mort ou vivant. De toute façon, c'est fini entre nous. Ce que je veux comprendre, c'est pourquoi ce salaud a fait ça.

Chloé tourna la clé de contact et roula doucement. Elle ne savait que faire, où aller. Ramener Alexia à la maison lui sembla une mauvaise idée. Elle avait peur que son amie se tue et que Kevin découvre le cadavre à son retour du collège.

Elle n'était pas belle à voir. Livide. Méconnaissable.

— Je te propose un petit tour en caisse, ça va te changer les idées, murmura Chloé d'une voix peu convaincue.

Pas de réponse. Alexia avait l'air absente, choquée.

Elles longèrent en voiture le canal quelques centaines de mètres, puis prirent une petite route qui escaladait une colline d'où l'on voyait bien la ville rose : la flèche octogonale de l'église Saint-Sernin, le clocher du couvent des Jacobins, les toits de tuiles romaines à perte de vue. Alexia était perdue dans ses pensées. Dans sa tristesse infinie. Dans sa solitude. Elle ne remarqua pas un vol d'oiseaux migrateurs qui, par centaines, descendaient vers l'Afrique à l'approche de l'hiver.

Elles s'arrêtèrent sur un parking. Elles avaient le soleil dans le visage.

Chloé tentait de meubler le silence comme elle pouvait.

— Je suis persuadée que Peter n'est pas l'assassin.

— Qu'est-ce qui te permet de dire ça ?

— Une intuition. Ce meurtre ne colle pas du tout avec le personnage.

— Les preuves l'accablent.

— Je ne le vois pas faire ça. Pas du tout. Impossible qu'il ait tué quelqu'un. Impossible.

— Moi non plus, mais les faits sont là. Je suis avocate. Dans une enquête, on s'intéresse aux faits, pas aux impressions, surtout celles des proches. Les proches, c'est bien connu, n'imaginent pas que leur frère, leur père, leur époux soit un assassin.

— Tu t'es occupée d'affaires de ce genre ?

— Le gentil papa qui devient un meurtrier est assez courant dans les annales judiciaires. Il y a deux ans, un type a tué une jeune boulangère. Il rentrait du travail en voiture après une journée harassante et tout à coup, sur le bord de la route, il a aperçu une très jolie fille qui faisait du stop. Il l'a fait monter...

— Et ensuite ?

— Le type a été envahi par une pulsion irrépressible. Il l'a emmenée dans un bois, l'a violée et massacrée. Bien sûr, après coup, il a regretté, mais le mal était fait. Essaie de deviner la profession du bonhomme...

— Flic ?

Alexia marqua un temps.

— Non, médecin à l'hôpital ! Un médecin très apprécié de ses patients. Bon père, bon mari. Son entourage était abasourdi quand il a été arrêté. Personne n'y croyait.

— Je ne me souviens pas de cette affaire.

— Elle n'a pas encore été jugée. Le procès va s'ouvrir dans quelques mois. L'individu a été arrêté tout de suite, la presse en a parlé rapidement.

Chloé baissa la tête. Ses cheveux noirs lui tombèrent sur les yeux. Elle chuchota.

— Tu n'as jamais rien remarqué d'anormal chez Peter ?

— Jamais. Ou alors, je ne voulais pas voir.

— Jamais de violence ?

— Avec moi, jamais. Pas une seule fois. Même quand on était en total désaccord, il restait très calme.

— Et au rugby ?

— Pourquoi tu me parles du rugby ?

— Au rugby, c'était un joueur violent ?

— Au rugby, ils sont tous violents, mais ça se passe entre mecs et c'est encadré par des règles précises. Dans la vie quotidienne, les joueurs sont vachement sympas. Je connais le milieu.

Les brutes se défoulent entre brutes dans le cadre du jeu, pas avec les femmes.

— Donc, tu vois, ça ne colle pas avec le personnage, j'ai raison.

— Le meurtre de l'auto-stoppeuse ne collait pas avec le personnage du bon médecin de l'hôpital.

Elles se turent de nouveau. Dans le lointain passait un train, on aurait dit un jouet pour enfants.

Chloé reprit la parole.

— Si tu es certaine de sa culpabilité, pourquoi tu n'appelles pas la police ? Au moins, elle le chercherait, et tu connaîtrais la vérité. Pour l'instant, dans aucun journal, je n'ai vu que Peter était soupçonné.

— On ne jette pas en pâture son amour, même si c'est un assassin. J'ai passé de merveilleuses années avec lui. Ces années représentent la plus grande partie de ma vie. Elles ne s'effaceront jamais.

Chloé était émue par le raisonnement. Elle prit la main de son amie et la serra très fort, presque à lui briser les os.

Une voiture s'arrêta sur le parking.

Au début, les deux jeunes femmes n'y prêtèrent qu'une attention distraite.

Quoi de plus normal qu'une voiture s'arrêtant sur un parking ? La journée était belle, le soleil radieux. Quoi de plus agréable que de contempler le paysage éclaboussé par la lumière de l'automne ?

Une Clio rouge.

Un homme à la forte corpulence était au volant.

Chloé s'aperçut que le conducteur la regardait bizarrement.

— Alexia, un type nous mate. On fait quoi ?

L'avocate sortit de sa torpeur. Au vu de la situation, elle trouvait la remarque inappropriée. Elle s'en fichait qu'un homme les mate, c'était sans importance. Elle tourna machinalement la tête dans la direction de la voiture.

Elle sursauta.

Elle connaissait l'homme au volant. Il avait tambouriné vendredi contre sa porte.

José.

Que faisait-il là ? Avaient-elles été suivies ? L'homme avait dû les suivre depuis son départ de la maison. Il attendait le moment propice pour entrer en contact avec elles.

Alexia trouvait le monde de plus en plus chaotique. Depuis des années, son monde était rangé dans un ordre parfait et, en quelques jours, il avait été bouleversé. L'ordre était devenu un désordre indescriptible.

L'homme avait quelque chose à voir avec Peter. Il l'avait dit lui-même. Mais pourquoi se comportait-il comme ça ? Pourquoi la harcelait-il ?

S'il n'avait rien à se reprocher, pourquoi ne lui envoyait-il pas un mail sur son adresse professionnelle ? N'importe qui pouvait lui écrire à partir du site Internet de son cabinet.

Forcément, José lui voulait du mal, le plus grand mal. Était-ce lui qui l'avait menacée au téléphone ?

Elle n'eut pas le temps de raisonner davantage. Il sortit de sa voiture et se dirigea vers les deux femmes.

Une peur panique, animale, saisit l'avocate. Elle ne savait pas pourquoi elle avait si peur. L'homme n'était pas armé mais elle avait les nerfs à vif.

— Verrouille les portes et démarre, Chloé, c'est un dingue.

Le ton était péremptoire. La conductrice ne posa aucune question. Elle tourna la clé de contact, enclencha la marche arrière et recula à toute vitesse.

L'homme bondit dans leur direction. Il toucha la voiture du bout des doigts.

— Mais pourquoi partez-vous ? Je ne cherche pas à vous nuire. Au contraire !

Alexia avait le sentiment confus et inébranlable qu'il voulait la tuer. Elle ne savait pas pourquoi elle ressentait ça, mais pour elle, c'était une certitude.

Chloé appuya sur l'accélérateur. La voiture s'élança sur la route.

José s'était remis au volant. Il démarra lui aussi au quart de tour.

Pourquoi les poursuivait-il ? Alexia n'en savait rien, elle n'en avait pas la moindre idée.

Il rattrapa la voiture et se colla contre son pare-chocs, comme s'il allait l'emboutir. C'était terrifiant et dangereux.

Il donnait de grands coups de klaxon. Il faisait des appels de phares.

— À mon avis, c'est le tueur du GR 10 ! hurla Chloé. Maintenant, j'en suis certaine. Un tueur en série. Il a tué Natacha, et maintenant il veut te tuer parce qu'il a peur que tu découvres la vérité.

À plusieurs reprises, il essaya de doubler, mais à chaque fois, Chloé donnait un coup de volant pour empêcher la manœuvre. La route était étroite, sinueuse, les deux femmes craignaient qu'un véhicule arrive en face et les percute.

La course-poursuite dura un bon quart d'heure.

Ils arrivèrent dans un gros bourg au fond d'une petite vallée. L'homme ne les lâchait toujours pas.

Que faire ?

Engager la conversation avec lui ? Mais dans quel but ? Et s'il sortait une arme ?

À la sortie du village, elles aperçurent une gendarmerie. Un bâtiment blanc comme on en voit partout, construit dans les années 1950, recouvert d'une toiture en ardoise et d'une haute antenne. Deux véhicules bleu marine étaient stationnés.

— Je me gare ici, murmura Chloé. Pas envie d'avoir un accident à cause de ce dingue.

— Mais je n'ai rien à dire aux gendarmes ! cria Alexia. Je ne veux pas leur parler. Qu'est-ce que je vais leur raconter ? Qu'un homme nous suit sur la route ?

— Calme-toi ! On va s'arrêter, c'est tout. On active nos téléphones et on voit ce qu'il fait. S'il nous agresse, on appelle les gendarmes. Il sera pris en flagrant délit.

Chloé se colla contre une fourgonnette bleue. Elle coupa le moteur et alluma son portable.

L'homme se gara à côté. Il sortit et marcha vers elles d'un air décidé.

Chloé lui montra son téléphone en entrebâillant la vitre.

— On appelle les flics. Dégagez !

— Pourquoi ? Je n'ai rien fait.

— Ça sonne ! Les gendarmes sont là dans trente secondes !

L'homme prit peur. Il remonta dans sa voiture et démarra aussitôt.

Alexia inspira un grand coup.

— Tout est absurde dans cette affaire. Une femme est tuée, je ne sais pas pourquoi. Peter disparaît, je ne sais pas pourquoi. Un homme me menace au téléphone, je ne sais pas pourquoi. Un autre homme me poursuit, je ne sais pas pourquoi.

Elle ouvrit son carreau sur deux centimètres, histoire de respirer un peu d'air frais.

— On va attendre un moment, poursuivit-elle, puis tu me raccompagnes gentiment chez moi. J'espère qu'il ne nous suivra pas. Demain, je retourne voir mon médecin, sinon je me fais sauter la cervelle.

— Calme-toi, ma douce Alexia. Reprends ton travail et patiente un peu. Ça va finir par se décanter.

— Je suis au fond du trou. Tout se complique d'heure en heure. Je deviens complètement folle.

Un gendarme sortit du bâtiment, un homme grand au physique rassurant. Il aperçut les jeunes femmes. Intrigué, il se dirigea vers elles.

— Quelque chose ne va pas ? demanda-t-il d'une voix amicale. Vous semblez terrorisées.

Alexia sortit de la voiture.

— Oh non, tout va bien. Plus de peur que de mal.

— Comment ça ?

— Un type nous a fait des appels de phares. On a pensé qu'il voulait nous draguer. Il nous a suivies. Mais bon, rien de grave...

— Vous voulez faire une déposition ?

— Inutile. Tout s'est arrangé. On s'est garé ici par précaution, mais on ne sait même pas s'il a voulu vraiment nous draguer. Bref, tout va bien.

— Vous avez relevé son immatriculation ?

— Non.

Ses mains tremblaient de peur. Le gendarme s'en aperçut.

— Ça n'a pas l'air d'aller. Vous voulez vous reposer à l'intérieur ? Un café ?

— Je suis très émotive. Merci, mais tout va bien. Si cela ne vous dérange pas, on attend un moment sur votre parking, puis on rentre chez nous à Toulouse.

Une heure plus tard, elles reprirent la route sans un mot. Elles avaient le cœur serré. Elles n'arrivaient plus à parler. Elles guettaient de tous côtés, elles craignaient de revoir la Clio rouge mais celle-ci ne parut pas.

Peter avait-il tué Natacha ?

Et si oui, pourquoi l'avait-il tuée ?

Pourquoi avait-il disparu ?

Où était-il passé ?

Était-il encore vivant ?

Pétri de remords, s'était-il suicidé ?

Pourquoi José la harcelait-il ?

Était-il mêlé au meurtre ?

Alexia devait répondre de toute urgence à ces questions qui meurtrissaient son cœur.

26 octobre. Cela faisait trois semaines que Natacha avait été massacrée sur un chemin de montagne. L'enquête semblait piétiner. Les médias ne parlaient presque plus de l'affaire. Ils étaient passés à autre chose.

Peter n'avait été cité dans aucun article. Apparemment, il n'était pas soupçonné. La police avait-elle caché certains éléments ? Était-elle sur une autre piste ?

Alexia savait qu'une autopsie avait été pratiquée, mais elle n'en connaissait pas les résultats. Avaient-ils été occultés pour les besoins de l'enquête ?

Pendant quelques jours, la presse avaient donné des précisions sur Natacha : élevée jusqu'à quinze ans dans un orphelinat de Moscou, elle était arrivée en France à sa majorité. Elle venait de s'installer à Toulouse pour parfaire un français qu'elle apprenait depuis l'enfance. En dépit de ses origines modestes, c'était une excellente élève. *La Dépêche* avait publié plusieurs photos d'elle : une jolie fille, blonde, au regard lascif.

Alexia était meurtrie par la beauté de Natacha. Peter l'avait désirée, elle lui en voulait pour ça. La pulsion avait été trop forte, irrépressible, il avait cédé. Elle lui en voulait pour tout. En trois semaines, elle était passée de l'amour fou à la haine folle. Elle lui en voulait d'avoir menti, d'avoir désiré une autre femme. De l'avoir tuée. Car, à mesure que les jours passaient, Alexia se rendait à l'évidence. Il n'y avait pas d'autre scénario possible. Elle avait soupçonné José, mais la peur seule lui avait soufflé cette idée. Elle se disait que cette hypothèse ne tenait pas la route. S'il avait voulu la tuer, pourquoi lui avait-il parlé de Peter ? Avait-il quelque chose à lui révéler ?

Elle ressassait dans sa tête un scénario qui expliquait le geste insensé de son mari. Le mercredi matin, Natacha avait signifié à Peter que leur relation était terminée, qu'il fallait se dire adieu. Elle ne voulait plus le fréquenter, à cause de l'existence d'une autre femme. Natacha était amoureuse, mais Peter lui avait dit que le seul amour de sa vie, c'était Alexia. Il voulait continuer à baiser la jeune Russe en dehors de toute relation sentimentale, elle lui avait répondu qu'elle n'était pas un objet, mais un être humain à part entière. Il n'avait pas supporté cet adieu, et dans la montagne, fou de rage et de désir, après avoir arraché ses habits, le colosse l'avait violée. Il avait été emporté par ses pulsions. Pour éviter qu'elle ne parle et que Peter Chanez, héros des stades de rugby, soit accusé de viol, il l'avait étranglée.

Une fois repu, l'ogre avait regretté son geste insensé, mais c'était trop tard. Il ne pouvait revenir en arrière. On ne ressuscite pas une morte.

Il avait laissé le cadavre près d'un rocher, il avait repris la voiture de location et avait fui à l'étranger.

Où était-il ? Espagne ? Portugal ? Maroc ?

Alexia aurait aimé consulter ses comptes sur le site de sa banque, mais elle n'avait pas le mot de passe.

Elle se torturait la cervelle.

Le scénario qu'elle échafaudait dans sa tête était-il le bon ? En réalité, elle n'en savait strictement rien. Elle était mue par des pulsions contradictoires. D'un moment à l'autre, elle changeait d'avis.

Elle venait de dire à Kevin que son père, après sa randonnée, était parti directement en voyage d'affaires en Italie, il travaillait sur le chantier d'un restaurant prestigieux, à Rome, le *Termini*, pas très loin de la gare éponyme. Elle aurait aimé que cette histoire de chantier romain soit vraie. Elle racontait à son fils des anecdotes d'une grande précision, pour faire plus authentique, mais aussi parce c'était la seule façon pour elle de ne pas devenir folle : « Ton père a inventé un concept totalement inédit pour la décoration de ce restaurant, disait-elle. Il utilise des copies d'objets trouvés à Pompéi et les insère dans un décor en verre ultra moderne. »

Kevin ne posa aucune question, Alexia était une bonne affabulatrice. Dans quelque temps, elle lui dirait la vérité, toute la vérité, mais pour l'instant elle n'en avait pas la force. Et puis la vérité, elle ne la connaissait pas. La vérité était cachée dans les brouillards insondables des Pyrénées.

Ce 26 octobre, un mercredi, la pluie était triste et monotone. Léo passa en fin de matinée. Alexia le trouvait très attentif à elle, prévenant, délicat, mais ce qu'il faisait ne servait à rien. Elle était plongée dans un chagrin inconsolable.

C'étaient les vacances scolaires et Kevin passait la journée chez un copain.

— Ça te dit d'aller au cinéma ? demanda Léo, un sourire sur les lèvres.

— Non.

— Tu ne vas pas rester prostrée toute ta vie.

— Que veux-tu que je fasse ?

— Ça fait trois semaines que Peter s'est envolé. On appelle ça une disparition inquiétante. Il se balade en montagne en parfaite santé et il s'évanouit. Et toi, tu refuses toujours de prévenir la police.

— Tu penses que la police va fouiller les Pyrénées ? C'est immense. De l'Atlantique à la Méditerranée. Des milliers de kilomètres carrés !

— Fouiller, non, mais diffuser son portrait dans les gendarmeries, c'est possible.

— De toute façon, il n'a pas dit où il marchait.

— Il ne t'a pas laissé son itinéraire ?

— Comme toi, je le connais en gros. Il décide au jour le jour. Il avance en fonction de son humeur.

Speedcar avait dû signaler la disparition de la voiture à la police. La plainte devait être noyée au milieu de centaines d'autres plaintes de ce type. Affaire classée sans suite.

Elle secoua la tête pour tenter d'éclaircir ses idées.

— Et une fois que la police a le signalement, elle enquête ?

— Tu es avocate, non ? J'ai l'impression que tu n'es au courant de rien.

— Je ne m'occupe jamais des disparitions. Ma spécialité, ce sont les violences conjugales.

— J'imagine que les enquêteurs vont te poser des questions, interroger des proches... Peter est un joueur connu, il y aura forcément une suite. Pourquoi tu ne lances pas un appel sur Internet ? C'est très à la mode. Tu crées un site, une page Facebook.

Elle n'y avait pas pensé. Depuis des années, elle vivait avec Peter dans le plus grand secret, sans rien étaler sur les réseaux sociaux. Ils vivaient leur amour en cachette. Leur amour ne regardait qu'eux.

Elle fit la moue.

— À quoi ça va servir ?

— Si tu dis ça à chaque fois, tes recherches n'aboutiront jamais.

— Je ne cherche plus Peter. Je n'attends plus rien.

Sa voix était lasse, désemparée.

Elle était au bout de son désespoir. La nuit l'enveloppait même en plein jour.

— Allez, ne te laisse pas abattre. Un petit tour en ville, ça te dit ?

— Non.

— On pourrait boire un verre sur la place du Capitole, ça te changerait les idées.

Elle ferma les yeux.

Elle finissait par se dire que Léo avait peut-être raison. Elle irait signaler la disparition de Peter dans un commissariat dès qu'elle en aurait la force. Elle était très affaiblie. Elle ne mangeait presque plus. Elle demanderait conseil à la police.

Le téléphone sonna.

Au début, elle ne regarda pas l'écran. Beaucoup de gens l'appelaient pour avoir des nouvelles du disparu, ça la fatiguait, ou pire, ça la faisait souffrir. Elle n'avait rien à dire. Elle répétait qu'il était parti en voyage en Italie, qu'il travaillait sur un projet et qu'il était injoignable pour l'instant.

Le même bobard à tout le monde.

Seuls Léo et Chloé savaient que ce voyage était un leurre.

Le téléphone sonna cinq fois. Le correspondant allait laisser un message, comme d'habitude. Elle ne savait pas si elle l'écouterait. Elle n'écoutait presque plus les messages.

Au bout de quelques minutes, le téléphone sonna de nouveau cinq fois.

Puis le silence.

Puis le téléphone sonna de nouveau cinq fois.

La mélodie était la même depuis des années, les premières notes de la *Cinquième Symphonie* de Beethoven, celle du destin.

Alexia était agacée que le correspondant s'acharne. Qu'est-ce que ça pouvait lui faire que Peter ait disparu ? C'était du voyeurisme, de la curiosité mal placée.

De nouvelles menaces ? Elle n'en avait reçu qu'une seule fois. Depuis, elle ne s'était mêlée de rien. Elle n'était pas retournée sur les lieux du crime. On l'avait laissée tranquille. On l'avait laissée à son désespoir.

Le téléphone sonna de nouveau.

Un acharnement.

— J'aimerais qu'on me fiche la paix, miaula-t-elle en regardant Léo.

Elle jeta un œil sur l'écran.

Un numéro inconnu s'affichait. Ce n'était pas un numéro français. Elle imaginait que c'était une erreur.

Par curiosité, par simple curiosité, elle décrocha.

Une belle voix d'homme.

— Alexia ? Alexia ?

Elle le reconnut tout de suite.

C'était Peter.

Deuxième partie

ILS ARRIVÈRENT DANS LA PLAINE

Si la jeune femme n'avait pas été assise sur le canapé, elle serait tombée à la renverse.

Ses mains tremblaient, sa gorge était sèche.

— Alexia, tu m'entends ?

Ça faisait trois semaines qu'elle n'avait pas entendu sa voix. Elle pensait avoir oublié sa voix. Elle pensait que sa voix s'était enfuie dans un monde parallèle. Jamais elle n'aurait imaginé qu'il l'appellerait. Elle était tellement bouleversée qu'elle n'arrivait plus à parler.

— Tu ne dis rien ? Ça ne va pas ?

Sa voix n'avait pas changé. Elle était si belle qu'Alexia était prête à mourir pour l'entendre de nouveau.

Elle aspira une grande bouffée d'air.

— Tu es où ? demanda-t-elle.

Ses mots étaient quasi inaudibles.

Léo regardait son amie d'un air abasourdi. Il essayait lui aussi de comprendre.

— Mon amour, j'ai perdu mon téléphone. Tu as dû être folle d'inquiétude.

— Tu es où ? répéta-t-elle, sans réussir à dire autre chose.

— Je suis loin.

— Tu reviens ?

— Impossible.

— Pourquoi impossible ?

Après un silence qui sembla une éternité, il répondit d'un air triste.

— Je ne peux pas. Je suis en danger.

— Qu'est-ce qui t'arrive ?

— Je ne peux rien dire au téléphone. Je veux te voir et te serrer dans mes bras.

— Tu es où ? répéta-t-elle pour la troisième fois.

— En Espagne, pas très loin de la frontière. Rejoins-moi, s'il te plaît.

Elle tremblait des pieds à la tête. L'émotion la submergeait. Entendre cette voix qu'elle croyait morte était un cataclysme.

Il ne disait pas pourquoi il avait disparu.

Léo la dévisageait sans rien dire.

— Prends la voiture, poursuivit Peter. Longe la Garonne. Appelle-moi quand tu auras quitté la France. Mon numéro s'affiche ?

Alexia était surprise. Elle ne comprenait pas pourquoi il fallait le rappeler. Pourquoi ne disait-il pas tout de suite où il se trouvait ?

— OK, j'arrive. Léo est avec moi. Tu veux lui parler ?

— Embrasse-le de ma part. Dis-lui que je m'excuse de ne pas l'avoir rappelé. Viens vite, tu me manques. Je ne peux vivre sans toi.

Cette phrase la remplit d'allégresse. Elle retrouvait celui qu'elle adorait. Elle retrouvait sa gentillesse. Elle imaginait son corps, ses lèvres, ses yeux.

Les accusations qu'elle avait portées contre lui s'évanouirent d'un seul coup. La voix de Peter avait balayé les soupçons. Alexia était une femme avant toute chose. Une femme amoureuse. Follement amoureuse. Elle ne voulait plus envisager que son mari avait été mêlé à un crime, même si les soupçons contre lui étaient réels.

— Je te rejoins quand ?

— Maintenant. S'il te plaît.

Elle raccrocha. Elle raconta à Léo ce que Peter venait de lui dire. Elle avait décidé de partir sur-le-champ, de rejoindre celui qui se cachait à la frontière entre la France et l'Espagne. Pour quelle raison se cachait-il ?

Alexia s'installa au volant de sa voiture. Elle téléphona à son fils. Elle lui expliqua qu'elle rejoignait son père, il ne posa aucune question. Léo passerait la soirée avec lui, attentif et fidèle, comme d'habitude. Kevin adorait Léo, il était une sorte de grand frère, de second père.

Après la pluie, le ciel s'était dégagé. Au loin, les sommets des Pyrénées se dressaient dans le soleil. La neige coiffait les hauteurs. Jamais Alexia n'avait vu les montagnes avec une telle netteté. La lumière d'octobre donnait une consistance particulière au paysage.

Elle démarra. Ses mains tremblaient sur le volant. Elle entendait les battements puissants de son cœur. Elle roulait lentement, même si elle avait envie de voler dans les bras de celui qu'elle aimait. Les torrents d'émotion lui faisaient oublier qu'il avait peut-être tué une jeune fille.

Elle était partie sans se changer, sans se coiffer, sans manger, sans boire, elle n'avait pas eu le temps, pas eu l'envie.

Elle traversa la banlieue de Toulouse, puis elle prit la route filant vers l'Espagne.

Elle repensait à la courte conversation avec Peter. Elle n'oublierait jamais cette conversation. Chaque mot, chaque intonation resteraient à jamais gravés dans sa mémoire.

— *Tu es où ?*

— *Je suis loin.*

— *Tu reviens ?*

— *Impossible.*

— *Pourquoi impossible ?*

Que fabriquait-il en Espagne ? Dans quel coin se trouvait-il ? Pourquoi avait-il attendu si longtemps pour l'appeler ? Dans sa tête s'entrechoquaient les événements de ces dernières semaines.

Elle réagissait de manière impulsive, pas du tout en froide avocate. En avocate, elle aurait analysé la situation de manière rationnelle, elle aurait tout décortiqué au scalpel. Là, elle ne pouvait pas. Elle était aveugle.

Depuis qu'elle avait entendu la voix tant aimée au téléphone, celle qui l'avait enchantée pendant des années, Peter était redevenu l'homme idéal. L'homme parfait. Le père de son fils. Il avait élevé son fils de manière extraordinaire, son fils était heureux, équilibré. Impossible que le père soit un assassin. Cette idée n'avait plus aucun sens.

La campagne défilait. La température baissait. Le thermomètre de la voiture indiquait 4 °C. En altitude, il devait geler. Elle espérait qu'il n'y aurait pas de verglas.

Elle passa non loin de Saint-Bertrand-de-Comminges et de sa magnifique cathédrale.

Les premières montagnes.

Elle longeait la Garonne. Le fleuve devenait une grosse rivière, puis un torrent qui prenait sa source en Espagne. Elle n'avait qu'à le suivre pour retrouver celui qu'elle aimait.

Le rugbyman raconterait ce qui lui était arrivé depuis sa disparition. Tout s'arrangerait. Tout rentrerait dans l'ordre. Un ordre immuable.

Elle voulait absolument que tout rentre dans l'ordre.

Elle accéléra. Elle n'avait plus peur. Elle se disait que les jours heureux étaient de retour.

Dans quelle condition physique était-il ? Amaigri ? Déprimé ? Malade ? Blessé ? Était-il tombé dans un ravin ? Était-il resté inconscient ? Elle n'avait pas encore imaginé ce scénario. Les sauveteurs en montagne l'avaient-il secouru, était-il resté dans le coma une vingtaine de jours, sans ses papiers ? Son téléphone était-il cassé ? Était-il dans un hôpital ?

Natacha ? Une amie, une simple amie. Il l'avait accompagnée en voiture, pour lui rendre service, pendant quelques kilomètres. Puis ils s'étaient quittés. Quelque temps plus tard, elle avait été assassinée. Une effroyable coïncidence. Le mail envoyé par Natacha était cordial, fraternel, Alexia n'imaginait plus qu'ils avaient été amants.

De nouveau, elle ne voyait aucune raison pour que son amour ait assassiné une jeune fille. Comme avait dit Chloé, ça ne collait pas du tout avec le personnage. En dehors des terrains de rugby, il n'avait jamais été violent, et au rugby, on le considérait comme un gentleman. Même ses adversaires les plus acharnés le considéraient comme un gentleman. À la fin de chaque match, il saluait un par un tous ses adversaires. Un geste rare dans ce monde de brutes. Ce fair-play avait contribué à sa popularité, à sa gloire.

Il faisait presque nuit. La vallée était de plus en plus étroite, les montagnes de plus en plus hautes.

Saint-Béat, dernier village avant l'Espagne.

Des parois rocheuses. Des arbres noirs. Des torrents mugissants. Une atmosphère étrange et mystérieuse.

Le cœur de la jeune femme battait de plus en plus fort.

Pont-du-Roi. La frontière entre les deux pays. Pas de douane, mais un parking où elle s'arrêta. Elle se gara côté espagnol.

Elle composa le numéro affiché sur son portable.

Elle avait peur qu'il ne décroche pas. Il décrocha tout de suite. Comme avant. Comme toujours.

Sa belle voix résonna dans la nuit.

Elle fut parcourue d'un frisson délicieux.

Peter séjournait à Salardù, village du val d'Aran, au pied des plus hautes montagnes pyrénéennes, la Maladeta, dominée par le pic d'Aneto.

Par téléphone, il lui indiqua avec précision où il était. Il avait loué une chambre chez l'habitant, dans la dernière maison à gauche avant la sortie est, une maison décorée de trois statues, on ne pouvait pas la rater. Au rez-de-chaussée vivait une femme qui accueillait les randonneurs.

Elle roula jusqu'au village. Elle n'eut aucun mal à trouver. Elle frappa à la porte. Il ouvrit.

Il n'avait pas changé. Ou plutôt, s'il avait changé, c'était en mieux. Il avait le visage hâlé, splendide. Sa barbe avait poussé. Il avait enfilé un gros pull en laine blanche qu'elle n'avait jamais vu et qui mettait en valeur sa musculature. Elle était anéantie par le bonheur et le désir. Aucun mot ne sortait de sa bouche.

Il la serra très fort contre lui, comme avant, presque à l'étouffer.

— Mon Alexia, je suis heureux de te voir. Tu m'as tellement manqué.

Il lui caressa les cheveux, doucement, comme il le faisait depuis des années. Elle était blottie contre lui, enveloppée par lui. Elle se sentait tellement bien. Les semaines d'inquiétude s'évanouirent d'un seul coup. Des larmes de joie coulèrent sur ses joues.

Tous les griefs accumulés s'étaient envolés comme les oiseaux dans la plaine après le coup de feu du chasseur.

On pardonne tout à ceux qu'on adore. On ne regarde plus la réalité en face.

Elle réussit à murmurer quelques mots.

— Je te croyais mort. J'ai failli devenir folle.

— Ne t'en fais pas, je vais bien.

Il desserra son étreinte et l'entraîna à l'intérieur. Ils traversèrent une grande pièce où se trouvait la propriétaire de la maison.

Peter lui adressa une phrase, une seule, en espagnol, à laquelle elle ne répondit pas.

— *Le presento a mi esposa*[1].

Ils montèrent à l'étage.

Une chambre spacieuse. Un grand lit couvert d'une étoffe turquoise. Des murs blancs.

Une chambre de vacances, aménagée pour le bonheur, pour l'amour.

Elle avait envie de lui. Son désir était irrépressible.

Il l'embrassa sur les lèvres, tendrement, puis il plongea sa langue dans sa bouche.

Il la déshabilla délicatement : son chemisier, son soutien-gorge.

La chambre sentait bon le feu de bois. Elle sentait le bonheur. Elle sentait les retrouvailles. Elle avait envie de faire l'amour. Elle n'avait jamais éprouvé ce désir avec une telle puissance.

Ils s'aimèrent longtemps, sans se lasser, comme au premier jour, vingt-deux ans plus tôt, dans le Pays basque, le long de la mer. Ils avaient découvert le corps de l'autre dans un petit hôtel de Biarritz. Ce jour-là, Peter lui avait ouvert la porte du bonheur.

Le soir venait.

Peter n'avait pas fermé les rideaux. La lune s'était levée. Elle inondait les neiges de l'Aneto.

Alexia retrouvait le corps de celui qu'elle adorait, sa puissance, sa douceur. Il la pénétra comme on pénètre une ville en fête.

Exténués, ils s'endormirent.

Le soleil du matin, posé sur son visage, la réveilla.

Peter avait quitté la chambre.

---

1. Je vous présente mon épouse.

Alexia se redressa et regarda de tous côtés. Personne.

S'était-il enfui ? Pourquoi se serait-il enfui ? Quel intérêt de l'avoir fait venir si c'était pour disparaître après une nuit d'amour ?

Elle fut soulagée de le voir pousser la porte. Il tenait un grand plateau où s'étalait un somptueux petit déjeuner : thé, café, jus d'orange, toasts, beurre, pot de miel.

— Tu as bien dormi ? s'écria-t-il d'une voix joyeuse.

— Ça faisait longtemps que je n'avais pas si bien dormi.

Mille questions la taraudaient. Elle ne savait pas par où commencer.

— Tu veux un thé ? murmura-t-il avec un sourire rassurant.

Forcément, oui. Quand il était là, elle buvait un thé au citron chaque matin, il le préparait et le versait dans sa tasse.

Pour Peter, c'était du café, un bon café bien serré. Plusieurs tasses. Il avalait un bon litre chaque matin avant de se mettre au travail.

— Comment va Kevin ? demanda-t-il.

— Il aimerait te revoir. Il me pose des questions tous les jours sur toi.

— Que réponds-tu ?

— Je dis que tu es en voyage. C'est vrai, non ?

— En quelque sorte.

Il baissa les yeux. Il eut l'air triste, tout à coup, comme si la joie des retrouvailles s'était évanouie.

Elle prit son courage à deux mains. Elle plongea son regard dans le sien.

— Pourquoi as-tu disparu si longtemps ?

Il regarda par la fenêtre.

— Tu ne vas pas me croire.

— Je m'attends à tout. Trois semaines sans donner le moindre signe de vie. Je pensais que tu étais tombé dans un précipice.

Elle ne parla pas de Natacha. Pas tout de suite.

— Je n'arrive pas à comprendre ce qui m'est arrivé. Il y a eu un grand blanc.

— Un blanc de trois semaines ?

— Quelques heures. Ça a suffi pour bouleverser ma vie.

Le cœur d'Alexia battait la chamade. Elle ne savait pas ce qu'il allait dire, et s'il dirait la vérité.

— Je t'écoute.

Les beaux yeux de l'homme aimé s'emplirent de larmes.

— J'ai été enlevé.

— Enlevé, toi ? Je ne peux pas le croire.

Elle s'attendait à tout, sauf à ça. Qu'un enfant, qu'une femme soient enlevés, elle le concevait, mais pas un athlète comme lui, comment était-ce possible ?

— Cela semble inimaginable, mais c'est ce qui s'est passé. Je marchais dans la montagne, tout allait bien. Après un lac, je suis arrivé sur un parking...

Il avait dit « lac », « parking ».

Elle essayait de se raisonner. Il existait beaucoup de lacs et de parkings dans les Pyrénées.

— Sur le parking, par hasard, je suis tombé sur deux gangsters. Je me suis retrouvé au mauvais endroit au mauvais moment.

Elle était dubitative.

— Comment tu as su que c'étaient des gangsters ?

— Ils rangeaient des kalachnikovs dans le coffre de leur voiture. Je les ai vus, ils m'ont vu. Imagine ma terreur.

— Ensuite ?

— J'ai cru qu'ils allaient me descendre. Une histoire comme ça s'est produite près du lac d'Annecy, à Chevaline, il y a quelques années. Une famille britannique et un cycliste ont été assassinés en pleine nature.

Elle le regarda droit dans les yeux.

— Apparemment, ils ne t'ont pas tué.

— Ils ont pointé leurs armes sur moi et m'ont obligé à monter dans leur véhicule. Je n'avais pas le choix.

— Ensuite ?

— Ensuite, ils m'ont enfermé dans une maison en Espagne, pas très loin d'ici. Et bien sûr, ils m'ont piqué mon téléphone.

Elle avait du mal à croire à ce scénario abracadabrant.

— Et tu t'es évadé, c'est ça ? demanda-t-elle d'une voix peu convaincue.

— Exactement. Je me suis réfugié ici et je t'ai appelée.

— Tu avais de l'argent sur toi ?

— Tu sais très bien que j'ai toujours plusieurs dizaines d'euros dans une chaussure pour le cas où on me volerait mes affaires.

Elle se souvenait de ce détail. Sous sa semelle droite, quand il partait seul, il plaçait une pochette en plastique contenant des billets.

— Comment as-tu réussi à t'enfuir ?

— Un jour, les gars étaient absents, et j'ai réussi à défoncer la porte, tout simplement.

Cette histoire collait à la chronologie de sa disparition. Tout était cohérent, à défaut d'être convaincant. Une chose, pourtant, clochait. D'une petite voix, Alexia évoqua ce qu'elle avait sur le cœur depuis des semaines :

— Tu étais seul ?

— Seul ? Mais non, j'étais avec deux mecs armés dans une maison. Ils me donnaient à manger et à boire. Le reste du temps, je ne les voyais pas.

— D'accord, mais avant de tomber sur eux, tu étais seul ?

Elle scruta ses yeux.

Il avait l'air troublé. Apparemment, il ne s'attendait pas à cette question.

— J'ai croisé des promeneurs à plusieurs reprises, mais personne n'a marché avec moi.

— Tu es certain ?

Elle jeta un regard terrible sur lui. Elle ne l'avait jamais regardé de cette manière.

Il haussa les épaules.

— Tu penses que je fais partie d'une association de randonneurs ?

Elle était excédée par son aplomb.

— Peter, peux-tu me jurer de dire la vérité ? Ça fait trois semaines que je t'attends. J'ai failli perdre la raison. Tes amis vivent dans une angoisse insupportable. J'ai besoin de savoir ce qui s'est réellement passé. Au moment où tu es parti de Toulouse, tu étais seul ?

Il n'hésita pas un instant.

— Ben oui, j'étais seul.

Il mentait à la femme de sa vie.

— Je sais que tu n'étais pas seul.

— Comment peux-tu prétendre ça ? Explique !

Sa voix avait changé. Le timbre viril qu'elle connaissait était parcouru de tremblements.

Elle souhaitait qu'il se confesse, même si la vérité était horrible à entendre. Il valait mieux une odieuse vérité qu'un mensonge rassurant.

Elle ne voulait pas dire qu'elle avait fouillé dans sa boîte mail.

— Deux jours avant ton départ, s'écria-t-elle, dans le centre de Toulouse, je suis entrée dans un magasin. Une jeune fille parlait de toi à une vendeuse de manière enjouée. Nous avons engagé la conversation. Elle était très aimable.

— Oui, et alors ? Beaucoup de gens me connaissent. Tu as oublié que j'étais un champion de rugby ? L'ex-dossard numéro 3 le plus célèbre de France.

— Elle semblait bien te connaître.

— Ah bon ? Mais comment s'appelle-t-elle ? Je ne vois pas du tout qui c'est.

Il ne regardait plus sa femme. Il regardait par la fenêtre.

Elle ne le quittait pas des yeux. Elle scrutait chacune de ses réactions, ses mimiques, la façon dont il hochait la tête.

— Natacha ! s'écria-t-elle. Elle s'appelle Natacha ! Ça ne te dit rien ?

— Natacha, tu connaissais Natacha ? murmura-t-il d'une voix blême.

Il avait utilisé l'imparfait.

Elle était bouleversée. S'il venait d'échapper à ses geôliers, pourquoi utilisait-il l'imparfait ? Comment avait-il appris qu'elle était morte ?

— Tu es parti avec elle, non ?

Un grand silence.

— Comment le sais-tu ?

La colère montait dans le cœur d'Alexia.

— Elle me l'a dit.

— Ah bon, elle te l'a dit ? Et tu imagines que je te crois.

— Alors c'est vrai ? Elle est partie avec toi ?

— Si j'étais parti avec une femme, celle-ci ne l'aurait pas répété à ma propre épouse.

— Je n'ai pas dit que j'étais ton épouse. Je me suis fait passer pour une admiratrice. Elle ne s'est pas méfiée. Elle m'a tout raconté.

— Elle t'a raconté quoi ?

— Qu'elle passait quelques jours de vacances avec toi. Elle semblait tellement heureuse ! Des vacances avec un champion de rugby, quel pied !

— Pourquoi tu ne m'en as pas parlé quand nous avons fait le sac à dos ?

Les yeux d'Alexia s'embuèrent de larmes.

— J'espérais que c'était faux. Qu'elle fabulait.

— Tu penses que je t'ai trompée ?

— Tu m'as trompée, oui. Tu m'as menti. Tu n'as pas fait de montagne. Tu es parti t'envoyer en l'air avec une poupée.

— Arrête de dire n'importe quoi. Viens dans mes bras.

— Je refuse de venir dans tes bras.

— Hier soir, on a fait l'amour.

— En te voyant, j'étais dans un état second. Maintenant, j'ai retrouvé mes esprits. Tu vas me dire la vérité ou pas ?

Il inspira longuement.

— Natacha était une étudiante...

Ça y est, il recommence à utiliser l'imparfait.

— J'avais de l'affection pour elle, pas plus. Je l'ai vue trois fois. On a bu des verres. Rien d'autre. Je te jure. Quand je suis parti en montagne, sur son insistance, je l'ai accompagnée à Luchon pour lui faire plaisir.

— Tu as même loué une voiture.

Il était éberlué.

— Ça aussi, elle te l'a dit ?

— Ta femme sait beaucoup de choses. Pourquoi Luchon ?

— Elle avait trouvé un job là-bas.

— Comme par hasard ! Tu ne devais pas prendre le train ?

— Si, mais j'ai changé d'avis à la dernière minute en arrivant à la gare. La voiture, c'était plus sympa. J'ai agi comme un grand frère, pas comme un...

— Comme un quoi ?

— Je sais à quoi tu penses...

— Tu l'as baisée, c'est ça ? Natacha, la jeune poupée du rugbyman international !

— Calme-toi, je ne t'ai jamais vue dans cet état.

Elle éructait de colère.

— Monsieur annonce à l'amour de sa vie qu'il va randonner en montagne mais en réalité il se tape une minette. Je suis abasourdie.

— Tu délires.

— Si tu n'as rien à te reprocher, pourquoi n'avoir rien dit ?

— J'avais peur de te faire de la peine, que tu sois jalouse, que tu imagines le pire. Je n'ai jamais couché avec elle.

— Je récapitule : tu as loué une voiture, tu as emmené Natacha à Luchon...

— Exact ! On a même dîné ensemble à la pizzeria El Nuevo. Tu vois, je ne te cache rien.

— Ensuite ?

— Eh bien, elle a rejoint le studio qu'elle avait loué et moi j'ai dormi au gîte d'étape Le Lutin. Le lendemain matin, j'ai pris la télécabine pour Superbagnères, exactement comme prévu, et là-haut, j'ai commencé à marcher vers l'ouest sur le GR 10. Je t'ai appelée tous les jours jusqu'à mon enlèvement.

— Et la voiture, qu'as-tu fait de la voiture ?

La question semblait l'embarrasser. Il se mit à rougir très légèrement.

— Je l'ai laissée à Luchon, comme convenu avec le loueur. Je n'allais pas retourner à Toulouse.

— Le loueur m'a contacté. Il n'a pas récupéré la voiture.

— Ah bon, il t'a contactée ? Mais pourquoi ? J'ai laissé la clé à la maison de la presse, ce qui était prévu.

Elle se leva, excédée.

— Arrête de raconter des histoires. Je suis effarée par tes mensonges. Je découvre un personnage que je ne connaissais pas. Le loueur m'a dit que tu avais réservé la voiture plusieurs jours. Et toi, tu me parles d'une location à la journée.

Il semblait très gêné.

— Du calme, s'il te plaît. Je ne t'ai pas parlé de location à la journée. J'ai loué la voiture plusieurs jours car ça coûte à peine plus cher. Je me suis dit que vu les prévisions météo, j'en aurais peut-être besoin si je voulais marcher en Espagne. Tu ne sais pas que la partie sud du massif est plus sèche ?

— Et tu n'as pas repris la voiture ?

— Non. Finalement, le temps était très correct. Nuageux mais pas de précipitations.

Il passa une main dans ses cheveux, l'air désolé.

— Ça m'ennuie que le loueur n'ait pas récupéré la voiture. J'espère qu'elle n'a pas été volée. Il a dû encaisser ma caution, c'est bête.

Elle le regardait avec des yeux terribles.

— Un vol de voiture, ça n'est pas grand-chose...

— Toi, tu traites d'affaires bien plus graves, mais j'ai peur qu'on m'accuse de l'avoir volée. Ce n'est pas dans mes habitudes de faire ça.

Elle plongea son regard dans le sien.

— Tu n'es pas au courant de la tragédie qui... ?

— Quelle tragédie ?

Elle toussa. Elle était très émue. Au bord des larmes.

— Natacha a été assassinée. On a retrouvé son corps nu dans la montagne.

— Ah bon, elle a été assassinée ?

Un long silence. Elle l'observa. Il n'avait pas l'air surpris outre mesure. *Comme s'il était déjà au courant.* Elle imaginait qu'il aurait poussé des cris horrifiés dans le cas inverse. Une jeune fille qu'il connaît est tuée, il avait l'air de s'en foutre.

— Tu ne le savais pas ?

— Non.

— Tu ne lisais pas le journal dans ton cachot ? Tu ne regardais pas Internet ?

— J'étais coupé du monde.

— Pourquoi as-tu été enlevé ?

— Il faudrait demander ça à mes ravisseurs. Je suppose qu'ils avaient peur que je les dénonce suite à ma rencontre avec eux.

— À quel moment tu t'es évadé de ton cachot ?

— Il y a trois jours. Je suis venu ici et je t'ai appelée. Tu es la seule personne que j'ai appelée.

— La mort de cette jeune fille t'attriste ?

— Énormément.

— J'ai l'impression que ça ne te fait ni chaud ni froid.

Il se leva, excédé.

— Si je te dis que je suis bouleversé, tu vas me le reprocher. Cette fille a été tuée, c'est horrible, mais je n'ai pas envie que tu m'accuses de l'avoir aimée. La situation est très compliquée pour moi. Ingérable !

Alexia s'étonnait qu'il ne pose aucune question sur les circonstances du meurtre. Elle avait l'impression que ça ne l'intéressait pas, ou pire, qu'il savait pourquoi et comment elle était morte.

Ou qu'il était l'assassin.

Elle but une tasse de thé, les mains tremblantes.

Elle avait le ventre vide, mais elle n'avait pas faim. Ça faisait plusieurs jours qu'elle avait le plus grand mal à manger. Elle maigrissait à vue d'œil, mais quelle importance ? Elle grignota un bout de pain, elle n'arriva pas à le finir, elle le reposa sur une assiette.

Elle changea de conversation.

— Je te ramène avec moi ?

Elle était prête à reprendre sa vie, malgré la douleur et les soupçons, à l'endroit où elle s'était arrêtée. Au moment où Peter était parti dans la montagne. Malgré ses mensonges insupportables, elle n'arrivait toujours pas à imaginer qu'il ait pu tuer une jeune fille.

— Pas tout de suite.

— Comment ça, pas tout de suite ? Tu ne veux pas revoir Kevin ? Je ne comprends pas.

— J'ai besoin de me reposer.

— Te reposer ? Mais tu peux te reposer à la maison.

Il fixa le mur avec de grands yeux tristes.

— Alexia, j'ai été séquestré en Espagne. Je dois porter plainte en Espagne. La police française se fiche complètement de ce qui m'est arrivé ici.

— Eh bien, allons voir la police espagnole maintenant. Je t'emmène en voiture.

— Je ne veux pas t'infliger ce supplice. Je vais être obligé de raconter mes souffrances. J'ai eu faim. J'ai eu soif. J'ai eu peur.

— Je t'attendrai dans la voiture, devant le poste de la Guardia civil, puis nous rentrerons à Toulouse. C'est simple, non ?

Il ouvrit la fenêtre. Il aspira des bouffées d'air frais. Ses mains touchaient la rambarde. Alexia s'aperçut qu'elles tremblaient.

Il hocha la tête.

— Ce n'est pas possible.

— Pourquoi ?

Il ne répondit pas.

Il avait l'air abattu.

Plusieurs minutes s'écoulèrent, terribles.

Elle avait l'impression qu'il ne pouvait plus parler.

— Mais qu'est-ce qui se passe ? insista-t-elle. Tu as quelque chose à me cacher ?

— Si tu savais…

Elle n'osait pas lui demander s'il avait tué Natacha. Elle avait tellement peur qu'il réponde : « Oui, c'est moi. Je l'ai massacrée, je le regrette, mais je ne peux plus rien faire pour elle. On ne ressuscite pas une morte, n'est-ce pas ? »

Elle se mit à avoir terriblement froid. Elle frissonnait des pieds à la tête. Pourtant, dans la chambre, malgré la fenêtre ouverte, la chaleur était douce.

— Si je savais quoi ?

— Écoute, il faut que je règle plusieurs petits trucs en urgence. Je n'ai pas le temps de t'expliquer.

Elle haussa le ton.

— Pourquoi m'as-tu fait venir si je repars sans toi ? Tu veux que je devienne folle ?

— Je voulais que tu saches que j'étais bien vivant et en bonne santé.

Il lui toucha les mains. Il la regarda dans les yeux avec douceur. Elle ne savait que penser.

— Je reviens te chercher quand ?

Il réfléchit un instant.

— Dans une semaine, jour pour jour, à la même heure. Normalement, j'aurai tout réglé. Tout rentrera dans l'ordre. Je reviendrai à la maison. J'ai hâte de revoir mon fils. Il m'a tellement manqué.

Elle se mit à hurler.

— Pourquoi pas maintenant ? Que me caches-tu ?

— Dans une semaine, je te dirai tout. Je répondrai à toutes tes questions. Il est trop tôt. Je t'attends ici le 3 novembre au soir. OK ?

— Pourquoi ?

Il inspira de nouveau un grand coup.

— Maintenant, laisse-moi, ajouta-t-il d'une voix éteinte. J'ai besoin d'être seul.

— Tu me vires, c'est ça ?

Elle avait le sentiment qu'il voulait se débarrasser d'elle parce qu'elle avait découvert qu'il était parti avec Natacha. Elle en était mortifiée. Après cette nuit d'amour, elle ne comprenait pas pourquoi il tenait à rester seul.

Elle lui dit à peine au revoir.

Elle regagna sa voiture. Le chemin du retour lui parut interminable. Ses pensées, ses sentiments étaient confus, contradictoires. Elle était follement heureuse de l'avoir revu, elle était follement suspicieuse à son encontre. Elle se posait toutes sortes de questions auxquelles elle ne trouvait aucune réponse. Ils avaient fait l'amour, elle avait senti sa puissance, sa générosité. Au matin, le plaisir s'était envolé. Le soupçon avait refait surface.

Elle se demandait si Natacha n'était pas une fille cachée de Peter. Juste avant son mariage, Alexia se souvint qu'il était parti seul plusieurs semaines à Moscou. « Pour le sport », avait-il dit simplement. Elle avait été intriguée. Avait-il rencontré une femme là-bas ? Avait-il eu un enfant avec elle ? Le bébé avait-il été placé dans un orphelinat ? Natacha était-elle venue en France rejoindre son père ? C'était une hypothèse, sauf qu'il n'avait pas fait preuve d'une grande émotion en apprenant la mort de sa fille. Le père avait-il tué son enfant ? Mais dans ce cas, pourquoi ? Avait-elle menacé de tout révéler ? L'avait-elle fait chanter ?

Alexia arriva chez elle en fin de matinée. Kevin l'accueillit avec affection.

— Il n'est pas là, papa ?

— Il revient bientôt. Tout va bien.

Elle le serra contre elle.

— Pourquoi n'est-il pas rentré avec toi ?

— Il travaille.

— Il travaille où ? Tu es allé le voir à Rome ?

Les adolescents sont agaçants, pensa Alexia. *Ils posent des questions très chiantes.*

— Léo est parti ? demanda-t-elle.

— Hier, il est resté toute la soirée.

Alexia écouta son répondeur. Une quinzaine de messages, uniquement des gens qui voulaient savoir ce qu'était devenu Peter.

Message vocal de Léo : « J'ai dîné avec Kevin. Il a été adorable. On a fait une partie de Monopoly. Ton fils a gagné, il avait des hôtels rue de la Paix et aux Champs-Élysées. Avant de se coucher, il a pleuré. Il voulait voir son père. Il dit qu'il est mort et que tu lui caches la vérité. Je suis rentré chez moi vers minuit. As-tu revu Peter ? Va-t-il revenir ? Appelle-moi. Bise, ma loutre. »

Elle passa le voir rapidement. Elle le remercia pour son aide. Elle lui raconta que Peter s'était réfugié dans un petit village des Pyrénées espagnoles, à Salardù, et qu'il allait bien. Elle ne dit rien d'autre. Elle ne voulait pas parler de ses suspicions. À quoi bon ?

De retour chez elle, elle rappela plusieurs connaissances. Elle leur dit que son mari se portait comme un charme et qu'il allait rentrer, sans préciser où il était. Elle ne parla pas du meurtre de Natacha.

Alexia voulut mettre ses pensées par écrit. Écrire lui faisait un bien fou. Dans les affaires qu'elle traitait, elle procédait comme ça. Elle prenait une grande feuille blanche. Elle écrivait à la main tout ce qui lui passait par la tête, ça lui permettait d'éclaircir certaines situations qu'elle jugeait inextricables. Ses propres clients ne lui disaient pas toujours la vérité et elle avait besoin de la connaître.

Jeudi 27 octobre

Peter est-il ou non coupable du meurtre de Natacha Vikachev ?

Hypothèse 1 – Coupable d'avoir tué sa maîtresse.
Le 30 septembre, il emmène Natacha en voiture. Ils passent plusieurs jours ensemble. D'abord amical, le séjour tourne au vinaigre. Peter veut faire l'amour avec la jeune fille mais celle-ci refuse. Il est de plus en plus insistant, elle est de plus en plus réticente. Pour lui, faire l'amour avec cette poupée devient une obsession. Pendant plusieurs jours, elle résiste. Une après-midi, il l'emmène en voiture dans la montagne. Il se gare sur un parking. Il lui propose de faire une promenade à pied, elle accepte. Derrière un rocher, à l'écart d'un chemin, il arrache ses vêtements et la viole. Pour qu'elle ne parle pas, il la tue. Puis, affolé par son geste, il gagne l'Espagne en voiture pour échapper à la police française. De là, il suit les actualités. Voyant que son nom n'est pas cité dans les médias, il m'appelle au bout de trois semaines.

Malgré la fraîcheur, de grosses gouttes de sueur dégoulinaient sur son front pâle. Elle avait dû faire un effort surhumain pour coucher cet effrayant scénario. Elle n'avait pas voulu parler de ses sentiments. Elle collait les faits à la chronologie des événements, mais était-ce le bon scénario ?

Elle respira un grand coup. Elle se remit à écrire.

Hypothèse 2 – Coupable d'avoir tué sa propre fille.

Scénario proche du précédent, sauf que Natacha est l'enfant de Peter. L'homme et la jeune fille séjournent ensemble à Luchon, mais rapidement, Natacha, qui a connu la misère en Russie, lui demande de l'argent. Elle veut également hériter de son père biologique. Elle exige qu'il rédige un testament en ce sens. Il accepte de l'aider ponctuellement mais repousse l'idée d'écrire un testament. Elle se met en colère, menace de tout révéler. Il prend peur. Il craint que cette histoire ne détruise son couple. Il l'emmène dans la montagne et la tue. Puis il s'enfuit en Espagne.

Hypothèse 3 – Non coupable de meurtre.

Peter accompagne Natacha, une admiratrice qu'il aime bien, à Luchon en voiture puis, après avoir dîné, ils se séparent. Ils ne dorment pas ensemble. Elle passe la nuit dans un studio et Peter dans un gîte d'étape. Au matin, elle se rend à son travail, il emprunte la télécabine pour Superbagnères, d'où il commence sa longue randonnée…

Alexia ne s'aperçut pas qu'elle venait d'écrire ce que Peter lui avait soufflé.

Quelques jours plus tard, Natacha est enlevée par un inconnu. Il l'emmène dans la montagne, la viole et la tue. Puis il arrache les habits pour faire disparaître toute trace compromettante, type empreintes génétiques, et pour éviter toute identification. Peter n'a rien à voir avec ce meurtre.

Ce scénario lui faisait chaud au cœur. Ah, si au moins il était vrai ! Ce serait tellement beau ! Elle imaginait l'assassin confondu. Son arrestation disculperait son mari.

La police judiciaire avait-elle une piste ?

Existait-il un quatrième scénario auquel elle n'avait pas pensé ?

Un cinquième ?

Natacha s'était-elle suicidée ? Avait-elle eu un accident ? Était-elle morte de mort naturelle ? Si elle avait été tuée, était-ce un homicide volontaire ? Et dans cette hypothèse, le meurtre avait-il été prémédité ? Y avait-il un ou plusieurs tueurs ?

Alexia ne connaissant pas le dossier, elle était incapable de répondre à ces questions. Il fallait qu'elle mène l'enquête elle-même.

Elle s'épuisait.

À propos de la troisième hypothèse, une chose la laissait dubitative : le silence de Peter pendant trois semaines. Il lui avait fourni une explication : un enlèvement. Rien à faire, elle ne croyait pas à cet enlèvement, ou alors quelque chose la dépassait dans cette histoire, quelque chose à quoi elle n'avait pas pensé et qui était la clé de l'énigme.

Toute la journée, Alexia ressassa les événements des dernières semaines. Elle se coucha de bonne heure. Elle eut du mal à s'endormir. Certains détails s'éclaircissaient, d'autres s'assombrissaient. La vérité était ailleurs, loin d'elle. Pourtant elle avait l'habitude des scénarios compliqués, mais là, elle ne comprenait rien. Si aucune hypothèse n'était convaincante, aucune n'était à exclure.

Avant l'aube, dans son sommeil, elle entendit des coups. Des hommes faisaient feu sur elle, elle s'enfuyait pour échapper aux balles. Des coups, encore des coups, ça n'arrêtait pas.

Elle ouvrit les yeux.

Elle regarda sa chambre plongée dans l'obscurité.

Ce n'était pas un rêve, mais la réalité.

Elle entendait des coups. Près d'elle.

Des coups très violents contre la porte de la maison.

Elle tremblait. Elle était effarée. Elle ne comprenait pas.

Qui cherchait à entrer chez elle à cette heure-là ?

José ?

Qui était José ? Connaissait-il Peter ? Était-il lié au meurtre ? Avait-il tué lui-même Natacha ? Regrettait-il son geste ? Voulait-il tuer Alexia pour éviter qu'elle mène une enquête destinée à disculper son mari ?

Elle se rendit compte qu'elle n'avait pas évoqué ce curieux personnage dans les trois scénarios couchés la veille sur le papier.

José tambourinait-il contre la porte en pleine nuit ?

Les coups redoublaient. Alexia entendait des mots, mais elle n'en comprenait pas la signification. Elle se leva, enfila sa robe de chambre et fila dans l'entrée.

— Police ! cria un homme dont elle reconnut la voix.

Le juge Dayan.

Elle ouvrit la porte. Elle aperçut des hommes casqués, brandissant des fusils d'assaut, en combinaison bleu marine.

Elle était apeurée. Ses jambes flageolaient.

Il était 6 heures, l'heure légale pour procéder aux premières perquisitions.

L'air froid de la nuit lui claqua dans le visage.

Les hommes en bleu s'engouffrèrent dans la maison.

— Attention, messieurs, j'ai un fils mineur, s'écria-t-elle. Évitez de le traumatiser. Je serai impitoyable si...

Dayan lui coupa la parole.

— On se retrouve, madame. Votre mari est là ?

— Non.

— Vous en êtes certaine ? Pourquoi avoir mis autant de temps à ouvrir la porte ?

— Je dormais. Vous avez vu l'heure ?

Il ne précisa pas que la maison était cernée par la police.

— Un peu plus, nous cassions la porte.

Elle soupira.

— Que se passe-t-il ? Je ne comprends rien !

Les hommes s'avancèrent. Ils étaient une dizaine. Elle reconnut les uniformes de la BRI, la Brigade de recherche et d'intervention.

C'est si grave que ça? se dit-elle.

Kevin apparut dans l'entrebâillement d'une porte. Son visage était effrayé.

— Mon chéri, ne t'en fais pas, c'est un exercice.

— Il est là ton père ? demanda Dayan d'une voix autoritaire.

— Non, il n'est pas là. Il est parti en voyage.

— Kevin, murmura sa mère, ne dis rien à la police. Elle n'a pas le droit d'interroger les enfants comme ça. C'est interdit par la loi. Formellement interdit.

Le juge toisa Alexia du regard.

— Madame, venez avec moi dans une pièce à part. J'ai des questions à vous poser. Votre fils va rester dans la cuisine avec un de mes collègues. Il va le rassurer. Tout va bien.

Elle hésitait à obéir. Elle voulait protéger son fils, mais elle voulait également savoir pourquoi la police faisait une perquisition chez elle en pleine nuit. De quoi Peter était-il accusé ? La veille, avant de s'endormir, elle avait regardé les actualités sur Internet. Elle n'avait rien découvert de nouveau sur l'affaire. Peter Chanez n'était pas cité, mais l'avocate connaissait les dessous des enquêtes judiciaires. Elle savait que les enquêteurs, pour être plus efficaces, ne disaient pas tout, loin de là.

Elle s'enferma dans sa chambre avec Dayan. Celui-ci reprit la parole. Son visage était grave.

— Le laboratoire de police scientifique de Toulouse a réalisé une autopsie de la jeune fille assassinée.

Elle retenait son souffle. Elle avait la bouche sèche. Ses doigts tremblaient.

— Il en a mis du temps !

— L'autopsie date des premiers jours, mais nous n'avons pas communiqué à ce sujet. Nous devions vérifier un certain nombre d'éléments. Nous avons plusieurs pistes.

Elle affectait un air détaché, indifférent.

— Quelles pistes ?

— En tant qu'avocate, vous devriez savoir que les enquêteurs sont parfois très discrets. J'en reviens à cette autopsie...

— En quoi ça pourrait m'intéresser ?

— Des traces ADN ont été retrouvées dans les parties intimes de la victime. Et pas n'importe lesquelles ! Les résultats de l'analyse nous ont été communiqués hier soir. Ils sont formels. Vous comprenez ce que ça signifie ?

Elle comprenait, forcément.

Elle posa une question dont elle devinait la réponse.

— Les traces de qui ?

Il la dévisagea d'un air désolé.

— À votre avis, pourquoi nous sommes là ?

Elle était effarée. Elle se leva. Elle se mit à hurler. Elle prit un verre posé sur la table et le jeta à travers la pièce.

— Il m'a menti, ce salaud, il m'a menti !

— Vous lui avez parlé récemment ?

S'apercevant qu'elle avait commis une gaffe, elle tenta de se rattraper.

— Ça fait des jours qu'il a disparu. Aucune nouvelle.

— En quoi vous a-t-il menti ? Je ne comprends pas.

— Monsieur, vous n'êtes pas au courant, mais depuis plus de vingt ans, je vis une magnifique histoire d'amour. Peter n'a jamais couché avec une autre femme.

— Comment le savez-vous ?

— Je le sais, c'est tout.

— Il y a eu au moins une exception.

— En êtes-vous certain ?

Le juge avait l'air ennuyé.

— Ce sperme n'est pas arrivé tout seul…

Elle ne savait comment calmer sa colère et son désespoir. Elle marchait en tous sens.

— Comment savez-vous que c'est le sien ? Vous connaissez son ADN ? Il n'a jamais trempé dans aucune affaire. Ses empreintes génétiques sont inconnues de la police.

Dayan ne répondit pas tout de suite.

Elle hurlait.

— Qu'est-ce qui vous a mis sur la piste de Peter Chanez ? Dites-moi !

— Nous avons fouillé l'ordinateur de Natacha, son disque dur, ses boîtes mails. Au début, nous n'avons rien trouvé.

— Vous voulez dire qu'elle cachait quelque chose ?

— Nous ne le savions pas, puisque nous ne trouvions rien. Mais nous le supposions. Sur sa boîte mail, il n'y avait rien d'intéressant. On a découvert des spams et des courriers universitaires. Comme si elle n'avait aucun ami. Ou comme si elle effaçait tous les messages importants. Un truc ne collait pas. Nous avons contacté la société gérant ses messages dans la Silicone Valley. Je ne vous cache pas que ça a pris du temps...

Le cœur d'Alexia battait tellement fort qu'elle crut qu'il allait exploser.

Dayan continua sans se soucier des réactions de son interlocutrice.

— Finalement, nous avons retrouvé une correspondance amoureuse entre Natacha et Peter.

— Amoureuse ou amicale ?

— Amoureuse. Aucun doute à ce sujet.

Alexia aurait été au bord d'une falaise, elle se serait jetée dans le vide.

— Comment le savez-vous ? dit-elle d'une voix blême.

— Je vais vous épargner certains détails.

Au point où elle en était, dans un enfer absolu, aucune révélation ne lui faisait plus peur.

— Je veux tout savoir. Tout ! De toute façon, ma vie est foutue.

Le juge toussa.

— Disons que les messages ont un caractère sexuel très explicite. Je vous laisse imaginer.

— Excusez-moi, mais je ne veux pas imaginer.

Dayan poursuivait, imperturbable.

— La jeune fille était très belle.

Alexia avait l'impression que le juge se délectait de sa détresse. Le cauchemar grandissait. Chaque mot était un nouveau coup de poignard. Elle essayait de s'accrocher à une bouée de sauvetage, mais il n'y en avait pas. La mer était démontée. Elle allait se noyer.

— S'il aimait tant cette femme, pourquoi l'a-t-il tuée ? gémit-elle. Un amant n'est pas forcément un meurtrier.

— C'est ce que nous essayons de comprendre. Grâce aux mails, nous savons qu'ils sont partis ensemble de Toulouse le 30 septembre dans une voiture de location. Celle-ci n'a jamais été retrouvée. D'après les relevés bancaires, ils sont allés à Luchon. Nous l'avons caché aux médias, mais après la diffusion du portrait de Natacha, le patron de l'hôtel d'Aquitaine nous a indiqué que celle-ci avait passé plusieurs jours dans son établissement avec un homme de grande taille, athlétique, qui a tout payé en espèces et qui s'est inscrit sous le nom de Julien Roux. Louche ! Au début, l'hôtelier ne l'a pas reconnu, mais un employé passionné de rugby a deviné que c'était Peter Chanez. Grâce au bornage de son portable, nous avons la certitude qu'il a bien passé plusieurs nuits à cet endroit. Le matin du crime, il a pris son petit déjeuner à l'hôtel avec Natacha puis ils sont sortis. Le soir, votre mari est rentré seul, et pour cause, Natacha avait été tuée ! Il était dans un état fébrile. Il a demandé si la jeune Russe était là, mais personne ne l'avait vue depuis le matin. Le lendemain après-midi, juste après l'annonce du meurtre sur Internet, il a payé sa note en espèces, il est parti avec son sac à dos, il n'a rien laissé dans la chambre. À 16 h 57, il a retiré une importante somme d'argent à un distributeur puis il a été flashé sur une route menant en Espagne. Après, plus rien. Nous supposons qu'il a enlevé la batterie de son téléphone pour ne pas être localisé.

Alexia essayait de ne pas fondre en larmes.

— Le jour du crime, vous êtes capable de savoir précisément où il se trouvait grâce à son portable, non ?

— Hélas, ça n'a pas été possible. Apparemment, son appareil est resté à l'hôtel mais le personnel a témoigné que votre mari s'est absenté toute la journée. Nous supposons qu'il a fait exprès de laisser son téléphone.

— Et son empreinte génétique ? Comment l'avez-vous découverte ?

— Il nous a fallu du temps. Nous avons fait un prélèvement sur sa mère, que nous avons informée de la situation. Elle avait ordre de ne pas vous en parler…

Dayan passa ses mains dans ses cheveux. Il semblait hésiter.

— Aujourd'hui, nous avons la quasi-certitude que les traces ADN de Peter Chanez se trouvent sur le cadavre. Notre première hypothèse est la suivante : la jeune fille voulait rompre, il était désespéré, il l'a traînée dans la montagne, il l'a violée et tuée. C'est un crime passionnel assez classique : un homme massacre une femme qui s'apprête à le larguer. Mais nous avons une autre hypothèse.

Alexia n'arrivait plus à parler, elle le laissa continuer.

— Il s'agit peut-être d'un scénario sadomaso qui a mal tourné, poursuivit-il. Votre mari a tué Natacha sans le vouloir. Il pourrait donc s'agir d'un homicide involontaire. Dans leurs échanges, ils évoquent des rapports SM. Apparemment, du moins sur le papier, elle était consentante. D'où l'idée qu'il s'agirait d'une sorte d'accident. Vu sa puissance, cette hypothèse n'est pas à exclure. Il doit peser une centaine de kilos, elle en faisait à peine la moitié.

— Comment l'a-t-il tuée ? demanda-t-elle d'une voix blanche.

— Je ne souhaite pas en parler. Secret de l'instruction.

— La presse a évoqué un étranglement…

— Il faut se méfier de la presse.

— Vous avez d'autres pistes ?

Il hésita avant de répondre.

— Oui, je vous l'ai dit tout à l'heure, mais je ne vous en parlerai pas.

— Aucun tueur en série rôdant dans le coin ?

— Vous êtes trop curieuse !

Un long silence emplit la pièce. Les yeux d'Alexia essayaient de s'accrocher à des objets qui la consoleraient de son insondable désespoir, mais tout lui rappelait l'homme qu'elle aimait : ses livres, ses photos, les coupes qu'il avait remportées pendant sa carrière de sportif, et puis ce grand poster où on le voyait au milieu de l'équipe du Stade toulousain, un ballon de rugby entre les cuisses.

Peter Chanez emporté par une folie meurtrière ? Ça ne collait pas avec l'homme de sa vie.

Un homme casqué entra dans la chambre, pistolet d'assaut en bandoulière.

— Nous n'avons rien trouvé. L'individu n'est pas dans la maison. Nous avons fouillé partout.

Il tenait une photo entre ses doigts.

— Nous avons découvert ça au grenier.

Le cliché représentait une jeune fille brune. Un visage très jeune, très beau.

Le juge semblait stupéfait. Il ouvrit une pochette et sortit une autre photo.

— Incroyable, se dit-il, quelle coïncidence ! La même personne !

Il montra le cliché à Alexia.

— Vous connaissez ?

Elle observa le visage.

— Peter m'a dit que c'était une admiratrice. Il reçoit plein de photos d'admiratrices. Où est le problème ?

Elle s'attendait à tout.

— Pas de chance, répondit le juge d'un air désolé. Le cadavre de cette jeune fille a été retrouvé hier soir dans la montagne. Elle venait d'être tuée. Son corps était encore chaud. Chose étrange, elle aussi était nue.

Alexia était abasourdie.

— Les médias n'en ont pas parlé !

— L'information n'a pas encore été divulguée, mais nous le ferons dans quelques heures. La nouvelle fera certainement la une des médias. Vous vous rendez compte : un deuxième cadavre de jeune fille !

— Comment a-t-elle été assassinée ?

— À ce stade, nous n'en savons rien. L'autopsie le dira. Mais nous avons la conviction qu'il ne s'agit pas d'une mort naturelle.

Une autre question la taraudait. Elle hésitait à la poser. Elle se jeta à l'eau.

— À quel endroit le corps a-t-il été découvert ?

— Vous connaissez les Pyrénées ? Elle a été retrouvée par un cueilleur de champignons à la frontière franco-espagnole, dans la haute vallée de la Garonne. Pas loin de la route qui longe le fleuve. Les gendarmes sont tombés sur un petit sac contenant ses papiers et son téléphone, ce qui nous a permis de connaître son identité. Une identité que nous ne révélerons pas aux médias pour les besoins de l'enquête. Elle aussi est russe ! Est-ce une coïncidence ? Je vais vous dire son nom à condition de ne le répéter à personne, sous aucun prétexte. Promis ?

Elle acquiesça de la tête.

— Elle s'appelle Nadia Jarkov. Ce nom ne vous dit rien ?

— Du tout.

Après un silence, il poursuivit d'une voix grave, l'air embarrassé :

— Même si on n'avait pas retrouvé sa photo chez vous, je voulais vous parler de cette jeune fille. Sur son portable se trouve le numéro de votre mari. Les textos retrouvés montrent qu'ils se connaissaient très bien. Vous voyez ce que je veux dire ?

Alexia retenait ses larmes. Elle était partie hier matin de Salardù. Peter avait-il emprunté une voiture juste après, roulé jusqu'à la frontière toute proche ? Avait-il rendez-vous avec Nadia ? Est-ce pour ça qu'il n'avait pas voulu rentrer avec sa femme ? Avait-il massacré la jeune Russe ? Pour quelle raison ? Le mystère s'épaississait d'heure en heure.

— Madame, où se trouve l'ordinateur de votre mari ?

Elle hésita un instant, puis le montra du doigt : un portable blanc posé sur une table. Il s'en saisit puis il la regarda droit dans les yeux.

— Avant de vous laisser tranquille, j'ai des petites questions à vous poser.

— Je n'ai plus rien à dire.

— Que faisiez-vous sur les lieux du meurtre l'autre jour ?

— Ça y est, vous recommencez.

— Alors ?

— Je m'occupe de dossiers d'assises, je me suis toujours intéressée aux scènes de crime.

— Vous travaillez sur cette affaire ?

— Non.

— Alors pourquoi être venue ?

Elle se sentait mal à l'aise.

— Dans la mesure où je n'ai rien fait d'illégal, je n'ai pas à justifier ma présence.

— Soit. Mais bon, voilà une attitude bien étrange. Votre mari est soupçonné d'un meurtre, vous dites avoir perdu sa trace, vous prétendez ne rien savoir sur cette affaire, et je vous surprends à l'endroit exact où la jeune fille a été assassinée. Que faisiez-vous le jour du meurtre ?

Elle eut un mouvement de recul.

— Vous me soupçonnez ?

— Avant de refermer une piste, il faut l'explorer. Je vais être direct : vous avez très bien pu assassiner Natacha par dépit amoureux. Vous découvrez la relation que votre mari entretient avec elle, vous décidez de vous venger.

Elle était interloquée.

— Comment voulez-vous que j'assassine une fille dont j'ignorais l'existence ?

— Vous prétendez que vous ne la connaissiez pas, mais nous n'avons pas la preuve de ce que vous dites. Que faisiez-vous le 5 octobre ?

— Vous êtes certain qu'elle a été tuée ce jour-là ?

— Elle a retiré de l'argent le matin à un distributeur, son cadavre a été découvert le lendemain par un promeneur. Les analyses démontrent qu'elle a été tuée l'après-midi du 5 octobre sans qu'on puisse déterminer l'heure exacte.

— Des témoins ont vu quelque chose dans le massif de Néouvielle ?

— Jusque-là, personne ne s'est manifesté, mais il y a pas mal de randonneurs espagnols dans le coin. L'appel à témoin n'a pas encore été diffusé de l'autre côté de la frontière, mais qu'importe. Je vous repose la question : que faisiez-vous ce jour-là ?

— De mémoire, j'étais à mon cabinet toute la journée, avec mon collègue et plusieurs clients. Le soir, je suis rentrée directement à la maison. Mon fils pourra en témoigner.

— Je note tout ça sur mon cahier, murmura Dayan d'un air aimable. Vous serez convoquée prochainement et nous remplirons un procès-verbal en bonne et due forme, vous nous donnerez le nom et les coordonnées de ceux qui sont susceptibles de vous fournir un alibi. Je pense en avoir terminé. Une dernière question avant de repartir : vous n'avez aucune idée de l'endroit où votre mari se trouve ?

— Pas la moindre, répliqua-t-elle sans hésiter. Aucune nouvelle depuis trois semaines, et vous ?

— Rien, absolument rien. Son téléphone n'émet plus aucun signal. Il n'a envoyé aucun mail. Il n'a pas utilisé ses moyens de paiement. Je peux vous dire le fond de ma pensée, même si c'est violent ?

— Au point où j'en suis...

— Cette attitude me renforce dans l'idée qu'il est coupable. S'il n'a rien à se reprocher, pourquoi se cache-t-il ?

— Il est peut-être mort ?

— S'il était mort, nous aurions sans doute retrouvé son téléphone. Or, celui-ci a cessé d'émettre le lendemain du meurtre. Il s'agit d'un acte volontaire.

Elle était excédée par ce jugement hâtif.

— En montagne, les batteries se déchargent vite.

— Dans ce cas, pourquoi ne l'a-t-il pas rechargée ?

— Un mort ne peut pas recharger une batterie, je me trompe ?

Dayan s'agaçait.

— Arrêtons là, voulez-vous ? Je comprends votre désir de défendre votre mari, mais il existe des indices qui ne plaident pas en sa faveur. Qu'allez-vous faire les jours prochains ?

— Rien. Je suis fatiguée de vivre.

— Si votre mari est le meurtrier, reste à savoir pourquoi il a fait ça. Une morte ne pouvant pas témoigner, lui seul nous le dira.

Le juge et ses hommes s'en allèrent. Alexia était épuisée. Elle trouvait l'attitude de Dayan bizarre. Il menait l'enquête à charge, uniquement à charge, sans vergogne, d'une manière qu'elle jugeait peu professionnelle. Il avait décrété que Peter était coupable, et maintenant il essayait de rassembler toutes les preuves le confortant dans cette hypothèse. Elle était surprise qu'il lui dévoile certains aspects de l'enquête cachés aux médias, alors qu'elle était la femme du principal suspect, tandis qu'il en dissimulait d'autres, comme s'il cherchait à la convaincre de la culpabilité de son mari. Pour quelle raison ? Pourquoi donnait-il autant de détails ? Qu'avait-il à gagner dans cette affaire ?

Elle repensait à leur rencontre dans la montagne.

Il l'étonnait de plus en plus.

Elle voulait en parler à Chloé. Elle ne voulait rien cacher à sa meilleure amie. Elle l'appela.

— Tu fais quelque chose ce midi ?

— J'ai toujours quelque chose à faire.

— Tu peux passer ? J'ai une chose importante à te dire.

— Le téléphone ne te suffit pas ?

— Je me méfie du téléphone.

— Tu as peur d'être espionnée ?

Les propos de Chloé agaçaient Alexia. Elle était anéantie par ce qu'elle venait d'apprendre, elle avait l'impression que son amie pinaillait pour des broutilles.

— Non, je n'ai pas peur. Je n'ai peur de rien. Tu passes ?

— Entendu, je passe.

Elle débarqua à midi. Le visage d'Alexia était décomposé.

Elles s'assirent l'une à côté de l'autre sur le canapé.

Chloé était impressionnée par le désordre qui régnait. Son amie était une forte femme, organisée, pointilleuse, ce désordre ne lui ressemblait pas.

— Alors, ma biche, quoi de nouveau ?

— Il s'est passé tant de choses depuis deux jours. Tout s'assombrit. J'ai besoin de toi, Chloé. Ne m'abandonne pas.

— Je n'ai pas l'intention de te laisser tomber.

— Écoute-moi bien. Mais attention, ce que je vais te dire doit rester entre nous. N'en parle à personne.

— Tu sais, je suis une tombe.

Une tombe. Ces mots firent sursauter Alexia. Elle secoua la tête.

— J'ai revu Peter.

Elle lui raconta le coup de téléphone, la virée en Espagne, la nuit à Salardù.

— Il m'a juré qu'il n'avait pas couché avec Natacha.

Puis elle parla de l'arrivée de la police en pleine nuit.

— Une nouvelle m'a bouleversée. Et c'est un euphémisme !

— Peter a été arrêté ?

— L'autopsie a révélé que les parties intimes de Natacha renfermaient...

Elle n'acheva pas sa phrase. Chloé avait compris.

— Violée ?

— Violée, je ne sais pas. En tout cas, il m'a menti. Il m'a assuré que sa relation avec Natacha était platonique.

Elle raconta en détail ce que Dayan lui avait révélé, l'avancée de l'enquête, le meurtre d'une autre jeune fille dont elle tut le nom.

— Tu vois, ça fait beaucoup. Les événements s'enchaînent et s'entrechoquent. C'est un film d'horreur !

Une moue déforma les lèvres de Chloé.

— Tu penses que Peter est coupable ? Tu as changé plusieurs fois d'avis à ce sujet.

— Je sais, je sais ! Je ne raisonne pas en avocate mais en femme amoureuse, ce n'est pas du tout la même chose ! J'aimerais tellement que Peter soit innocent, mets-toi à ma place. Malgré des indices qui l'accablent, je n'arrive pas à imaginer qu'un homme comme lui ait pu massacrer une jeune femme.

— Il t'a trompée, non ?

— Son attitude est écœurante mais je ne parviens pas à croire au reste, ce meurtre. C'est impensable. Impensable !

— L'autre jour, près du canal, ce n'est pas ce que tu disais.

— C'est vrai, mais je suis perdue. Déboussolée ! Anéantie !

Chloé caressa les cheveux de son amie.

— Et s'il est innocent, qui a tué Natacha ?

Alexia regarda le plafond.

— Le juge Dayan.

— Qu'est-ce qui te pousse à dire ça ? C'est aberrant, non ? Un juge serait l'auteur d'un meurtre ?

— On voit bien que tu ne connais pas certains dossiers. Il est arrivé que des policiers soient mêlés à des affaires sordides, je n'ai pas le temps de te donner des exemples. Dayan me paraît bizarre. Ce matin, j'ai eu l'impression qu'il venait en sachant que Peter n'était pas là.

— Ah bon ?

— À aucun moment, il ne s'est occupé des recherches dans la maison. J'ai senti que ça ne l'intéressait pas. Je suis avocate. Dans certaines affaires, je... Comment dire ? Je sens les choses...

— Dans ce cas, pourquoi a-t-il perquisitionné ?

— Pour me convaincre de la culpabilité de mon mari. J'ai trouvé ça odieux. Il m'a enfoncé la tête dans la merde. Il s'en délectait.

Chloé pensait que le désespoir la rendait à moitié folle : Alexia essayait de trouver à tout prix un autre coupable. N'importe qui. Le premier qui lui passait sous la main. L'accusateur de son mari devenait le principal suspect. Elle s'accrochait à des indices irrationnels pour ne pas mourir de désespoir.

En début de soirée, les médias annoncèrent qu'une deuxième jeune fille avait été retrouvée morte dans la montagne, sans révéler son nom, à quelques dizaines de kilomètres de l'endroit où avait été découvert le cadavre de Natacha.

Jeudi 3 novembre. Jour où Alexia a rendez-vous avec Peter.

Il avait promis de revenir à Toulouse. Allait-il se constituer prisonnier ? C'était à lui d'en décider, à lui seul. S'il voulait continuer à se cacher, il ne fallait pas qu'il regagne sa maison. La police l'arrêterait, c'est certain. Il serait mis en examen pour homicide.

Elle pensa que Léo pouvait l'héberger. Elle lui avait raconté le voyage à Salardù et la visite de Dayan. Elle l'appela et, pour éviter que sa conversation ne soit écoutée par la police, le supplia de passer la voir.

Léo, ce bon Léo.

Il débarqua après le déjeuner.

Elle lui demanda s'il acceptait d'accueillir Peter en attendant que l'orage passe.

— Tu sais, dit-il d'une voix blanche, ça ne sera peut-être pas nécessaire.

Elle était étonnée par le ton de sa voix. Un ton glacial.

— Pourquoi ?

— Tu n'as pas écouté la radio ? Ça vient de tomber.

— Qu'est-ce qui se passe ?

— Un homme suspecté d'être impliqué dans la mort de Natacha a été placé en garde à vue.

Elle ne s'attendait pas à ça.

Peter ?

Ah non, se dit-elle. *Non ! Non !*

Elle pressentait ce que Léo allait dire : « Les enquêteurs savaient depuis le début que le principal suspect se cachait en

Espagne. Finalement, la police espagnole l'a interpellé. Un homme grand, massif. Il n'a opposé aucune résistance. »

Léo la regarda droit dans les yeux.

— Quelque chose ne va pas ?

— Mais si, tout va très bien.

— Tu es toute pâle.

— La fatigue.

Elle avala sa salive.

— On connaît son nom ?

Soudain, la vérité allait s'imposer à elle. La vérité brutale. Un monde parfait allait s'écrouler à jamais, remplacé par un monde de sang et de larmes. Peter avait-il avoué qu'il était l'auteur de deux crimes ? Avait-il tué Natacha à Néouvielle puis Nadia à la frontière franco-espagnole ?

— La radio n'a rien dit.

— Il a été incarcéré ? demanda-t-elle d'une voix quasi inaudible.

— D'après ce que j'ai compris, la garde à vue se termine. La nouvelle passe en boucle depuis tout à l'heure.

— Il a avoué ?

— Une conférence de presse va avoir lieu.

Fébrile, elle alluma la télé. Une chaîne d'infos.

Un speaker évoquait l'affaire qui bouleversait la région depuis des semaines. Il disait que le procureur de Toulouse allait prendre la parole.

Un quart d'heure passa.

Après des publicités, un homme apparut sur l'écran, debout derrière un pupitre, grand et maigre, dans un complet-veston austère. Un visage grave. Une voix solennelle :

« Le 6 octobre dernier, le corps nu d'une jeune fille a été découvert à plus de deux mille mètres d'altitude dans le massif pyrénéen au sud de Toulouse. Le corps nu d'une deuxième jeune femme a été retrouvé récemment dans le même secteur. L'enquête a montré que les deux jeunes filles se connaissaient. »

Le cœur d'Alexia battait la chamade. L'impression de mourir.

« Pour mettre fin aux critiques dénonçant l'inertie des enquêteurs, sachez que nous travaillons sans relâche. La nature des faits et les pistes explorées nous obligent à la plus grande prudence et à la plus grande discrétion. Pour des raisons que je n'évoquerai pas ici, il nous a été impossible de communiquer certaines informations. Si je vous ai réunis aujourd'hui, c'est que nous avons arrêté un suspect. »

Des perles de sueur dégoulinaient du front de la jeune femme.

« L'homme reste présumé innocent et c'est pourquoi nous ne dévoilerons pas son nom pour l'instant. Il a été placé en garde à vue pendant quarante-huit heures, ce qui nous a permis de vérifier un certain nombre d'éléments factuels. Après la découverte du corps de la première jeune fille, nous avons lancé un appel à témoin en France et en Espagne pour tenter de remonter jusqu'au meurtrier. Au début, cet appel n'a rien donné, jusqu'à une date récente. Un couple de Barcelone vient de se manifester. Ces individus ont marché le 5 octobre dans la zone du premier crime, ils ont croisé une jeune fille accompagnée d'un homme à l'allure sportive. La tenue de la jeune fille, short de plage et sandales, à cette altitude, les a surpris. Quand ils ont découvert l'appel à témoin il y a quelques jours sur Internet, ils ont fait le rapprochement et nous ont téléphoné. »

Il s'arrêta quelques secondes et regarda les journalistes. Des flashs crépitaient.

« Des indices concordants nous laissent penser que le suspect appréhendé est mêlé à cette affaire, mais nous n'en avons pas la preuve formelle. »

Vague, c'est très vague, pensa Alexia. *Il tourne autour du pot. Insupportable. Le procureur ne parle pas de l'ADN retrouvé sur le corps de Natacha.*

« Il a été interrogé longuement. Il a nié toute implication dans cette affaire mais plusieurs éléments intriguent les enquêteurs.

L'individu connaissait la victime. Il serait venu exprès dans cette région de montagne pour passer du temps avec elle. Nous cherchons à comprendre quelle était la nature exacte de leur relation. Nous ne souhaitons pas en dire davantage à ce stade. »

C'est Peter, forcément, se disait Alexia, décomposée. *Mais comment a-t-il été arrêté? Intervention de la police espagnole? Est-il revenu en France plus tôt que prévu?*

« Revenons-en au couple de randonneurs espagnols. Cette après-midi, ils ont observé le suspect derrière une glace sans tain. Ils lui trouvent une certaine ressemblance avec l'homme qu'ils ont rencontré, sans avoir de certitude, et c'est pourquoi, faute de preuve formelle, le suspect a été laissé en liberté. »

Alexia savait que les souvenirs s'altèrent avec le temps. Les témoins d'une scène fugace peuvent l'interpréter et la transformer.

« Si nous ne dévoilons pas l'identité du suspect, c'est pour respecter la présomption d'innocence. Je m'adresse solennellement aux journalistes. Toute atteinte à ce principe juridique fondamental sera sanctionnée. »

Fin de la déclaration.

Elle avait été très courte.

Alexia était déconcertée.

Les derniers mots l'avaient glacée.

Le procureur avait mis en garde les journalistes, elle devinait pourquoi. Si le suspect était Peter, celui-ci avait dû marteler qu'il ne souhaitait pas être livré en pâture à la presse. Il avait menacé. Elle se souvenait d'une conversation avec lui l'année précédente. L'avocate s'était occupée d'un dossier: une femme avait été assassinée, un homme avait été mis en examen, son nom avait été dévoilé dans la presse. Il avait été considéré comme coupable par la rumeur publique, mais acquitté au procès. L'homme, qui n'avait pas supporté qu'on porte atteinte à son honneur, s'était suicidé.

Peter avait été révolté par cette histoire, il avait dit que la justice française, c'était de la merde.

S'il était ce suspect, il avait donc été relâché après sa garde à vue. Pourquoi n'appelait-il pas sa femme ?

Alexia éteignit la télé. Elle regarda Léo au fond des yeux.

— Qu'en penses-tu ?

— C'est bizarre de faire une déclaration pour en dire aussi peu.

— Oh, tu sais, c'est de la communication. Un premier cadavre est retrouvé, puis un deuxième. Et pas n'importe lesquels : des jeunes filles nues. La police judiciaire piétine. Les médias aimeraient en savoir plus. La population s'impatiente, elle trouve que les enquêteurs ne font pas leur boulot. Et du coup, dès que le moindre suspect leur tombe sous la main, conférence de presse. Un grand classique !

— En fait, on ne sait rien. Rien sur la deuxième jeune fille.

— La police a sûrement une raison de ne pas révéler son identité.

— Rien sur le suspect.

— Le procureur respecte la présomption d'innocence, c'est normal, répondit-elle d'une voix agacée.

Elle redoutait que son mari soit jeté aux chiens sans preuve. Pour elle, ça deviendrait invivable.

— Tu penses que c'est ton mari ?

— Je ne sais pas, je perds les pédales.

Il fallait qu'elle sache absolument si Peter était le suspect. Elle n'allait pas repartir en Espagne s'il était revenu au bercail.

Elle n'avait plus rien à perdre. Dayan lui avait laissé sa ligne directe. Il lui avait dit qu'elle pouvait l'appeler quand elle voulait.

Elle composa le numéro.

Elle entendait son cœur tambouriner dans sa poitrine. Elle tremblait tellement des doigts qu'elle avait du mal à tenir l'appareil.

À sa grande surprise, le juge décrocha tout de suite.

— Ravi de vous entendre, dit-il d'une voix enjouée. Que puis-je pour vous ?

— J'ai vu la conférence de presse du procureur à la télé.

— J'allais vous appeler.

— Quel est le nom du suspect ? Mon mari ? J'ai le droit de savoir.

— Madame, ce n'est pas à un juge de révéler au téléphone les dessous d'une affaire. Vous connaissez le secret de l'instruction ?

— Alors ?

— Oh, vous savez, il s'agit d'un suspect parmi d'autres.

— C'est mon mari ou pas ?

Elle s'épongeait le front avec son mouchoir. Elle avait l'impression qu'il se délectait.

— Je vous réponds si vous ne répétez rien aux journalistes.

— Promis.

— Allez, je vous mets dans la confidence. Le suspect n'est pas M. Chanez.

Alexia était soulagée.

— Attention, ça ne signifie pas qu'il est mis hors de cause, poursuivit-il.

— Pour quelle raison ?

Un silence de quelques secondes.

— Parce que votre mari connaît très bien l'homme placé en garde à vue.

— Ah bon, mais c'est qui ?

Il avait l'air ennuyé.

— À ce stade, je ne peux pas vous le dire. Si le procureur n'a rien révélé, c'est pour une raison bien précise.

— Laquelle ?

— Nous avons la preuve quasi formelle que le suspect a rencontré Peter Chanez à Luchon juste avant le meurtre. Dans quel but ? Cela reste à éclaircir.

Avant de raccrocher, Dayan posa la seule question qu'Alexia n'avait pas envie qu'il pose.

— Vous revoyez votre mari bientôt ?

— Ce n'est pas d'actualité.

Elle ne savait pas mentir.

— Quand vous le verrez, dites-lui que nous souhaitons l'interroger en urgence. Plus il tarde, plus sa situation s'aggrave.

Elle regarda sa montre.

Le temps avait passé très vite.

Il fallait qu'elle reprenne la route de l'Espagne.

— Merci, monsieur. Si par extraordinaire je le vois, je lui dirai.

Elle raccrocha.

Léo avait écouté la conversation.

Elle se jeta dans ses bras.

— Mon ami, console-moi, s'il te plaît.

Elle lui révéla ce que Dayan avait dit.

Elle ne comprenait rien à cette histoire, elle était perdue dans un océan de brouillard.

— Je pars dans deux heures rejoindre Peter à Salardù. Je vais préparer mes affaires. Je ne sais pas combien de temps je m'absente. Un jour, deux jours, trois jours, une semaine ?

Elle lui demanda de veiller sur Kevin en attendant son retour.

En fin de journée, elle s'installa au volant de sa voiture. Elle ne voulait pas téléphoner à Peter, elle imaginait que Dayan avait fait le nécessaire pour l'espionner.

Alexia avait peur d'être suivie. Elle n'arrêtait pas de regarder dans le rétroviseur.

À un moment, elle aperçut, juste derrière elle, une Clio rouge vif. À cause des reflets sur le pare-brise, elle n'arrivait pas à voir qui la conduisait.

José ?

Si c'était lui, pourquoi la suivait-il de nouveau ?

Elle ne comprenait pas qui était cet homme étrange qui apparaissait à intervalles réguliers. Pourquoi voulait-il la rencontrer ? Était-il le suspect qui avait été placé en garde à vue ?

Elle accéléra.

La Clio accéléra.

La route était droite, mais la vitesse était limitée à 80.

Alexia appuya sur le champignon.

Le compteur indiqua 130.

Elle avait peur d'être arrêtée par les gendarmes, ou flashée. Dayan saurait qu'elle était partie en Espagne.

Sur un rond-point, un camion s'intercala entre les deux véhicules. La Clio se retrouva coincée derrière, Alexia réussit à la semer.

Elle avait peur de tout et de son contraire : des montagnes, du soleil, de la pluie, du vent. Elle avait peur du jour et de la nuit.

Qu'allait-elle dire à son mari ? Elle n'en savait rien.

Elle ne pouvait pas continuer à errer comme un fantôme dans une histoire qui la dépassait, qui la meurtrissait, écartelée entre deux sentiments contradictoires, sa haine de Peter et son amour pour Peter.

Elle retrouva sans difficulté le village de Salardù dominé par de hauts sommets.

Il faisait nuit.

Était-il encore là ?

Par précaution, elle se gara à l'arrière de l'habitation, dans une petite ruelle, à l'abri des regards.

Elle frappa à la porte. Au début, elle n'entendit rien. Pas un bruit. Personne.

Elle tremblait de froid et de peur.

S'était-il de nouveau enfui ?

Elle frappa de nouveau.

— Ouvre-moi, bon sang, ouvre-moi, c'est Alexia, ta femme. Qu'est-ce que tu fous ?

Elle était en colère, à bout de nerfs. À chaque instant, elle s'enfonçait plus loin dans le cauchemar.

Elle entendit un bruit à l'intérieur, puis un pas. La logeuse ? Peter ?

— Mais qu'est-ce qui se passe, bon sang? hurla-t-elle. J'ai envie de rentrer. Je grelotte !

Elle regarda derrière elle. Elle avait peur qu'une voiture surgisse. Une Clio rouge ?

La porte s'ouvrit.

Peter apparut dans l'entrebâillement, habillé d'une robe de chambre blanche. Il avait le corps mouillé, Alexia en déduisit qu'il sortait de la douche. On voyait sa peau nue, couverte de poils bruns. Malgré sa colère, elle était émue.

Un instant, elle oublia son angoisse, sa jalousie, son indignation, ses doutes.

— Quelle bonne surprise ! s'écria Peter avec la voix simple qu'elle aimait. J'avais peur que tu ne reviennes pas.

Il la serra dans ses bras.

Elle tremblait comme une feuille secouée par le vent d'automne.

— Je t'aime, ajouta-t-il. Si tu savais dans quel enfer je me débats.

Il l'emmena au premier étage. Elle s'assit sur le lit, incapable de prononcer la moindre parole. Elle regardait celui qui incarnait le plus grand bonheur et la plus grande douleur de sa vie.

Elle ignorait s'il était sincère, s'il était heureux de la voir, ou s'il jouait la comédie.

Il s'assit à côté d'elle. Il voulut l'embrasser. Elle le repoussa. Il était surpris.

— Que se passe-t-il ?

Elle plongea ses yeux dans les siens.

— Tu m'as menti. Tu couchais avec Natacha.

— Pardon ? Je ne comprends pas.

Elle le dévisagea d'un air méchant.

— On a retrouvé ton ADN sur son corps. Tu comprends ce que ça signifie ?

Les yeux de Peter s'écarquillèrent.

— Qui t'a raconté ça ?

— La police.

Le mot « police » agit sur lui comme un coup de poing. Son visage était décomposé. Elle ne l'avait jamais vu dans cet état. Il se leva, marcha, puis s'assit sur une chaise en face d'elle. Il regardait le parquet en bois brut.

Elle utilisa des mots crus.

— Tu l'as baisée ? Tu as joui en elle ?

Elle transpirait de colère. Il hésita avant de répondre.

— C'est vrai, murmura-t-il d'une voix inaudible.

Elle poussa un cri.

— L'homme de ma vie est un menteur et un salaud !

Il baissa la tête comme un petit garçon qui vient de commettre une énorme bêtise.

— L'autre jour, poursuivit-elle, tu m'as assuré que Natacha était une amie, et aujourd'hui, j'apprends que tu l'as sautée.

Elle n'avait pas l'habitude d'utiliser ce genre de vocable.

Elle se leva, hors d'elle.

— Mais pourquoi tu l'as tuée ? Parce qu'elle ne voulait pas te donner son cul ? C'est ça ?

Il avait le visage dévasté.

— Je ne l'ai pas tuée. Non !

— Tu m'as juré que tu ne l'avais pas baisée. Comment te croire maintenant ? Tu mens et tu appelles ça de l'amour ?

— Je suis incapable de tuer. Le meurtrier, ce n'est pas moi.

Il la regarda avec des yeux emplis de larmes.

— Si tu penses que je suis un tueur, pourquoi viens-tu me voir ?

— Avant de te constituer prisonnier, je veux que tu expliques à la mère de ton fils ce qui s'est réellement passé le 5 octobre. Tout à l'heure, je raconterai tout à Kevin. Il a le droit de savoir.

— Tu m'accuses sans la moindre preuve. Oui, c'est vrai, j'ai été l'amant de cette jeune fille pendant quelques jours. Ce n'était pas une histoire d'amour. Juste une aventure sans lendemain. Je le regrette.

— Quelques jours ? La police dit que tu la connais depuis plusieurs semaines.

— Je ne l'aimais pas. C'était un jeu. L'amour de ma vie, c'est toi !

— Tu m'as tout caché.

— Je ne voulais pas te faire de peine, murmura-t-il d'une voix penaude. Je t'adore. À la folie.

Il semblait sincère.
Était-il sincère ?

Après avoir retiré sa robe de chambre, il s'habilla et enfila des chaussures.

— J'ai froid, dit-il. La maison n'est plus chauffée depuis hier.

— Ta logeuse est partie ?

— Elle passe trois jours chez sa fille à Pampelune.

Alexia s'en fichait.

— Si je te dis la vérité, poursuivit-il, tu ne me croiras pas. À quoi bon ? Pour toi, je suis un monstre.

— Si tu es innocent, pourquoi tu ne vas pas voir la police ?

— Je vais le faire.

— Quand ?

— Très vite.

Il disait ça d'un air peu convaincu.

— Tu repars avec moi ?

En guise de réponse, il s'assit à ses côtés, caressa ses beaux cheveux, chercha à l'embrasser. Elle le repoussa.

— Il faut me dire la vérité maintenant, poursuivit-elle. Sinon, tout est fini entre nous.

Il détourna le regard.

— J'ai passé quelques jours avec Natacha. Le 5 octobre, alors que je marchais dans la montagne, quelqu'un l'a tuée. Voilà la vérité.

— Le matin de sa mort, tu as pris ton petit déjeuner avec elle dans un hôtel. Vous êtes partis ensemble. Le soir, tu es rentré seul. Étrange !

— Oui, c'est vrai. Mais le matin en sortant de l'hôtel, je suis allé marcher de mon côté. Elle ne m'a pas accompagné. Ce n'est pas une randonneuse.

Elle haussa les épaules.

— À chaque fois, tu me racontes une histoire différente.

— Cette fois, tout est vrai !

— Tu connais le meurtrier ?

— J'ai mon idée.

— Qui ?

Il ne répondit pas.

Elle perdait patience.

— Je ne suis pas plus avancée ! cria-t-elle. Une nouvelle version, un meurtrier sans visage. Je n'en peux plus !

La voix de Peter devint sourde.

— Cette jeune Russe était menacée.

— Par qui ?

— Un homme puissant.

— Laisse-moi rire !

— Tu refuses de me croire ?

Elle était certaine qu'il fabulait.

— On est en plein roman ! Tu baises Natacha et juste après, comme par hasard, un autre homme la tue.

Elle était en colère.

— Mon amour, calme-toi, murmura-t-il d'une voix suppliante, ça ne sert à rien de s'énerver.

— Tu m'appelles encore « mon amour » ? Mais je ne suis plus ton amour. Si je suis venue ici, c'est par pitié. Pour essayer de trouver des circonstances atténuantes au père de mon fils.

— Eh bien, moi je t'aime toujours, même si j'ai fait une énorme connerie en couchant avec cette fille.

— Dis-moi que tu l'as tuée au lieu de tourner autour du pot ! Ça soulagerait ta conscience.

Il baissa la tête.

— Mais non, je ne l'ai pas tuée. J'ai fait l'amour avec elle, oui, mais pas tuée. Elle était très belle, très attirante et j'ai craqué. Jamais je ne lui aurais fait le moindre mal.

Pour Alexia, chaque mot était un supplice.

— Violée ?

— Violée, non. Elle était consentante. Totalement. Je ne l'ai forcée à rien. Je ne suis pas un criminel.

— Après sa mort, tu es parti marcher dans la montagne comme si rien ne s'était passé ? Comme c'est bizarre !

— Je n'avais pas le choix.

— Pas le choix ? Mais pourquoi pas le choix ? Ton histoire est abracadabrante.

À force de crier, elle avait mal à la gorge.

— Ça fait quinze ans que je suis avocate, je n'avais jamais entendu une histoire pareille.

Il regarda par la fenêtre, le visage hagard.

— Je vais te révéler une chose qui va aggraver mon cas.

— Au point où j'en suis...

— Cette jeune Russe était... Comment dire ? Elle avait un secret.

Il semblait hésiter.

Brusquement, des coups résonnèrent dans la nuit. Quelqu'un frappait contre la porte de la maison. Alexia et Peter sursautèrent. Des coups terribles.

Une puissante voix masculine.

— Policia ! Policia !

Ils se regardèrent, interloqués.

— Policia ! répéta la voix.

Ils entendirent une deuxième voix.

Les coups redoublèrent. Alexia pensait qu'on allait défoncer la porte.

Peter regarda son épouse d'un air effaré.

— Ce n'est pas moi qui ai appelé la police, murmura-t-elle.

— Ce n'est pas la police.

Elle plissa le front.

— Comment ça, ce n'est pas la police ?

— L'homme a un accent étranger. Ce ne sont pas des Espagnols.

— Tu as l'oreille fine.

— Tu oublies que je parle couramment cette langue.

Son père était d'origine andalouse, Peter avait parlé la langue de Cervantès toute son enfance.

— Ce sont des Martiens ! s'écria-t-elle d'une voix ironique. Des petits hommes verts.

Le visage du rugbyman était livide.

— Ils vont nous tuer...

— Tu veux échapper à la police, c'est ça ?

Il n'avait pas l'air d'avoir entendu.

— Il faut se barrer d'ici très vite !

— De qui s'agit-il ? Et pourquoi veulent-ils se débarrasser de nous ? Je suis perdue !

En guise de réponse, il enfila une veste.

— On va passer par une fenêtre du rez-de-chaussée derrière la maison.

— Et après ?

— On dégage en voiture.

— Délit de fuite ! Tu aggraves ton cas.

— Je m'en fous. Je ne veux pas mourir.

— La police ne va pas te tuer.

— Je te demande de me croire, s'il te plaît. Ce n'est pas la police. Viens ! Filons ! Et surtout, tais-toi.

Elle n'avait pas le choix.

Le couple descendit l'escalier en essayant de ne pas faire de bruit. Peter ouvrit une fenêtre qui donnait sur une ruelle.

L'air était glacial. La lune éclairait le paysage comme en plein jour.

Ils enjambèrent la rambarde puis coururent vers la Cactus.

— Je prends le volant, s'écria-t-il d'un ton autoritaire. Je connais mieux la région que toi.

Il recula le siège, tourna la clé de contact.

— On va foncer, poursuivit-il. On est obligé de repasser devant la maison, ils vont nous voir, ils vont nous prendre en chasse, mais ce n'est pas grave, on les sèmera !

Il avait retrouvé son instinct de guerrier.

La voiture roula doucement puis, une fois sur la route, accéléra.

Ils aperçurent deux hommes sur le pas de la porte. Ils tournèrent la tête dans la direction du véhicule.

— Tu vois, dit-il, ils ne portent même pas d'uniformes.

Alexia était ébahie par son ignorance ou sa mauvaise foi.

— Tu sais, dans les enquêtes criminelles, la police est rarement en uniforme.

— Criminelles ? Pourquoi criminelles ?

Elle cria. Son visage était empourpré par la colère.

— Parce qu'il y a eu un crime. Tu as oublié ?

— Ce n'est pas la police et je n'ai tué personne.

Ils fonçaient sur une petite route. La neige des sommets illuminée par la lune paraissait irréelle.

Alexia jeta un œil en arrière.

L'autre voiture, pleins phares, les suivait. Elle se rapprochait.

— Si tu veux te rendre, arrête-toi, s'écria-t-elle. Si tu veux les semer, accélère.

— J'accélère.

Sa conduite devint dangereuse. La route en forte pente se rétrécissait. À droite se devinait un précipice.

— Tu sais où on va ? demanda-t-elle d'une voix blanche.

— On les largue, puis je t'emmène loin d'ici.

Il n'arrivait pas prendre de la distance. L'autre voiture était puissante, le chauffeur maîtrisait la conduite en montagne.

— Tu vois la plaque minéralogique ? Française ? Espagnole ? demanda-t-il.

Elle se retourna, écarquilla les yeux.

— Je ne sais pas. Les phares m'éblouissent.

Elle aperçut deux ombres à l'avant de la voiture qui n'était plus qu'à quelques mètres.

— À l'évidence, soupira-t-elle, ils n'ont pas envie de nous lâcher. Tu ferais mieux de t'arrêter. Ça nous éviterait de tomber dans le ravin.

— Jamais ! Nous sommes en danger de mort ! Tu as vu ce qu'ils ont fait à la jeune Russe ?

— De qui parles-tu ? Je ne comprends rien à la situation.

— Ça faisait des mois que Natacha était menacée. Je voulais la sauver.

— La sauver ? Mais tu viens de me dire que tu l'avais laissée seule à Luchon le jour de sa mort...

— Je pensais qu'on ne craignait rien là-bas et ils nous ont retrouvés ! Comment ? Je n'en sais rien.

Il me balade, se dit Alexia, *désespérée. Il invente une histoire qui change en fonction des circonstances. C'est un affabulateur.*

Elle regardait la route. Elle avait envie de rentrer à Toulouse. Elle n'avait rien à se reprocher. Aucune charge ne pesait contre elle. Elle était persuadée que la voiture qui les suivait, c'était bien la Guardia civil, prévenue par la police française qu'un criminel se cachait dans un village des Pyrénées espagnoles.

Peter roulait à tombeau ouvert.

— Tu vas nous tuer, hurla Alexia, épouvantée.

Le précipice était à quelques centimètres des roues.

La voiture suiveuse était très proche.

— Tant que la route est étroite, ils ne pourront pas nous doubler, s'écria-t-il.

Ils entendirent un coup de feu, puis un deuxième.

— Ces monstres nous tirent comme des lapins, gémit Peter d'une voix décomposée. Tu vois, ce n'est pas la police. La police n'a le droit de tirer qu'en cas de légitime défense. En tant qu'avocate, tu dois savoir ça, non ?

— En France, oui. En Espagne, je ne sais pas.

— C'est la même chose en Espagne. La police n'ouvre pas le feu sur des fuyards. Jamais.

Il donna un nouveau coup d'accélérateur.

Peter a raison sur ce point, se dit Alexia, *sauf qu'aucune balle n'a traversé l'habitacle. Ils essaient d'immobiliser le véhicule, sans doute.*

Elle jeta de nouveau un œil en arrière. L'autre voiture les collait. À côté du conducteur, le passager avait ouvert la fenêtre, pistolet à la main. Il visait les pneus.

Une pensée effrayante traversa le cerveau d'Alexia.

Si un pneu éclate, le véhicule, à cette vitesse, sera déstabilisé et s'écrasera dans le ravin.

Ni Peter ni Alexia n'arrivaient plus à parler. Ils étaient submergés par une peur animale, irrépressible.

L'homme continuait à tirer.

Toujours vers le bas, dans les pneus.

À tout moment, Alexia s'attendait au choc, un énorme choc : un pneu explose, une embardée, un tonneau, la voiture s'envole, elle s'écrase cent mètres plus bas.

Elle imaginait la chute. Très rapide. Interminable. Le sol se rapproche. Le véhicule explose. S'enflamme.

La mort.

Le noir infini.

Heureusement, il y avait de nombreux tournants. L'homme tira de nouveau à plusieurs reprises, mais les balles n'atteignirent pas les pneus.

— Tu vois bien qu'ils veulent nous tuer, murmura Peter. Ils veulent simuler un accident.

Six coups de feu avaient déjà retenti dans la nuit.

Les deux voitures arrivèrent à un col.

Au-delà, la route descendait vers une vallée encaissée.

Peter accéléra encore. Il serrait très fort le volant entre ses énormes mains.

— J'ai l'impression d'être dans un rallye. Accroche-toi, on va gagner la course.

— Nous allons mourir ! répondit Alexia.

La chaussée s'élargissait, le compteur indiquait cent kilomètres heure.

La voiture suiveuse était légèrement distancée, elle ne lâchait pas sa proie pour autant.

Un panneau indiqua qu'une bifurcation était proche : une route partait sur la gauche.

— Mon Alexia, j'ai une bonne idée ! Tu sais, au rugby, il faut toujours avoir un coup d'avance.

Il ralentit. L'autre voiture les rattrapa.

— Ils vont recommencer ! s'écria Alexia d'une voix blanche.

Aucun coup de feu ne retentit.

— Parfait ! murmura Peter. C'est bien ce que je pensais. Ils ont tiré avec un revolver à six coups, ils n'ont pas eu le temps de recharger. Accroche-toi, accroche-toi bien !

Le carrefour approchait.

La voiture était presque collée à la Cactus.

Peter fit semblant d'aller tout droit.

Au tout dernier moment, il donna un violent coup de volant sur la gauche, puis accéléra.

Derrière, surpris par la manœuvre, le conducteur tourna lui aussi sur la gauche, mais trop tard.

Il rata la bifurcation, dérapa, le véhicule alla s'écraser sur un rocher.

Peter poussa un cri de joie.

— Génial ! Je les ai eus ! Nous sommes sauvés !

Alexia était partagée entre soulagement et consternation.

— S'il s'agit de flics, c'est dramatique.

— Nous avons eu affaire à des criminels. Tu es aveugle ? Tu as déjà vu des flics vider leur chargeur sur des suspects ?

— Encore une fois, ils n'ont pas tiré directement sur nous. Ils voulaient nous immobiliser.

— Ils avaient envie de nous balancer dans le ravin, oui !

Le paysage éclaboussé par la lune était beau.

— On va où ? demanda-t-elle. Je suis dans un mauvais rêve. Je suis avocate, j'ai l'habitude des affaires criminelles, mais là, je suis perdue.

Il regardait la route devant lui. De temps en temps, il jetait un œil dans le rétroviseur.

Au bout de plusieurs minutes, il reprit la parole.

— S'ils sont blessés, ce n'est pas ma faute. Ils roulaient trop vite. Ils ont eu un accident. Juridiquement, je ne crains rien.

— On va où ? demanda-t-elle de nouveau. On va errer dans la montagne pendant des heures ?

— On retourne à l'endroit où j'ai séjourné avant d'aller à Salardù.

Elle ne comprenait plus rien.

— Là où tu as été séquestré ?

— Après m'être évadé, j'ai loué une petite maison à un cultivateur.

— Pourquoi ne pas m'avoir donné rendez-vous là-bas ?

— Trop loin pour toi. Tu n'aurais pas trouvé. J'ai préféré me rapprocher de la frontière. J'ai eu tort ?

— Comment tu as fait pour te déplacer ? Tu n'as plus de voiture.

— J'ai tout simplement demandé à quelqu'un de m'accompagner. Les gens sont sympas ici.

Elle hocha la tête, dubitative.

— Peter, je ne vais pas te mentir : je trouve ton histoire invraisemblable. Un conte à dormir debout !

Ils s'arrêtèrent sur le bord de la route et s'assoupirent, affalés sur leur siège, jusqu'au lever du soleil.

Ils repartirent dans le petit matin.

Au bout d'une heure, ils arrivèrent dans la plaine. Alexia ne savait pas où elle se trouvait. Elle avait aperçu des panneaux indiquant Huesca, Zaragoza, Lleida.

Le paysage était plus austère qu'en France, moins verdoyant. Il était dominé par l'ocre. Çà et là des roches affleuraient.

Alexia essayait de rassembler ses idées.

— Je nage en plein mystère, lâcha-t-elle. Quel est ton objectif? Tu veux me rendre folle ?

— Le moment est venu de te dire la vérité.

— Tu n'arrêtes pas de mentir !

— J'ai menti pour te ménager. Tu es ma femme.

— Comment savoir que tu es sincère ? J'avais une confiance aveugle en toi, et tout est fini.

— Il faut me croire, c'est tout. Au point où j'en suis, je n'ai plus rien à perdre.

Elle inspira un grand coup.

— Donc tu as tué Natacha, tu le regrettes, et maintenant tu implores mon pardon.

Il se mit à hurler.

— Arrête de m'accuser sans preuve. Ce n'est pas digne d'une avocate.

— Avec toi, je ne suis pas avocate. Je suis ta femme et je n'ai plus aucune raison de te croire. Si tu mens une nouvelle fois, tout est fini entre nous. À jamais.

Il regardait au loin la plaine gorgée de soleil.

— Ouvre bien tes oreilles, même si cela va te faire mal. J'ai rencontré cette jolie Russe quand elle est arrivée à Toulouse il y a quelques mois. Nous avons couché ensemble. Je la voyais pendant la journée, quand tu travaillais à ton cabinet. J'allais chez elle, dans un petit studio dans le centre de Toulouse, rue du Périgord.

Alexia étouffait.

— Continue. Vas-y. Dis-moi comment tu l'as baisée. Elle aimait ça ?

Il n'avait pas l'air d'avoir entendu.

— Je me suis pris d'affection pour...

— Hier, tu m'as dit n'avoir éprouvé aucun sentiment pour elle. Tu es un baratineur. Tu es tombé amoureux, c'est ça ? Tu la voyais souvent ?

— Deux à trois fois par semaine, entre mes rendez-vous professionnels. Mais ce n'est pas le sujet.

Elle était écœurée.

— J'en déduis que ta femme ne te suffisait pas, c'est un choc, mais passons. Ensuite ?

— Un jour, la jeune Russe m'a dit qu'elle était en danger de mort. Un homme voulait sa peau. Un homme très puissant. Il l'a menacée.

— Tu radotes, mais bon. Elle t'a révélé son identité ?

Il hésita.

— Non, mais en cherchant un peu, je suis capable de la découvrir.

— Elle ne connaît pas le nom de l'homme qui voulait sa peau ?

— Elle connaît son surnom : Martin.

Alexia était persuadée qu'il mentait.

— Elle a reçu des menaces ? Mais pour quelle raison ? Martin voulait son cul ?

Elle se lâchait.

— Oui, c'est ça. Tu as tout compris. Il la voulait à lui, jour et nuit, et elle ne voulait pas. Il était follement amoureux d'elle.

Il regardait dans le vague.

— Tout est flou, s'écria-t-elle. Ton histoire est aberrante. Si elle était menacée, elle n'avait qu'à porter plainte au commissariat.

— Elle détient un secret inavouable.

— Un secret ? Quel secret ?

Il se tut un instant. Puis il chuchota. Alexia l'entendait à peine.

— Personne ne l'aurait cru.

— Et toi, ce secret, tu le connais ?

— Elle m'a demandé de ne pas en parler pour l'instant. Et puis, je ne sais pas tout. J'aimerais vérifier un certain nombre de choses. J'ai besoin d'en savoir plus avant de tout balancer. Un crime atroce a eu lieu. Je ne peux pas témoigner à la légère, la situation est bien trop grave.

— Ah bon ? Tu mènes ton enquête en Espagne ? Et tu penses que je vais gober ça ?

Il n'avait pas l'air d'avoir remarqué le ton gonflé d'une ironie désespérée.

— Je te ferai des révélations une fois que j'aurai terminé mes investigations.

— Et concrètement, tu fais quoi ? Tu travailles avec un détective privé ?

— Avec des gens que je connais.

— Me voilà bien avancée, murmura-t-elle d'une voix épuisée.

— En septembre, poursuivit-il d'un ton monocorde, Natacha avait peur de rester chez elle. Comme j'avais prévu de marcher en montagne, j'ai proposé de l'emmener à Luchon dans la plus grande discrétion. Nous avons veillé à ne pas être suivis en multipliant les détours.

— Si elle était en danger de mort, pourquoi tu n'as pas prévenu toi-même la police ? Elle aurait écouté d'une oreille attentive l'ancien champion de rugby. Tu possèdes une aura que cette poupée russe n'a pas.

— Parce que je ne voulais pas parler à la police de notre liaison. Si une information judiciaire avait été ouverte, les enquêteurs auraient fini par découvrir que nous étions amants, et tu l'aurais su. Je ne voulais pas que tu le saches, je ne voulais pas que tu souffres, c'est tout. J'espérais que les choses allaient s'arranger d'elles-mêmes.

Chacun de ses mots était un coup de poignard dans le cœur d'Alexia.

— Ensuite ?

— Je lui ai conseillé de quitter la France. Je comptais l'envoyer chez un ami en Allemagne. Un ancien sportif français de haut niveau qui dirige une entreprise de vêtements à Hambourg. Je l'ai mis au courant, il était d'accord pour l'accueillir et la protéger.

— Je ne vais pas te demander quel est le nom de cette connaissance, tu risques de ne pas répondre.

Il inspira longuement. Sa voix devint triste.

— Le jour où elle a accepté de partir à Hambourg, elle a été assassinée par celui qui voulait sa peau.

Elle était circonspecte.

— Comme par hasard ! Si elle était en danger, pourquoi tu ne l'as pas protégée ? Tu n'étais pas avec elle le 5 octobre ?

— Pas tout le temps.

— Elle était menacée de mort et tu l'as laissée seule ? C'est aberrant !

— À Luchon, je pensais qu'elle était en sécurité, je me répète. Elle n'a dit à personne qu'elle partait là-bas, j'ai la certitude de ne pas avoir été suivi sur la route. Chaque matin, nous prenions le petit déjeuner à l'hôtel, puis je randonnais deux ou trois heures pendant qu'elle flânait à la station. Elle n'aimait pas marcher. Le 5 octobre, pour la première fois, j'ai effectué une randonnée à la journée. Le soir, quand je suis rentré à l'hôtel, elle n'était plus là. Je l'ai appelée à plusieurs reprises, je suis tombé à chaque fois sur le répondeur. Je l'ai attendue, très inquiet. Le lendemain, quand j'ai appris sur Internet qu'un cadavre de jeune fille avait été retrouvé à quelques kilomètres, j'ai compris qu'elle avait été assassinée. J'étais effondré. J'ignore comment le tueur l'a retrouvée, c'est un mystère.

Sa respiration devenait bruyante. Il semblait très ému. Après un long silence, il poursuivit :

— J'ai tout de suite compris qu'on m'avait tendu un piège. La police allait retrouver mon ADN sur son cadavre, forcément. Nous avions fait l'amour avant le petit déjeuner.

Alexia essayait de rester stoïque.

— Quand tu as appris qu'une jeune fille avait été assassinée, qu'as-tu fait ?

— J'ai quitté l'hôtel avec mon sac à dos et j'ai marché sur un sentier vers l'Espagne toute proche. Impossible de rester à Luchon ou de retourner à Toulouse. Je risquais d'être arrêté, placé en garde à vue. Je voulais savoir comment ça allait évoluer. Je voulais faire le mort. Je n'ai pas repris la voiture car je pensais qu'on me repérerait plus facilement...

Elle se souvenait que Dayan lui avait dit que la voiture de Peter avait été flashée par un radar le lendemain du crime. Elle était persuadée qu'il continuait à l'emmener en bateau.

— Puis tu as été enlevé, c'est ça ?

— Exactement. Sur un parking. Par les hommes de Martin, j'en suis persuadé. Martin est très puissant.

— Comment ils t'ont retrouvé ?

Il hésita.

— Je ne sais pas. Ils sont peut-être tombés sur moi par hasard.

Elle poussa un cri d'exaspération.

— Tu te fous de moi ? Retrouver quelqu'un par hasard est hautement improbable.

— Ou alors, j'ai été suivi.

— Pourquoi aurais-tu été enlevé alors que ton ADN te désigne comme coupable ? Quel intérêt ? Quelque chose ne tourne pas rond dans ta nouvelle version.

— Mais je n'en sais rien, mes ravisseurs ne me l'ont pas dit ! À mon avis, ils m'ont séquestré pour me faire endosser l'habit de coupable parfait : Peter Chanez tue une jeune fille puis il disparaît dans la nature pour échapper aux enquêteurs. Pas mal, non ? Le piège s'est refermé sur moi. Les preuves m'accablent. Je ne sais plus comment me sortir de ce guêpier infernal.

— Si tu es considéré comme le meurtrier par tes ennemis, pourquoi nous a-t-on tiré dessus tout à l'heure ? Tu as prétendu que ce n'était pas la police. Si tu es assassiné à ton tour, cela risque de t'innocenter et de relancer l'enquête.

— Tu me poses des questions dont je ne connais pas la réponse ! Martin pensait peut-être que je rentrerais en France dès mon évasion et que je serais coffré. Il n'avait pas prévu que tu viennes me voir. Tu es avocate, tu es capable de trouver des failles dans un scénario et de m'innocenter.

— Tu as l'air bien sûr de toi ! Comment sont-ils arrivés ici ? Comment savaient-ils que je venais ? Tout cela est très mystérieux. L'avocate que je suis n'a jamais été confrontée à un scénario aussi rocambolesque !

— J'essaie de comprendre. Je ressasse cette affaire nuit et jour depuis des semaines.

— Tu es au courant que la police a placé en garde à vue un suspect ?

— J'ai vu ça sur Internet.

— Tu le connais ?

— Je ne sais pas. Son nom n'a pas été dévoilé.

Elle était persuadée qu'il mentait.

— Tu as donc laissé la voiture à Luchon ?

— Oui.

— Personne ne l'a retrouvée. Bizarre, non ?

— Mes ennemis l'ont fait disparaître.

Alexia toussa.

— Tu ne sais pas mentir.

La voiture entra dans un village de couleur sable. Des figuiers répandaient une odeur apaisante.

Peter se gara à la sortie du bourg devant un mas couvert de tuiles romaines : des fenêtres étroites, une petite cour, un garage, des glycines, une atmosphère méridionale.

Il faisait chaud.

Alexia était surprise. Elle essayait de comprendre par quel hasard Peter avait atterri dans ce village perdu.

— Et ton sac à dos, qu'en as-tu fait ?

— Je l'ai laissé dans le cachot où j'ai été enfermé.

— Tu n'as plus aucune affaire ?

— On m'en a prêté.

Avant de descendre de la voiture, elle le fixa des yeux.

— Je récapitule ta dernière version : après le meurtre de Natacha, tu te fais enlever, on te séquestre dans le Nord de l'Espagne, tu t'échappes, tu loues une petite maison dans ce village. Pourquoi ici ?

— Par le plus grand des hasards. J'ai fait du stop, une voiture m'a déposé. Je suis tombé sur un mec sympa qui m'a proposé un hébergement pas cher. J'ai accepté. Je voulais me reposer.

— Pourquoi revenir à cet endroit ?

— Parce que je n'ai pas le choix. Si personne n'avait essayé de nous tuer, on serait resté à Salardù.

— On aurait pu aller ailleurs. On aurait pu rentrer directement à Toulouse. C'est ce que tu avais dit.

— Ailleurs, je ne connais pas. Je suis prêt à rentrer à Toulouse, mais pas maintenant. Je suis trop fatigué. Ici j'ai sympathisé avec un gars formidable. Je vais te le présenter. Il s'appelle Bernardo.

— Tu as gardé la clé de la maison ?

— Elle se trouve sous une pierre à droite de la porte. Tu vas entrer, je vais le prévenir, il m'a proposé de revenir quand je voulais, il habite à deux cents mètres. Dans la maison, il y a une chambre, une kitchenette, une salle de bains. Bernardo m'a dit de ne pas aller dans le garage. Tu verras, c'est petit, mais confortable. Je te laisse, je reviens.

Après avoir trouvé la clé sous la pierre, Alexia poussa la porte. Elle ne savait pas si Peter avait dit la vérité, une partie d'elle-même trouvait son histoire plausible, une autre la jugeait invraisemblable. Elle cherchait à oublier le fait qu'il l'avait trompée avec une poupée. Elle voulait se concentrer sur son implication ou pas dans le meurtre, en essayant de faire abstraction de sa colère et de sa jalousie.

Elle ne lui avait pas parlé de la deuxième jeune fille assassinée, Nadia Jarkov. À quoi bon ? Que lui dire ? L'avait-il tuée ? Elle essayait de chasser cette idée folle de sa tête.

Il aurait clamé qu'il n'avait rien à voir avec ce meurtre, forcément.

Elle imaginait le dialogue.

— Tu la connaissais ?

— Non.

— Le juge dit que tu la connaissais.

— Il se trompe.

— Ton nom a été retrouvé sur son téléphone.

— Mon nom se trouve sur des milliers de téléphones.

— Ah bon ?

— Ben oui, mon numéro circule chez mes fans. J'ai des milliers de fans.

Elle ne voulait pas épuiser ses forces dans un dialogue de sourds.

La campagne était baignée par un soleil radieux.

Elle pensait à son fils resté de l'autre côté de la frontière. Elle espérait qu'il ne s'inquiétait pas. Elle était rassurée de savoir que Léo s'occupait de lui. Elle ne voulait pas l'appeler. À quoi cela aurait-il servi ? Ça se passait toujours bien quand Léo venait à la maison.

Dans la chambre, un grand lit. Le couple dormirait ensemble. Alexia n'avait pas le choix, mais elle ne voulait plus faire l'amour.

Ils avaient fait l'amour pendant vingt-deux ans, et maintenant, c'était fini. Tous ses désirs s'étaient envolés en quelques heures. L'amour ardent s'était transformé en champ de ruines.

Dans la salle de bains, une douche. Elle avait souvent pris sa douche avec lui. Il la savonnait. Il mangeait ses seins. Il l'embrassait. Il la pénétrait sous des torrents d'eau, mais désormais, c'était terminé, elle ne voulait plus, ils prendraient leur douche séparément comme un vieux couple fané.

Dans le couloir, la porte du garage. Alexia était de nature curieuse. Elle voulait jeter un œil à l'intérieur, mais la porte était fermée à clé. Elle se rendit dans le jardinet qui embaumait le jasmin. Elle s'assit sur une chaise en plastique, tourna son visage vers le soleil ardent. Elle avait failli se retrouver dans un ravin, elle était soulagée d'avoir échappé à la mort malgré l'effroyable histoire dans laquelle elle était plongée.

Peter arriva, suivi par Bernardo, un homme d'une trentaine d'années :

— *Mi esposa Alexia*, lui dit-il, *la mujer más maravillosa del mundo*[1].

Même sans connaître la langue, c'était facile à comprendre.

L'épouse trouvait qu'il en faisait trop.

Après toutes ces heures épuisantes, elle n'avait qu'une envie : dormir. Oublier. S'évader dans le sommeil. Et demain, elle essayerait de recommencer une autre vie. Ce ne serait plus la même vie qu'avant, plus jamais la même. La vie de bonheur et d'insouciance appartenait pour toujours à un passé révolu.

---

1. Mon épouse Alexia, la femme la plus merveilleuse du monde.

Le couple passa l'après-midi allongé dans le soleil, sans rien dire, sans se toucher.

Le jour commençait à décroître.

Alexia n'avait pas faim.

Dans sa poche se trouvait un flacon de somnifère, elle en prenait tous les soirs depuis le meurtre de Natacha.

Pendant le dîner, discrètement, elle mettrait quelques gouttes dans le verre de Peter. Le somnifère n'avait aucun goût, il ne s'apercevrait de rien. Elle voulait qu'il dorme à poings fermés. Elle ne voulait pas qu'il la désire, qu'il vienne vers elle, qu'il la caresse, qu'il l'embrasse, qu'il la pénètre. Elle était capable de céder à ses avances.

Le dîner fut triste et pesant.

Bernardo avait apporté des victuailles, des fruits et légumes du jardin, du pâté, du pain, du vin rouge.

Elle mangea sans appétit.

Puis, d'une voix lasse :

— Demain, je regagne Toulouse, Kevin a besoin de moi. Il a besoin de toi. Il s'inquiète. Tu reviens avec moi ?

Il avait l'air immensément triste.

— Tout est foutu.

— Ce qui veut dire ?

— Pour l'instant, je reste ici. Tu raconteras aux enquêteurs français ma version des faits et pourquoi je suis...

Elle lui coupa sèchement la parole.

— Il est hors de question que je me prête à ce jeu. Je ne suis pas ton avocate. Je n'ai aucune légitimité pour te défendre. Je te conseille de rentrer demain avec moi et de te constituer prisonnier.

Le ton était péremptoire. Elle ne lui avait jamais parlé comme ça. Il haussa les épaules.

— Et si on ne me croit pas, on me coffre. Pas envie de moisir en prison alors que je suis innocent.

— Tes arguments seront étudiés de près. Si ta version des faits est exacte, tu seras innocenté.

— Si ma version est exacte ? Tu n'as pas l'air convaincue de mon innocence.

— Tu m'as servi tellement de versions contradictoires que je n'arrive pas à démêler le vrai du faux. Dans une heure, tu me donneras une nouvelle version. Je suis désarçonnée.

Il baissa les yeux.

— Je n'ai pas tué cette étudiante russe, je te le jure.

— Quand la défense d'un suspect varie d'un jour à l'autre, il perd toute crédibilité. Un innocent raconte toujours la même histoire. Un coupable se contredit. Il ne se souvient pas de ses mensonges.

— Tu me crois coupable ?

Elle l'observa de manière glaciale.

— Je me pose des questions.

Il se leva.

— Si je ne t'ai pas révélé tout de suite la vérité, c'est pour te ménager, je te l'ai déjà dit. J'espérais que cette histoire resterait loin de toi. Je ne voulais pas que tu apprennes que j'avais une petite copine. Ce n'est pas un crime d'avoir cherché à préserver notre relation. Je voulais que rien ne change entre nous. Rien n'aurait changé s'il n'y avait pas eu ce meurtre. Natacha serait partie à Hambourg et je ne l'aurais jamais revue. Je ne voulais pas que cette liaison dure, je voulais te retrouver, continuer à vivre notre histoire magnifique. J'ai eu un faible pour une jeune fille, c'est humain, je m'en veux et te demande pardon.

Elle lui répondit d'une voix sèche.

— Si tu n'avais pas rencontré cette gonzesse, nous n'en serions pas là.

— Je ne voulais pas l'abandonner à un criminel. Cela aurait été de la non-assistance à personne en danger !

Il regarda par la fenêtre. Elle en profita pour lui mettre le somnifère dans son vin, un liquide incolore, inodore, très efficace.

— Elle est morte quand même. Comme protecteur des faibles et des opprimés, on fait mieux. En revanche, tu es un excellent coureur de jupons.

Peter ne broncha pas.

— Demain matin, poursuivit Alexia, je m'en vais.

— Tu vas me dénoncer ?

— Te dénoncer ? Si tu es innocent, pourquoi te dénoncerais-je ? Que veux-tu dire ? Tu viens de reconnaître implicitement ta culpabilité ?

Il semblait mal à l'aise.

— Je voulais dire : tu vas dire à la police où je me trouve ?

Elle ne répondit pas.

Il avala son verre de vin d'une seule traite.

Une heure plus tard, ils étaient couchés côte à côte. Elle avait gardé son pantalon et son pull.

Elle se blottit dans un coin du lit.

Comme d'habitude, il était en slip, torse nu.

Il posa sa main sur les cheveux de sa femme.

— Ne me touche pas, dit-elle d'une voix désagréable. J'ai envie de dormir.

— S'il te plaît. Juste un petit baiser, rien d'autre.

Elle lui tournait le dos.

— Bonne nuit. À demain.

Il posa une main sur son sein gauche. Il adorait caresser ses seins pour faire monter le désir, le sien et celui d'Alexia. Celle-ci ne réagissait pas, mais elle était troublée. Troublée de sentir la main d'un homme qu'elle avait aimé pendant des années.

Elle était étonnée que le somnifère n'ait pas agi. Elle se dit qu'elle aurait dû le verser plus tôt.

Le corps puissant, tout en muscles, se colla contre elle.

— Laisse-moi, je dors ! supplia-t-elle.

— J'ai trop envie de toi ! Tu ne peux pas imaginer.

— Je veux dormir. Tu m'entends ? Dormir !

Il continua à balader une main sur le corps de sa femme.

— Si tu ne me laisses pas tranquille, cria-t-elle, je prends la voiture et je me barre tout de suite.

Il ne répondit pas.

Elle l'imaginait en train de violer Natacha. Elle comprenait comment ça s'était passé. La jeune Russe ne voulait pas. Il voulait.

Elle le repoussait. Il était très pressant, très excité. Il n'acceptait pas qu'une femme lui résiste.

Alexia vivait la même scène. Elle lui avait dit non à plusieurs reprises, il ne renonçait pas. Il était de plus en plus insistant, déterminé.

Jusque-là, elle avait toujours dit oui. Même quand elle était fatiguée. Elle voulait le satisfaire, toujours le satisfaire, il avait un appétit pantagruélique. Tous les jours. Tous les jours il avait envie d'elle, tous les jours il faisait l'amour, sa puissance physique était phénoménale.

— Non. J'ai dit non.

Il posa la main sur son vagin à travers le tissu. Elle sentit ses gros doigts. Ses gros doigts la caressaient. Elle ne voulait pas céder, mais elle commençait à être excitée. Le désir montait dans son corps. Elle ne voulait pas le montrer, surtout pas.

— J'ai envie de toi. Laisse-moi, je t'en supplie.

Sa voix était incroyablement douce et incroyablement belle.

Un pervers, c'est un pervers, se dit-elle. Un homme tendre et un violeur. Un chic type et un assassin.

Lui résister déclencherait sa violence.

Il avait retiré son slip. Elle sentait son sexe à travers le tissu de son pantalon.

Il rejoue le scénario du meurtre, se dit-elle. Natacha ne veut pas. Il arrache ses habits. Elle essaie de s'enfuir. Il la prend en chasse. Le prédateur la viole et la tue.

Docteur Jekyll et mister Hyde.

Il commença à déboutonner la chemise d'Alexia, elle prit peur.

Il arracha plusieurs boutons.

Elle sentait qu'il ne reculerait pas. Elle le connaissait très bien. À un moment, l'excitation atteignait un tel degré qu'il ne pouvait pas s'arrêter, même si leur fils hurlait à l'étage.

— Dégage ! cria-t-elle.

Il s'allongea sur elle, se frotta contre son corps à travers les habits. Elle sentait sa virilité énorme.

Elle était paniquée.

Il l'embrassa sur les lèvres tendrement. Il caressa ses cheveux.

— Qu'est-ce qui t'arrive ? Pour toujours, je n'aimerai plus que toi. J'ai fait une ânerie, d'accord, mais pourquoi tu me rejettes ?

Sa voix était de plus en plus sensuelle, ses caresses de plus en plus tendres. Il embrassa ses seins, plusieurs fois, gentiment, comme toujours.

Elle céda.

Elle ne voulait pas céder, mais le désir commençait à monter en elle. Elle retrouvait ce qu'elle avait toujours aimé. Et puis elle avait peur. Elle avait peur qu'il se mette en colère. Elle ne l'avait jamais vu en colère.

Elle se déshabilla.

Après avoir joui en elle, Peter s'endormit. Le somnifère avait fini par l'assommer. Il respirait tranquillement à son côté. L'ogre était repu.

Elle n'arrivait pas à trouver le sommeil.

Il ne l'avait pas violée, mais elle regrettait de s'être donnée à lui. Elle le soupçonnait d'un meurtre, il continuait à l'ensorceler. Elle n'arrêtait pas de se retourner sur le matelas. Elle passait dans sa tête les événements des dernières semaines.

Elle avait soif.

Elle s'habilla, se leva en silence, se dirigea vers la cuisine. Elle ouvrit un placard : des verres bleus et, tout au fond, une petite carafe qu'elle saisit. Elle se dirigea vers l'évier. Elle boirait un verre puis mettrait la carafe à côté du lit.

Dans la carafe se trouvait une grosse clé.

Au début, elle n'y prêta pas attention. Elle la posa sur l'évier.

À l'extérieur, dans le ciel, elle aperçut la lune. Elle inondait la terre de sa lumière diaphane. Les champs étaient inondés d'une pâle clarté.

Elle n'avait pas sommeil. Elle n'avait pas envie de retourner dans le lit. Elle était torturée par ses pensées.

Que faire ?

Sortir ? Observer le ciel étoilé, la clarté lunaire, les arbres plongés dans la nuit ? Ce serait beau, mais il faisait bien trop froid.

Son regard se posa sur la grosse clé posée sur l'évier.

Celle du garage ?

Une pensée furtive lui traversa l'esprit.

Peter avait précisé qu'il ne fallait pas y entrer. Pourquoi avait-il dit ça ? C'était étrange.

Derrière chaque phrase prononcée par son mari, derrière chaque mot, derrière chaque silence, elle imaginait des choses terribles.

Elle attrapa la clé. Si c'était celle du garage, elle irait jeter un œil à l'intérieur. Voir à quoi ça ressemblait ne prendrait que cinq minutes.

Un doute la tenaillait.

Il fallait qu'elle évacue ce doute.

Elle marcha dans le couloir. À travers la porte de la chambre, elle entendit le ronflement de Peter. Un ronflement plus puissant que d'habitude. À cause du somnifère ?

Elle enfonça la clé dans la serrure de la porte et n'eut aucun mal à la faire tourner.

Dans le noir, elle chercha l'interrupteur. La lumière jaillit d'un néon, éblouissante.

Une voiture était stationnée. Une voiture sombre. Une Polo noire.

Alexia avait bonne mémoire. Il s'agissait du modèle que Peter avait loué pour emmener Natacha à Luchon.

Elle n'en croyait pas ses yeux.

Pendant quelques secondes, elle fut pétrifiée. Puis, pour se rassurer, elle se dit que la Volkswagen était un modèle fort courant. Il existait des millions de Polo noires.

Elle s'approcha. L'intérieur était propre et elle n'aperçut rien de particulier.

Était-ce une voiture immatriculée en France ? Son cœur battait à tout rompre. Elle ne voulait pas que ce soit une immatriculation française, elle voulait que ce soit la Polo de Bernardo.

Ses mains étaient moites.

Elle avait froid.

Elle avait envie de pleurer.

Elle ne voulait pas regarder la plaque minéralogique.

Elle la regarda.

Elle s'en doutait : la voiture était immatriculée en France.

Ce n'était pas la voiture de Bernardo. C'était celle que Peter avait louée pour emmener sa poupée russe dans la montagne. Celle où il lui avait caressé les cheveux, les seins. Celle où il l'avait embrassée.

Elle effleura la voiture du bout des doigts, comme on touche un être humain, elle ne savait pas pourquoi elle faisait ça, cela ne servait à rien. Ses doigts étaient secoués de tremblements.

Elle marcha tout autour, elle essayait de voir ce qui se cachait à l'intérieur, mais elle ne voyait rien. Elle imaginait que Peter l'avait nettoyée à fond pour effacer toutes les traces.

Elle appuya sur le bouton-poussoir du coffre et souleva le hayon. Une loupiote s'alluma.

Elle était sidérée.

Elle aperçut le grand sac à dos de Peter, celui qu'elle avait confectionné avec lui il y avait si longtemps. Dans une autre vie.

Il avait encore menti. Il n'avait pas laissé la voiture à Luchon, il avait roulé jusqu'ici, son sac dans le coffre.

Elle imaginait ce qui s'était passé. Le seul scénario possible. Tous les autres scénarios étaient désormais caducs.

L'ogre avait emmené Natacha en montagne, il avait voulu la baiser dans la nature, elle n'avait pas voulu. Elle était fatiguée, mais il s'en fichait. Il avait insisté, elle l'avait rejeté. Alors il s'était énervé. Elle avait crié. En quelques instants, le gentil docteur Jekyll était devenu le méchant mister Hyde. Il avait été submergé par une pulsion irrépressible. Elle avait couru sur le chemin, mais il l'avait rattrapée. Elle s'était débattue. Il l'avait violée. Il a compris qu'il avait été trop loin quand elle lui a dit : « Tu es un salopard, je vais porter plainte, casse-toi, je ne veux plus te voir. Plus jamais. »

Il a regretté son geste, mais c'était trop tard, il ne pouvait pas remonter le temps. Il a imaginé la suite, le scandale, sa femme apprenant la nouvelle, son fils, ses potes de rugby. Les médias en feraient leurs choux gras. Lui, le héros du Stade toulousain, le joueur à la carrière internationale, avait abusé d'une jeune fille fragile.

La seule façon de museler Natacha était de la mettre à mort. Oh, il aurait bien aimé l'épargner, mais il n'avait pas le choix. Si elle n'avait pas menacé de porter plainte, il ne l'aurait pas assassinée. Ou elle mourait, ou il était jeté en prison.

Une morte ne parle pas.

Il dirait que ce n'était pas lui, que c'était quelqu'un d'autre, un tueur en série, n'importe qui, il inventerait une histoire.

Elle avait tenté de résister, mais elle était trop frêle.

Il n'avait pas fait ça de gaieté de cœur, mais il l'avait fait.

L'avocate connaissait bien le sujet. Elle avait plusieurs fois défendu des violeurs assassins. Le violeur n'a pas l'intention de faire mal, mais une pulsion sexuelle l'emporte irrésistiblement, la proie se débat, il la pénètre, elle hurle. Le meurtre est une autre pulsion. La plupart des violeurs ne tuent pas par sadisme. Ils tuent pour éviter que la victime ne parle.

Elle referma le coffre.

Elle n'avait plus rien à faire ici. Il fallait qu'elle s'enfuie de toute urgence. Qu'elle rentre à Toulouse. Elle ne voulait pas rester une minute de plus dans le repaire de mister Hyde. Elle avait partagé le lit d'un violeur et d'un assassin. Elle n'avait pas envie de lui dire au revoir.

Leur histoire d'amour était morte et enterrée.

Elle le détestait.

Il fallait qu'elle repasse par la chambre. Elle avait laissé sa clé de voiture. Dans la chambre, même avec les somnifères, il pouvait se réveiller. Il lui demanderait pourquoi elle s'en allait.

Après avoir éteint la lumière, elle sortit du garage. Elle le ferma à clé. Elle replaça la clé dans la carafe et remit celle-ci dans le placard. Elle retourna jusqu'au lit sans faire de bruit.

Il dormait comme un loir.

Ses ronflements étaient effrayants.

Elle enfila son manteau, elle fouilla les poches.

Elles étaient vides.

Elle se souvint que Peter avait conduit la voiture. Elle plongea la main dans la poche de son pantalon de survêtement posé sur une chaise, elle fut soulagée de sentir la clé.

Dans quelques minutes, elle serait loin de la maison du diable.

Elle s'approcha de la porte.

Demain matin, il se réveillerait seul. Il se demanderait ce qu'elle était devenue. Elle n'avait pas l'intention de laisser un mot. S'il l'appelait, elle ne répondrait plus, c'était fini, il appartenait à un passé révolu.

Elle s'apprêtait à quitter la chambre. Au moment où elle franchissait le seuil, elle sentit une grosse main qui lui enserrait la main gauche.

Alexia tenta d'échapper à l'étreinte, elle n'y parvint pas. Il avait une poigne d'acier.

— Que se passe-t-il, ma chérie ? Tu fous le camp ?

— Je ne suis plus ta chérie.

— Tu es folle ? On vient de faire l'amour et...

— Lâche-moi, je t'en supplie.

Sa voix était décomposée par la peur.

Avec son autre main, Peter alluma la lumière.

Il était nu. Il se mit debout.

— Tu te barres, c'est ça ? cria-t-il. Quelle déception !

Il la serra entre ses énormes bras.

Elle ne pouvait pas s'échapper, impossible, elle était bien trop faible.

Elle sanglotait.

— Pourquoi pleures-tu ? s'écria-t-il d'une voix douce.

— Arrête de me tenir comme ça ou j'appelle au secours.

— Je pensais que tu allais m'aider à sortir de mon enfer et tu m'abandonnes. Je me suis mal comporté ? Je ne t'ai pas forcée à faire l'amour.

Elle n'arrivait plus à articuler. Il la comprimait si fort qu'elle crut qu'il allait l'étrangler.

— Le garage...

— Je t'avais dit de ne pas y aller. Tu es trop curieuse. Tu fais une enquête ? Tu penses que je suis un assassin ?

Elle inspira de toutes ses forces.

— Oui, tu es un assassin, un monstre, une pourriture !

Il ne disait plus rien.

Il tourna la clé dans la serrure de la porte de la chambre et la retira.

Elle était enfermée dans l'antre d'un assassin. Elle était une petite femme sans défense, effondrée, face à un type fou à lier.

Maintenant qu'elle avait découvert la voiture, il allait se débarrasser d'elle, l'étrangler, la mettre dans le coffre, puis il irait balancer le corps dans un ravin rempli de végétation. Dans son métier, elle avait appris comment certains assassins font disparaître les cadavres.

— Arrête de t'énerver, Alexia. Reste zen. Je t'ai trompée, je t'ai menti, mais je ne suis pas un criminel.

— Je ne te crois plus. Laisse-moi partir. J'en ai assez. Je suis au bout du rouleau.

Elle pleura.

Il la regarda droit dans les yeux.

— J'attends que tu te calmes. De toute façon, tu ne peux pas partir. Tu es ma prisonnière.

Elle regarda la fenêtre. Derrière les rideaux, elle devina que le volet était fermé.

— Tu sais combien ça coûte de séquestrer une femme ? Des années de prison. Ajouté à un viol et à un meurtre...

— Assieds-toi sur le lit. Écoute-moi.

— Tu veux me balancer une nouvelle version ? Tu me prends pour une demeurée ?

Il l'embrassa sur la joue gauche.

— Voici ce que je te propose. Je vais te dire la vérité et...

Elle le coupa sèchement.

— Je ne t'écoute plus. Je ne te crois plus. Lâche-moi.

Il desserra son étreinte et se mit à parler à toute vitesse.

— Je te raconte en cinq minutes pourquoi j'ai menti sur la voiture. Tu n'es pas obligée de me croire. Puis je te laisse partir. Tu diras ce que tu veux à la police. Après ton départ, j'appellerai un avocat, je lui expliquerai la situation, je rentrerai en France et je me constituerai prisonnier. Je suis comme toi, j'en ai marre de ce cauchemar. Moi aussi je veux m'en sortir. On a voulu me piéger et maintenant...

— Pourquoi m'avoir encore menti ? C'est incompréhensible.

— Un enfantillage ! Je m'en veux. Quand j'ai appris que la jeune Russe avait été tuée et qu'on m'avait tendu un piège, j'ai été envahi de panique. Ça ne m'était jamais arrivé. Jamais à ce point. Je suis monté dans la voiture et je me suis barré en Espagne...

— Tu m'as dit que tu avais été enlevé sur un parking. À chaque fois c'est une version différente !

Il n'avait pas l'air d'avoir entendu.

— Après l'annonce du meurtre, le monde s'est écroulé autour de moi. J'étais anéanti. Natacha assassinée... Les soupçons qui allaient peser sur moi... Je savais qu'un jour tu apprendrais ma liaison avec cette jeune fille. Ça me terrifiait.

— Tu as eu honte ?

— Terriblement honte ! J'avais peur que tu meures de chagrin. L'homme de ta vie a eu une liaison avec une jeune fille.

Il était assis sur le lit. Il lui prit les mains. Elle ne voulait pas qu'il lui prenne les mains.

Il baissa les yeux.

— Je suis arrivé dans ce village par hasard. Je suis tombé sur Bernardo qui m'a proposé cette maison. J'avais de quoi payer. Pendant plus de quinze jours, je suis resté enfermé ici, prostré, sans voix. Je n'avais même pas la force de t'appeler. Pour te dire quoi ? Que j'avais honte ? J'ai cherché des mots pour te rassurer. Je ne les ai pas trouvés. J'étais perdu. Déboussolé.

— Pourquoi tu n'es pas rentré à Toulouse ?

— Je vivais dans la hantise d'être arrêté.

La voix d'Alexia était blême.

— Tu aurais pu donner un signe de vie. J'ai cru que tu étais mort. Je devenais folle.

— C'est vrai, j'aurais dû, mais je ne l'ai pas fait. Je me sens terriblement coupable. Coupable d'avoir couché avec une jeune fille, coupable de m'être tu, mais pas coupable d'un crime.

Il commença à pleurer.

— Pourquoi avoir inventé cet enlèvement ? C'est grotesque.

— C'était la seule façon de justifier mon silence impardonnable. Je n'en ai pas trouvé d'autre. Si je t'avais dit que j'avais séjourné dans cette jolie maison, tu m'aurais reproché de ne pas t'avoir appelée. Je voulais t'appeler, mais je n'arrivais pas à le faire.

Qu'aurais-je dit si je t'avais appelée ? Que tout allait bien ? Tu n'es pas obligée de me croire, mais c'est la vérité.

— J'ai toujours douté de cet enlèvement.

Il se gratta la gorge.

— Il n'était pas invraisemblable, j'aurais pu être enlevé par celui qui a tué Natacha. Quelque chose me disait qu'il s'apprêtait à le faire.

Ça y est, il recommence à délirer, pensa-t-elle, découragée.

— Un homme comme toi ne peut pas être enlevé. Tu as vu ta carrure ?

— Avec des armes, tout est possible.

— Donc, tu n'as pas fait de randonnée. La confection du sac à dos était une mise en scène.

— Si le crime n'avait pas eu lieu, j'aurais effectué l'itinéraire prévu après avoir quitté Natacha.

— Comme par hasard, le jour où tu effectues une balade à la journée, elle meurt...

— Il faut voir les choses autrement. Elle a été enlevée et tuée parce que je m'étais absenté plusieurs heures.

Elle se gratta le nez, dubitative.

— Tu ne me crois pas ? soupira-t-il.

— Non, désolée.

Peter se leva. Il enfila un slip et un T-shirt.

— Tu n'es pas obligée de rester avec moi. Rentre à la maison, occupe-toi de Kevin, embrasse-le de ma part. Après ton départ, j'appelle un avocat.

Elle haussa les épaules.

— Au bout de trois semaines de silence, tu as fini par me téléphoner. Qu'est-ce qui t'a poussé à le faire ? Pas compris.

Sa voix devint solennelle.

— Je pensais rencontrer des témoins qui m'innocenteraient, mais jusque-là, ça n'a rien donné. J'ai cru que l'un d'eux allait me rejoindre et que tout s'arrangerait. C'est pourquoi je t'ai appelée. Mon silence n'avait plus de raison d'être. Sauf qu'au dernier moment...

Il semblait hésiter.

— Bon, tu as compris, ce témoin n'a pas pu venir.

— Tu aurais pu retourner en France pour le voir...

— J'aurais été coffré.

— Que vas-tu faire maintenant ?

— Après-demain, je rentre à Toulouse. Je ne vais pas moisir en Espagne jusqu'à la fin de mes jours.

— Moi, je pars maintenant.

— Tu es libre.

— Je ne peux pas me barrer. Je suis enfermée.

— Je t'ouvre. Ne t'inquiète pas, je n'ai pas envie de séquestrer la femme de ma vie. Même si tu ne veux plus jamais me voir, je respecterai ton choix.

Après un long silence, il ajouta.

— Après-demain, si tu es d'accord, rejoins-moi à Luchon, là où tout a commencé.

— Pourquoi Luchon ?

— Je te ferai rencontrer l'hôtelier qui m'a logé. Cela va peut-être t'attrister, mais tu apprendras que j'étais amical avec Natacha. Très attentionné. Pourquoi l'aurais-je tuée ? C'est absurde de penser que j'ai pu commettre une chose pareille. L'hôtelier nous a servi le petit déjeuner le matin de la disparition. Le soir, il a vu que j'étais fou d'inquiétude. Je ne suis parti que le lendemain. Si j'avais été l'assassin, je ne serais pas resté une nuit de plus. Je t'ai trompée avec une autre femme, d'accord, mais pour le reste je n'ai absolument rien à me reprocher. Je radote !

Était-il en train de mentir de nouveau ? Essayait-il de l'ensorceler ? Elle soupira.

— Que veux-tu que je te dise ? Que tu es un homme formidable ?

Il la regarda fixement.

— Demain, je discute avec un avocat au téléphone. Après-demain, à 15 heures, on se retrouve devant les thermes de Luchon. Ça te va ?

— Et après ?

— Je laisserai le véhicule de location sur un parking et on rentrera tranquillement à Toulouse dans notre voiture. Après avoir embrassé Kevin, j'irai au commissariat. Je gagnerai ce match d'un genre nouveau.

— Tu aurais pu te rendre au commissariat le jour où le cadavre a été découvert, non ?

En guise de réponse, il s'approcha de la porte et tourna la clé dans la serrure.

— Maintenant, rentre à Toulouse. Fais comme tu le sens. Si tu veux dire à la police que je suis caché dans cette maison, n'hésite pas. Je n'opposerai aucune résistance.

— Si tu reviens après-demain, je n'ai aucune raison de le faire. Mais vas-tu tenir parole ?

Il baissa la tête.

— Mon Alexia, j'ai l'impression que ma vie est foutue.

Après un long silence, il ajouta en la regardant fixement avec ses grands yeux noirs.

— Même si tu m'abandonnes, sache que je penserai à toi jusqu'à ma mort. Je ne t'oublierai jamais. Je n'oublierai jamais ce que nous avons vécu ensemble. Je n'ai jamais aimé quelqu'un autant que toi.

Cherchait-il à la manipuler ? Ces paroles enjôleuses n'étaient-elles pas celles d'un pervers polymorphe ?

À certains moments, elle pensait que Peter avait tué Natacha. La minute suivante, qu'il était innocent, sans être convaincue par aucune des deux hypothèses. Existait-il un troisième scénario auquel elle n'avait pas songé ? Était-il à moitié coupable ou à moitié innocent ? Avait-il été le complice volontaire ou involontaire du meurtrier ?

Elle le quitta sans même lui serrer la main. Il ne l'accompagna pas à la voiture.

La nuit était noire. Les nuages avaient envahi le ciel. Ils masquaient la clarté de la lune.

Elle se mit au volant, tourna la clé, alluma les phares et démarra. Quand elle sortit du village, elle eut le pressentiment qu'elle venait de voir Peter pour la dernière fois. Il ne rentrerait pas en France. Il se tuerait, ou disparaîtrait à jamais. Il lui était facile de gagner un autre continent et de recommencer sa vie à l'autre bout du monde.

Alexia se perdit sur les petites routes, s'arrêta plusieurs fois pour pleurer toutes les larmes de son corps. Elle arriva à l'heure du déjeuner à Toulouse. Kevin était attablé dans la cuisine avec Léo. Il s'inquiétait. Il attendait sa mère.

— Tu as revu papa ? s'écria-t-il.

Elle ne savait que dire. Si elle disait qu'elle avait passé la nuit avec lui, il la bombarderait de questions auxquelles elle ne voudrait pas répondre.

— Il va revenir après-demain.

— Vraiment ? s'exclama-t-il. C'est une bonne nouvelle.

Elle ne voulait pas en dire plus.

Elle regarda son fils. Il était magnifique. Elle repensa à l'amour que son père lui prodiguait. Elle eut mal. Il s'était occupé de lui à chaque étape de sa vie, dans tous les domaines, scolaires, sportifs, culturels, il adorait son fils et son fils l'adorait. Depuis un mois, elle avait l'impression que le père aimant était mort et qu'il avait été remplacé par un sosie malfaisant, un menteur, un pervers. Un meurtrier ?

Elle chassa de sa tête ces pensées horribles.

— Vous voulez des glaces pour le dessert ? s'écria-t-elle d'une voix faussement joyeuse. Fraise, vanille, chocolat, pistache...

— Pistache ! s'écria Kevin.

Elle agissait comme un robot, ouvrit le congélateur, se saisit de trois esquimaux qu'elle posa sur la table.

— Mon chéri, ajouta-t-elle, quand tu auras fini ta glace, tu monteras dans ta chambre. Je voudrais discuter avec Léo.

Kevin, obéissant, s'éclipsa au bout de quelques minutes.

Elle entraîna Léo sur le canapé et se serra contre lui.

— Raconte-moi tout, mon Alexia, ça n'a pas l'air d'aller.

Elle résuma en quelques phrases les événements des dernières heures sans rien occulter. De toute façon, au point où elle en était, elle n'avait plus rien à cacher, même les détails les plus intimes.

Elle parla de tout, sauf de la deuxième jeune fille assassinée. Ce deuxième cadavre, elle ne savait qu'en dire. Elle ne savait comment le relier au reste de l'histoire. Et puis elle avait promis à Dayan de ne pas l'évoquer.

— Tu ne racontes rien à personne, ajouta-t-elle à la fin de son récit. Tout cela doit rester entre nous.

— Ne t'en fais pas. Je suis muet comme une carpe.

Après un instant de silence, il demanda d'une voix douce :

— Tu le crois coupable ?

— Je ne sais pas.

— Aucune idée ? Tu es pourtant avocate, tu es habituée aux affaires criminelles.

— En l'occurrence, je ne suis plus avocate. Il m'est impossible d'être objective. Je n'y arrive pas. Peter est l'homme de ma vie, ne l'oublie pas !

— Les prétendus policiers qui vous ont pris en chasse, pour toi c'était qui ?

— Je l'ignore. Peut-être de vrais policiers. Peter voulait leur échapper.

— Mais ils vous ont tiré dessus, non ? Bizarre pour des policiers !

— Ils ont tiré dans les pneus, pas sur nous. Bizarre, mais pas impossible. Dans une affaire que j'ai plaidée, les forces de l'ordre ont ouvert le feu sur la voiture de fuyards. Pas très légal mais ça arrive.

— Tu ne sais donc pas s'il s'agit de vrais policiers ?

— Non.

Après un silence, Léo se racla la gorge.

— La police est passée ce matin à la maison. J'étais avec ton fils. Elle te cherchait.

Alexia blêmit.

— Moi, on me cherche, mais pourquoi ?

Il sortit une enveloppe de sa poche.

— Un flic m'a laissé une convocation. Il m'a dit : « Dès que possible. »

— Je n'ai rien à dire à la police.

— Fais comme tu veux. Je te transmets l'information, c'est tout.

La convocation demandait à Alexia de passer au bureau du juge le jour même à 16 heures.

Dayan en personne accueillit Alexia dans son bureau.

— Je ne pensais pas que vous alliez venir, mais j'en suis ravi. Je vous ai appelée à plusieurs reprises, je suis tombé à chaque fois sur la messagerie. Vous dormiez ? En tout cas, merci d'avoir répondu à la convocation. Les enquêteurs travaillent sans relâche sur le terrain, ça progresse !

— Le terrain, quel terrain ?

— Vous ne connaissez pas cette expression ? Bizarre pour une avocate. Nous explorons toutes les pistes.

— Il y a du nouveau ?

— Oui, c'est pour ça que je vous ai convoquée.

— Vous continuez à me soupçonner ?

Dayan ne répondit pas. Son visage s'assombrit.

— J'ai des nouvelles peu agréables à vous annoncer.

Elle se raidit sur sa chaise.

— Au point où j'en suis, je m'attends à tout.

— Quelle est votre opinion sur le meurtre de Natacha ?

— Aucune opinion.

— Vous n'avez pas la moindre idée ?

— Pas la moindre.

— Vous avez revu Peter ?

— Non.

— Vous êtes prête à signer un procès-verbal indiquant que vous ne l'avez pas revu ?

— Je ne signerai aucun procès-verbal. Je suis là comme simple témoin.

Il se gratta le nez.

— Soit. Vous savez que votre mari est soupçonné d'avoir tué Natacha. Son portrait a été affiché dans tous les commissariats et…

Elle le coupa sèchement.

— Vous avez quelque chose à me dire ou pas ?

Dayan se leva, il effectua quelques pas avant de regarder son interlocutrice d'un air étrange.

— Vous allez être déçue.

Elle se sentait défaillir.

— Déçue par quoi ?

Il inspira un grand coup.

— Natacha, la petite Natacha, une poupée extraordinairement belle qui menait une existence si particulière…

Le visage d'Alexia s'assombrit.

— Que voulez-vous dire ?

Il détachait chacune de ses syllabes :

— C'était une prostituée. Et pas n'importe laquelle. Une prostituée de luxe. Sollicitée par des hommes très riches.

Le cœur d'Alexia battait de plus en plus fort. Malgré la fraîcheur, elle transpirait à grosses gouttes.

— Vous en avez mis du temps à le découvrir ! Dans les mails qu'elle a échangés avec Peter, elle ne parlait pas de ça ?

— Nous le supposions depuis le début, sans avoir de preuve formelle. Il nous a fallu vérifier un certain nombre d'éléments. Vous vous doutez bien que les clients de cette jeune femme ne se sont pas précipités pour témoigner ! Elle proposait ses services sur un site étranger qui a refusé de collaborer avec nous.

Alexia pataugeait dans un cauchemar de plus en plus noir.

— Vous voulez dire que mon mari payait cette jeune fille ?

— Absolument ! Il l'a contactée sur un site d'escort-girls.

— Comment savez-vous qu'il la payait ?

— Nous venons de découvrir les premiers messages qu'ils ont échangés sur le site. Comme il était beau, elle lui a fait une réduction, mais ce n'était pas gratuit. Après, dans les mails, ils n'ont plus parlé d'argent. Il est possible qu'elle ait cessé de le faire payer car elle s'est attachée à lui et réciproquement.

— Comment s'appelle ce site ?

— YoungStudentGirls.com. Vous saisissez le sens ? Des filles de dix-huit à trente ans. Un site basé au Brésil.

Au fond de sa détresse, elle était prête à tout entendre.

— Peter était abonné ?

— Depuis cinq ans, il se connectait presque tous les jours, il a comme nom de profil « Kouros ». Grâce à ce site, il a rencontré Natacha, mais pas seulement elle !

Alexia avait l'impression de sombrer dans les eaux glacées de l'Arctique.

— Je suis désolé de vous le révéler, murmura le juge en s'asseyant, mais votre mari collectionnait les jeunes filles.

— Je ne veux plus rien entendre. En tout cas, pas sur ses aventures. Je vous rappelle que Peter était mon époux.

Dayan remarqua qu'elle avait utilisé l'imparfait.

— Vous ne l'avez jamais soupçonné ?

Elle ferma les yeux.

— Jamais.

— Il avait une double vie. Un grand classique ! Vous n'en auriez rien su si le sang n'avait pas coulé. Grâce à Internet, il est facile d'avoir une double vie. Votre mari avait dressé un mur en béton entre vous et ses jeunes amantes.

Alexia, choquée, essayait de reprendre ses esprits. Elle avait envie d'oublier sa position de femme trahie et d'enfiler sa robe d'avocate mais elle n'y parvenait pas.

Elle regarda le juge droit dans les yeux.

— Mes sentiments ne regardent que moi. Vous n'êtes pas là pour porter un jugement sur le comportement de mon conjoint. Fréquenter des prostituées est assez courant, paraît-il. Ça ne fait pas de vous un criminel.

Malgré son dégoût, elle essayait de garder la tête froide.

Il avait l'air ennuyé.

— Certes, mais ce que je vais vous révéler n'a rien d'amusant, et c'est un euphémisme.

Après un silence, il reprit :

— L'autre jour, nous avons retrouvé un deuxième cadavre dans la montagne, celui d'une certaine Nadia. Eh bien, c'était aussi une prostituée, une copine de Natacha.

— Quel lien avec Peter ?

— Il la connaissait, je vous l'ai dit. Vous voyez où je veux en venir ?

Elle n'avait plus la force de parler.

— Rassurez-vous, poursuivit-il, il reste présumé innocent, mais plusieurs indices laissent penser que…

— Quels indices ?

— Vous êtes amoureuse, je le conçois, mais ouvrez les yeux.

— Je ne vois rien. Je dois être aveugle.

Il tapota sur le clavier de son ordinateur.

— Je récapitule : Peter passe quelques jours avec Natacha. Le 5 octobre, elle est assassinée, on retrouve l'ADN de votre mari en elle. Puis il disparaît en désactivant son téléphone. Quelques semaines plus tard, une autre jeune fille, avec qui il entretient une relation tarifée, est assassinée à son tour. Ça fait beaucoup, non ?

— Des preuves, vous avez des preuves ? Vous n'instruisez qu'à charge !

Il avait l'air de se délecter.

— Des preuves formelles, non, c'est pour ça que nous essayons de retrouver votre époux pour l'interroger. Sa disparition n'arrange pas son cas.

Il la dévisagea.

— Si je vous ai fait venir ici, c'est parce que nous avons la conviction que vous savez où il se trouve.

— Qu'est-ce qui vous permet de dire ça ?

Il la regarda d'un air terrible.

— C'était bien, l'Espagne ?

— Pourquoi l'Espagne ?

— Vous êtes allée en Espagne en voiture, non ? Récemment. Je le sais.

Alexia était éberluée.

— Ah bon ? Comment le savez-vous ?

— Le val d'Aran, vous connaissez ?

— J'en ai entendu parler.

— Vous étiez en Espagne et vous êtes revenue. Vous pensez que la police est sourde et aveugle ? Pour une avocate, vous faites preuve d'une grande naïveté. Vous devriez savoir que dans une affaire pareille, nous employons de grands moyens.

J'ai été suivie, pensa-t-elle. *La police française a passé le relais à la police espagnole, c'est donc bien la police espagnole qui est venue frapper à la porte de la maison de Salardù.*

— Vous m'avez pistée ?

— Je ne peux pas tout dire, mais vous oubliez qu'il existe des radars sur la route. Quand on a quelque chose à cacher, il vaut mieux respecter les limitations de vitesse, n'est-ce pas ?

Elle ne savait pas s'il bluffait ou s'il disait la vérité.

— Revenons-en à Peter, voulez-vous ? rétorqua-t-elle. Imaginons qu'il soit coupable, quel serait le mobile de ces meurtres ?

— Eh bien, je vais vous éclairer, même si c'est dur à entendre. Peter Chanez a le profil d'un tueur en série. Nous n'en avons pas la preuve formelle, et ce n'est pas la seule piste que nous explorons, mais l'hypothèse est plausible. Votre mari séduit des jeunes femmes, et parfois il les tue. C'est plus fort que lui.

— Avec moi, il n'a jamais été violent. Jamais.

— Vous devriez savoir que les tueurs en série ont une double personnalité. En dehors de leurs crimes, ils ont une vie rangée, normale, ce sont de bons maris, de bons pères et de bons amis.

Au travail, ce sont des employés modèles. À quelques exceptions près, ils n'ont pas du tout la tête de monstres !

— Vous pensez que mon mari a tué plusieurs filles, c'est ça ?

— Interpol va rouvrir les enquêtes non élucidées de jeunes femmes assassinées partout en Europe. Jusque-là, nous n'avions pas l'empreinte génétique de votre époux. Nous allons vérifier s'il est mêlé ou non à certaines affaires. Nous prospectons dans toutes les régions où il a joué au rugby : Pays de Galles, Écosse, Angleterre, Irlande, Italie...

Il regarda de nouveau son écran.

— Je ne vous l'apprends pas, ce n'est pas un suspect comme les autres. Un ancien sportif de haut niveau mis en examen pour une série de meurtres, vous imaginez le choc dans l'opinion publique ? Le dieu des stades soupçonné d'être un serial killer ?

Alexia le trouvait méchant. Elle le détestait. Elle n'avait pas envie de lui fournir d'indices, même si Peter était le pire des salauds.

— Vous m'avez tout dit ? demanda-t-elle d'une voix blanche.

— Tout ce que j'avais à vous dire. Il va falloir que je rédige un procès-verbal que vous allez signer.

— Encore une fois, je ne le signerai pas.

Il haussa les épaules. Il avait l'air excédé.

— Je risque d'écrire des bêtises si vous ne relisez pas.

— C'est vous qui avez parlé, pas moi.

Il plissa le front.

— Avant que vous partiez, je voudrais vous montrer une petite chose.

Il se leva, ouvrit un placard, en extirpa un petit sac en plastique transparent scellé contenant un ourson au bout d'une chaînette de porte-clés. Un ourson brun avec des yeux rouges. Alexia le reconnut. C'était la mascotte de Peter, le porte-bonheur qui ne le quittait jamais.

— Les médias ont vendu la mèche ! soupira le juge en posant le sachet sur le bureau. Ce porte-clés a été retrouvé dans une main de Natacha. Nous supposons une chose : soit il lui appartenait, soit il appartenait au meurtrier. Votre mari possédait-il ce genre de babiole ?

Elle essayait de garder un ton normal.

— Pas à ma connaissance.

Dayan l'observait d'un air terrible.

— En êtes-vous certaine ?

— Je me répète : je n'ai jamais vu Peter avec ce type de porte-clés.

— Il faut dire la vérité, madame. C'est le seul objet retrouvé sur place. Une fille nue, épilée, sans vêtements à proximité, sans chaussures... Juste un petit ourson avec des yeux rouges... Après avoir été analysé, il a été mis sous scellés.

— Vous avez découvert des empreintes génétiques dessus ?

— Vous êtes trop curieuse. Une dernière chose : dès que vous aurez du nouveau concernant Peter, appelez-moi directement sur mon portable. N'éteignez pas votre appareil, il vaut mieux que vous soyez joignable ces jours-ci. Et encore une fois, ne révélez pas le nom de Nadia Jarkov. Même à vos meilleurs amis. Merci, madame, je vous rends votre liberté.

— Et le suspect placé en garde à vue, il a été blanchi ?

— Vous aimeriez qu'il avoue, c'est ça ?

— Je cherche à connaître la vérité, rien d'autre.

— À mesure que nous nous en approchons, cette vérité recule.

— Mais encore ?

— Ce suspect reste suspect, mais Peter Chanez aussi. Sont-ils complices ? Nous n'en savons rien. Sachez que nous explorons toutes les pistes.

— Vous pouvez me dire son nom ? Je n'en parlerai à personne.

— Allez, je vous donne son prénom. Il s'appelle José.

Alexia tourna en rond dans Toulouse comme un poisson dans un bocal pour essayer de se changer les idées avant de retrouver son fils.

Elle était au bord d'un abîme sans fond. Un pas de plus, et elle chutait.

Elle caressait l'espoir que José était le tueur des prostituées, il allait avouer les deux crimes, et l'affaire serait close. Dans ce cas, Peter était coupable d'avoir trompé sa femme, cela risquait de remettre en cause leur couple, mais à côté d'un double meurtre, cela n'avait pas grande importance.

Kevin jouait au Trivial Pursuit avec Léo. Celui-ci la regarda avec des yeux remplis d'interrogations mais elle ne voulait rien dire devant son fils. Pour l'instant, il devait rester dans l'ignorance de la vie cachée de son père.

Léo s'en alla sans rien apprendre. Alexia n'avait plus envie de parler à personne, pas même à ses deux meilleurs amis, et pourtant, elle les adorait.

Qui était ce José évoqué par Dayan ? Était-il celui qui l'avait importunée ? Pourquoi l'avait-il importunée ? Quelle était la nature du lien qui le reliait à Peter ?

Elle sortit une feuille de papier blanc et un stylo. De nouveau, elle voulut évoquer par écrit les différentes hypothèses qui traversaient son cerveau embrumé.

Samedi 5 novembre
Un mois jour pour jour après le meurtre de Natacha

En supposant que le José évoqué par Dayan soit le même que celui qui m'a importunée à deux reprises, qui a tué Natacha et Nadia?

Hypothèse 1 – José et Peter innocents.

Ni l'un ni l'autre n'ont commis de meurtre. Les meurtres de Natacha et de Nadia sont une machination infernale destinée à faire coffrer Peter. L'un et l'autre cherchent à me le démontrer.

Questions sans réponses: quelle est la nature de cette machination? Par qui a-t-elle été orchestrée? Qui est l'assassin? Si José et Peter sont innocents, pourquoi n'ont-ils pas témoigné spontanément auprès des enquêteurs? Que faisait José à Luchon juste avant le meurtre? Pourquoi Peter a-t-il fui en Espagne?

Hypothèse 2 – José meurtrier, Peter innocent.

Le premier a assassiné les deux jeunes filles, le second n'a rien fait.

Questions sans réponses: quel est le mobile des meurtres? Si José est l'assassin, pourquoi est-il venu me rendre visite? Voulait-il retrouver Peter pour le faire disparaître? Dans cette hypothèse, pourquoi m'a-t-il révélé son prénom? Si Peter est innocent, pourquoi a-t-il fui en Espagne?

Hypothèse 3 – José innocent, Peter meurtrier.

Peter est un tueur en série. Il a assassiné Natacha. Par peur d'être arrêté, il a fui en Espagne en attendant de savoir s'il allait être accusé. Puis il a tué Nadia, une autre prostituée qu'il fréquentait, non loin du village où il avait trouvé refuge.

Questions sans réponses: pourquoi José cherche-t-il à me parler? Pourquoi a-t-il été placé en garde à vue? Pourquoi Peter a-t-il décidé de rentrer en France où il risque une lourde condamnation?

Hypothèse 4 – José et Peter complices.

Les deux hommes sont complices d'un double meurtre. D'après la police, ils étaient à Luchon juste avant celui de Natacha. José a été placé en garde à vue puis relâché faute de preuves, Peter a fui en Espagne.

Questions sans réponses: José était-il client des deux femmes? Quel est le mobile des meurtres? Les prostituées faisaient-elles chanter les deux hommes? Quel a été le rôle de chacun? Si Peter est le seul assassin, comme le laissent supposer les empreintes génétiques retrouvées dans le corps de Natacha, comment José l'a-t-il aidé? Pourquoi est-il venu me voir? Sont-ils en train d'essayer de fabriquer une fausse piste dans le but d'être innocentés?

Toutes les hypothèses étaient possibles mais aucune n'était convaincante. Alexia avait l'impression de jouer avec un Rubik's Cube couvert de sang. Elle essayait d'aligner les couleurs, mais sur chaque face il y avait toujours des couleurs en trop, ou en moins. Elle avait beau tripatouiller le Rubik's Cube dans tous les sens, elle n'arrivait pas à le remettre en ordre.

L'aube du lendemain était grise. Le cerveau d'Alexia était ravagé par l'attente et la désolation. Elle regardait sans arrêt sa montre. Elle avait rendez-vous avec Peter à 15 heures devant l'établissement thermal de Luchon. Pour être certaine de ne pas être en retard, elle partirait tôt, elle respecterait les limitations de vitesse afin de ne pas être flashée ou arrêtée par les gendarmes.

Elle monta dans sa voiture en milieu de matinée, le vent avait poussé les nuages dans un coin du ciel. Une belle lumière d'automne éclairait Toulouse, ses grands platanes, ses clochers, ses tuiles romaines, son canal couvert de feuilles d'or, la Garonne en habits de fête.

Elle s'approcha des Pyrénées. Les sommets étaient couverts d'une neige fraîche, poudreuse, ouatée, étincelante dans le soleil.

Il y avait un décalage entre la splendeur du paysage et l'angoisse qui l'étreignait.

Elle arriva dans la station thermale une heure en avance. Elle se gara devant l'établissement thermal et alluma une radio locale. Après des nouvelles consacrées à l'actualité internationale, une information la glaça d'effroi. Elle ne s'attendait pas à ça, pas encore, pas tout de suite, Dayan ne l'avait pas préparée, pas avertie.

« Nous venons de l'apprendre, la police a lancé un avis de recherche concernant Peter Chanez, l'ancien rugbyman international, dans l'enquête sur le crime de Natacha Vikachev et d'une deuxième jeune fille dont l'identité n'a pas été révélée. Peter Chanez a disparu depuis plusieurs semaines et la police aimerait l'entendre au sujet de ces deux femmes qu'il connaissait. Personne n'explique le fait qu'il se soit volatilisé. Il aurait passé quelques jours avec Natacha Vikachev à Luchon juste avant la mort de celle-ci. Les enquêteurs aimeraient savoir pour quelle raison l'ancien sportif n'a plus donné signe de vie depuis cette date. »

Il n'était pas soupçonné de meurtre, pas officiellement, mais c'était tout comme. Cette nouvelle était un coup de poignard dans le cœur d'Alexia. C'était la première fois que son mari était cité publiquement. Entendre ce nom associé à deux crimes sordides sur les ondes était pour elle un nouveau cataclysme.

Elle avait le front trempé, comme si la température était montée de vingt degrés d'un seul coup. Elle imaginait l'impact désastreux qu'aurait cette nouvelle sur son entourage. Au collège, Kevin allait devenir le fils d'un homme cité dans une affaire criminelle, ce serait invivable. On allait l'assaillir de questions odieuses.

Après s'être tus pendant des semaines, pourquoi les enquêteurs avaient-ils décidé de tout balancer ?

Si Peter écoutait la radio, s'il entendait cette information sur la route, il risquait de rebrousser chemin et de disparaître pour toujours.

La suite était facilement imaginable. Comme certains criminels, il recommencerait sa vie ailleurs. Il partirait dans un lieu où personne ne le reconnaîtrait. Il parlait bien l'espagnol, il fonderait une famille en Amérique du Sud, il aurait une autre femme, d'autres enfants. L'homme épris de liberté refuserait de passer par la case prison. Alexia ne l'imaginait pas dans une cellule. Il deviendrait fou.

Allait-il honorer son rendez-vous ?

Elle espérait qu'il n'écouterait pas la radio, elle l'espérait de tout son cœur, de toute son âme. Même s'il était coupable, elle voulait le revoir afin de clore définitivement cette affaire.

Elle ne lui parlerait pas de la nouvelle diffusée dans les médias, elle ne lui parlerait pas de ce que Dayan lui avait révélé, pas encore. Chaque chose en son temps. Elle ne l'accuserait de rien, ce n'était pas à elle de le faire, elle n'était pas juge d'instruction, elle était avocate, mais surtout, elle était la femme de sa vie.

Elle voulait que la justice fasse son travail, enquête, entende Peter Chanez.

Elle s'endormit sur son siège.

Son sommeil fut traversé par un rêve étrange : elle marchait sur un sentier de montagne couvert de sang frais, il y avait tellement de sang qu'elle se disait qu'un massacre de masse avait été perpétré, mais elle ne voyait aucun corps. En dehors du sang, le paysage était splendide, rassurant, baigné par une chaude lumière. La lumière de l'été. Elle transpirait, mais elle ne savait pas où aller. Elle sentait une présence inquiétante, quelqu'un la regardait, elle ignorait qui.

Tout à coup, elle entendit un bruit, ça venait de près, quelqu'un cognait contre un arbre à côté. Elle se retourna. Elle ne vit personne.

Elle ouvrit les yeux.

Peter frappait au carreau de la voiture.

Malgré les ruminations qui tourbillonnaient dans son cœur, elle était rassurée de le voir. Il avait tenu parole. Il était revenu en France après un mois d'absence.

Un très court instant, au sortir du sommeil, elle s'était dit que rien n'avait pas eu lieu. Peter n'avait pas rencontré d'autres femmes. Le sang n'avait pas été versé. La montagne n'avait pas été souillée. Il n'avait pas fui. Il n'avait pas été soupçonné. Il était parti marcher sur un sentier, comme d'habitude, avec son gros sac à dos, ses grosses chaussures, il avait respiré l'air des cimes, il avait dormi en altitude, seul, sous sa petite tente, en pensant à l'amour de sa vie.

— Alexia, tu m'ouvres ?

Elle sortit de la voiture. Le sac à dos de Peter se trouvait à ses pieds comme s'il revenait d'une banale randonnée. Elle avait été le chercher des dizaines de fois en voiture à l'autre bout des Pyrénées.

— Merci d'être là, s'écria-t-il. J'avais peur que tu aies changé d'avis et de me retrouver seul. Tout seul dans l'enfer de ma vie.

Elle s'efforçait de cacher son émotion.

— La Polo, tu l'as garée où ?

— Devant la maison de la presse, comme prévu.

— On rentre alors ? dit-elle.

— Je t'ai donné rendez-vous ici pour rencontrer l'hôtelier qui m'a hébergé quelques jours.

Elle avait oublié qu'il avait promis ceci : rendre visite à celui qui lui avait loué la chambre. Elle se disait que ça n'avait pas grande importance. Qu'est-ce que ça prouverait ? Et puis savoir que son mari avait été délicat avec une prostituée de luxe, à quoi bon l'entendre ?

— Ce ne sera pas nécessaire, répondit-elle. On n'a plus rien à faire ici. Ton fils t'attend.

— Qu'est-ce que tu lui as dit ?

Elle soupira.

— J'ai voulu le protéger. Je n'ai rien dit de scabreux.

— Comment as-tu justifié mon absence ?

— Je te l'ai dit : après ta randonnée, tu es parti en voyage d'affaires.

— Il faut qu'on ait la même version. Je suis parti où ?

— En Italie.

— Où en Italie ?

— Rome. Tu as refait la décoration du restaurant *Termini.*

— Et s'il vérifie ?

— Il ne vérifiera pas.

Peter cala son sac dans le coffre, puis ils montèrent dans la voiture. Elle reprit le volant. Le véhicule démarra doucement. Pendant quelques minutes, ils ne dirent plus rien.

Il n'évoqua pas ce que la radio venait de révéler, il n'avait sans doute pas entendu.

— Tu as regardé si tu as été suivie ? demanda-t-il d'une voix sourde.

— Suivie ? Mais suivie par qui ? La police ?

— Je ne parle pas de la police.

Elle était abasourdie.

Il recommence.

— Que veux-tu dire ?

Il hocha la tête.

— Je t'aime, poursuivit-il. Si j'avais été plus sage, toute cette histoire ne serait pas arrivée.

— Tu as toujours l'intention d'aller au commissariat ?

— Bien sûr !

— Qu'est-ce que tu vas raconter ?

Il réfléchit un instant.

— La vérité, toute la vérité.

— C'est-à-dire ?

— Ce que j'ai fait entre le moment où j'ai quitté Toulouse et aujourd'hui.

— Cette fois, tu ne vas pas mentir ?

Ils quittèrent Luchon.

Le soleil d'octobre, rasant et pur, éclaboussait le paysage.

— Tu te souviens du col de Menté ? s'écria-t-il brusquement.

Elle ne voyait pas de quoi il parlait. Il poursuivit.

— Tout près d'ici, il y a cinq ans, nous avions marché sur un sentier. Tu as oublié ?

— Pourquoi me parles-tu de ça ?

— Avant de rentrer et de me retrouver peut-être en prison, j'ai envie de revoir un endroit où nous avons été heureux. Et puis j'aimerais qu'on parle un peu. À Toulouse, on n'aura pas forcément le temps. J'ai des choses importantes à te dire. Je n'ai pas osé te le dire quand tu es venue me voir.

Elle était excédée.

— On peut parler dans la voiture, non ?

— Je n'y arriverai pas. Ce que j'ai à te dire est trop lourd à porter.

Elle tressaillit.

Il avait dit « trop lourd à porter ».

Allait-il avouer les meurtres qu'il avait sur la conscience ?

— Tu acceptes de marcher un peu ? insista-t-il.

— Je ne sais pas.

— Juste une petite heure. En pleine nature. J'appréhende de rentrer à Toulouse après ce mois d'absence.

— Il est où ce col ?

— Il faut tourner à droite un peu plus loin.

— Kevin a hâte de te revoir, tu ne veux pas qu'on rentre directement ?

— Moi aussi j'ai hâte, mais on n'est plus à une heure près.

Elle obtempéra.

Il lui indiqua le chemin. La voiture traversa un village, Saint-Béat, elle était passée là quand elle avait roulé à deux reprises jusqu'en Espagne.

Était-ce dans ce secteur que le cadavre de Nadia Jarkov avait été retrouvé ? Peter savait-il que son corps nu avait été découvert près de la frontière ? Avait-il lu les articles publiés sur Internet ? Pourquoi tenait-il à se rendre là ?

Voulait-il avouer son crime à l'endroit même où il l'avait commis ?

La voiture roula sur une petite route qui montait en forte pente. Le paysage était grandiose. Des sommets étincelants de neige fraîche jaillissaient au loin.

Le col de Menté se trouvait en contrebas d'une petite station de ski.

— On s'arrête là ? demanda Alexia en montrant du doigt un parking.

— Oui, tu ne reconnais pas ?

Elle n'avait aucun souvenir. À contrecœur, elle se gara.

— Et maintenant, on fait quoi ?

— Plus haut, il y a un joli panorama sur les Pyrénées. Il faut marcher un peu, mais ça vaut le coup.

Elle ne comprenait pas pourquoi il voulait l'emmener là, mais elle n'était plus à une surprise près.

— Je suis mal chaussée.

Tout à l'heure, elle avait enfilé une paire d'espadrilles pas du tout adaptées à la marche en montagne.

Il n'avait pas l'air d'avoir entendu. Il sortit de la voiture.

Sur le parking, aucun véhicule. Aucun promeneur en vue. Il faisait frais, le ciel était d'un bleu intense.

— La nature est splendide, n'est-ce pas ? s'écria-t-il.

Elle le trouvait ridicule mais elle le suivit. Elle avait envie de savoir ce qu'il avait sur le cœur. Elle attendait l'ultime confession, celle qui expliquerait tout.

Ils empruntèrent un petit chemin qui s'enfonçait dans un sous-bois. Malgré la beauté du paysage, elle n'avait qu'une envie : retourner à Toulouse.

Au bout d'un quart d'heure, ils débouchèrent dans un alpage dominé par des escarpements rocheux.

— Je ne comprends pas pourquoi tu m'emmènes ici, murmura-t-elle d'une voix lasse. Qu'as-tu à me dire ? Vas-y ! C'est le moment ou jamais ! On ne va pas s'éterniser.

— J'ai envie de me blottir contre toi.

— Ah non ! répliqua-t-elle d'un ton sec.

— Pourquoi ?

— Parce que je ne veux pas, c'est tout.

Ils marchèrent encore. Elle s'attendait à ce qu'il révèle quelque chose de crucial, mais il ne parlait plus. Il semblait absent, perdu.

Tout à coup, le téléphone sonna dans la poche d'Alexia. Elle regarda l'écran.

Dayan.

Pourquoi l'appelait-il ?

Elle ne décrocha pas.

Trois minutes plus tard, il l'appela de nouveau.

Elle hésitait à prendre la communication. La sonnerie s'arrêta.

— Qui c'est ? demanda Peter.

— Un client, s'écria-t-elle. Une affaire importante. Il n'arrête pas de m'appeler.

— Tu laisses ton portable personnel à tes clients ? C'est nouveau, ça.

Le juge appela encore.

— Je m'écarte, c'est confidentiel.

Elle s'éloigna d'une trentaine de mètres en tournant le dos à son mari.

Les doigts tremblants, elle décrocha.

Une voix forte.

— Dayan. Je vous dérange ?

— Pas du tout, répondit-elle à voix basse.

— Je vais être bref. Savez-vous où se trouve votre mari ?

— Non.

— Quel dommage !

— Pourquoi m'appelez-vous ?

— J'ai une très mauvaise nouvelle à vous annoncer.

Le paysage vacillait autour d'Alexia.

— Quoi encore ? demanda-t-elle d'une voix décomposée.

— Tout à l'heure, quelqu'un s'est spontanément présenté à la police. Un témoin capital !

— Ah ?

— Il a croisé Peter Chanez sur le parking d'Orédon le 5 octobre en fin de journée. Sur ce point, il est formel.

— Vraiment ? Pourquoi n'a-t-il rien dit avant ? Ça fait un mois qu'il aurait pu témoigner.

— Parce qu'il n'avait pas fait le rapprochement. Jusqu'à aujourd'hui, il ne s'était pas intéressé à cette histoire. C'est en entendant le nom de votre mari à la radio qu'il a compris. Il nous a dit : « Ce jour-là, je me baladais dans le massif de Néouvielle. Je suis tombé sur Peter Chanez. Il regagnait sa voiture. »

— Il l'a vraiment reconnu ?

— Affirmatif ! Contrairement aux deux Barcelonais qui ne savent pas vraiment qui ils ont vu.

Elle observait son mari. Il la scrutait avec des yeux étonnés. Elle était assez loin mais, en voyant la mine décomposée d'Alexia, il devait se douter que le coup de fil n'était pas anodin.

Elle essayait de garder son sang-froid.

— En un mois, les souvenirs s'effacent.

— Certes, sauf que le témoin a discuté avec lui. Peter avait l'air gêné.

— Cet individu n'a pas vu Natacha ?

— Non. Nous supposons qu'elle était déjà morte. Peter venait de l'assassiner, il remontait dans sa voiture.

— Ce témoin n'a pas confondu avec quelqu'un d'autre ?

— Il est certain d'avoir rencontré Peter Chanez ce jour-là sur le parking.

— Mais comment sait-il qu'il s'agissait de lui ? Il lui a dit son nom ?

— Tout simplement parce qu'ils se connaissent personnellement.

Elle était interloquée.

— Ça alors, mais c'est qui ?

— Je vous le dirai plus tard. Vous passez me voir ?

— Entendu, je passerai, répondit-elle d'une voix blême. Je vous laisse. Je ne suis pas seule.

— Votre mari est avec vous ?

— Non.

— Vraiment ?

— Non, je vous jure !

— Nous aimerions le voir en urgence, mais bon, si vous ne voulez pas nous dire où il se cache, nous le retrouverons par nous-mêmes. Il refuse de se constituer prisonnier, il aggrave son cas !

Il se tut quelques secondes avant d'ajouter :

— Une dernière chose : dans cette histoire, tout le monde connaît tout le monde. Les deux jeunes filles assassinées se connaissaient. Votre mari les connaissait. José les connaissait. Et maintenant, ce témoin capital dit à son tour qu'il connaît votre mari. Étrange, non ? C'est un crime entre amis ou quoi ? Et d'ailleurs, il vous connaît aussi, madame Chanez !

Elle voulait abréger la conversation.

— Merci pour ces informations, monsieur le juge, je vous laisse.

Sans le vouloir, elle avait lâché ces mots : « monsieur le juge ».

Elle raccrocha. Son téléphone tomba de ses mains. Elle le ramassa en regardant le père de son fils avec des yeux inquiets.

Elle était certaine qu'il avait compris.

— Tu as parlé à un juge ?

— Mais non, c'est un client.

— Pourquoi tu l'appelles « monsieur le juge » ?

— Parce que c'est un juge, c'est tout, il est impliqué dans une affaire, mais je ne te dirai pas son nom, c'est confidentiel.

— Tu me caches quelque chose.

— Mais non, tout va bien, la vie est formidable, mais je n'ai plus envie de marcher. Tu proposes une petite balade, tu m'annonces que tu as des révélations, et rien ! Pas un mot ! Je vais retourner à la voiture et regagner Toulouse.

Le front de Peter se plissa.

— On va rentrer ensemble, n'est-ce pas ?

— Il vaut mieux que tu ne m'accompagnes pas. Je vais te laisser. Débrouille-toi. Cette fois, je n'en peux plus. Je suis épuisée.

Elle recula de plusieurs pas.

— Mais tu es devenue folle ? Tu me jettes ? C'est ignoble.

Son beau visage changeait d'aspect, elle ne le reconnaissait plus. Ce n'était plus le Peter qu'elle avait aimé, c'était un autre homme.

Il l'empoigna par la main.

— Tu ne vas pas te barrer quand même ! J'ai assez souffert. Moi aussi j'en ai marre. Je suis à bout.

— Lâche-moi, s'il te plaît, ne me touche pas, dit-elle d'une voix gonflée par la colère et l'effroi.

Elle voulait regagner sa voiture, mais Peter la tenait fermement.

D'un geste brusque, elle retira sa main et s'écarta. Elle se mit à courir, mais pas dans la direction qu'elle aurait souhaitée. Il barrait le passage. De chaque côté du chemin poussait une végétation épaisse, épineuse, difficile à traverser avec des espadrilles.

— Tu as perdu la raison ? hurla-t-il. J'aimerais que tu m'expliques ce qui arrive.

Elle courait comme un cabri, elle ne voulait pas qu'il la rattrape. Elle était envahie par une peur irrépressible.

Au début, il ne courut pas, ce qui permit à Alexia de prendre une longueur d'avance.

— Mon amour, gémissait-il, je ne comprends pas. Tu veux ma mort ?

Elle ne savait pas pourquoi elle ressentait ça, mais elle avait le sentiment confus qu'il avait envie de la tuer.

Au bout de plusieurs minutes, Peter se mit à courir à son tour. Il la prit en chasse.

Il était grand et fort, elle était fragile.

Elle avait vu *Shining*: dans un hôtel de montagne, l'être aimé, le bon père de famille, se transforme tout à coup en monstre sanguinaire. Elle avait l'impression de se retrouver dans ce film d'horreur. L'homme de sa vie devenait un tueur. Un tueur froid, aveugle, qui massacre de manière impulsive à la moindre contrariété, comme s'il était possédé.

Elle ne savait pas comment regagner la voiture. Elle ne pouvait pas redescendre, et plus haut, le sentier se perdait dans les alpages.

Elle avait une avance confortable sur lui. Elle était agile, leste, rapide, mais c'était un sportif de haut niveau.

Il allait la rattraper, sans doute, mais la peur donne des ailes : elle avait l'impression de s'envoler pour échapper à la mort.

— Alexia, attends-moi. Tu me prends pour un assassin ou quoi ? Je suis gentil, moi. Je suis un gars épatant.

Il cherche à endormir ma méfiance, c'est certain, se disait-elle. *Il a endormi la méfiance de Natacha, il a endormi la méfiance de Nadia, elles sont devenues des cadavres au milieu des éboulis.*

Elle eut une pensée effrayante. Cette pensée s'imposait à elle comme une évidence.

Peter avait éprouvé du plaisir à tuer deux filles en pleine nature. Il avait, comme on dit, pris son pied. Cela avait déclenché en lui un plaisir inouï, un orgasme plus beau que l'orgasme sexuel. S'il avait demandé à Alexia de venir ici, c'était pour revivre ce plaisir. Il voulait recommencer à tuer, même s'il s'agissait de la femme de sa vie, de la mère de son fils, cette pulsion était plus forte que tout. Plus forte que l'amour. Plus forte que les souvenirs. La pulsion de meurtre balayait toutes les autres pulsions, elle écrasait de sa puissance irrépressible toute forme de pitié et de compassion.

Peter était un meurtrier sadique.

Dayan avait raison.

Chaque tueur en série possède des caractéristiques qui permettent de l'identifier. Le même scénario à chaque fois. Le fantasme de Peter, c'était de massacrer des femmes dans un monde qu'il aimait, celui de la montagne, son territoire de chasse.

Il l'avait attirée ici pour vivre cet orgasme.

Elle n'avait pas le temps de réfléchir. Ce qu'elle voulait, c'était sauver sa peau.

Pour joindre Dayan, il fallait qu'elle s'arrête pour composer le numéro. Peter aurait le temps de la rattraper.

Malgré ses espadrilles, elle courait vite. Elle n'avait jamais couru aussi vite.

Elle aurait aimé tomber sur des randonneurs mais il n'y en avait aucun.

Elle jeta un œil en arrière, il avait des yeux effrayants.

— À quoi ça sert de te parler, mon Alexia ? Tu ne m'écoutes pas. Mais je vais te rattraper, c'est certain. Je ne vais pas te laisser partir comme ça.

Les hurlements d'Alexia furent repris par l'écho.

Elle espérait qu'on l'entendrait. Qu'on viendrait à son secours. La station de ski n'était pas loin. La route n'était pas loin.

Elle courait sans regarder le sol. Elle se tordait les chevilles. Des plantes épineuses lacéraient ses chevilles, elle commençait à saigner.

Du sang. Quelques gouttes. De petites taches rouges dégoulinaient sur la terre claire.

— Arrête de courir, c'est insensé, tu vas te blesser, s'écria-t-il d'une voix caverneuse.

Il fallait coûte que coûte qu'elle regagne la voiture. Elle sentait la clé dans la poche. Elle monterait à bord, partirait à toute vitesse. Il ne pourrait plus la rattraper. Elle foncerait sur la route. Au bout de plusieurs kilomètres, elle appellerait Dayan.

Comment arriver jusqu'au parking ? Elle essayait de voir par où descendre, mais la forêt, en contrebas, était dense. Elle n'apercevait pas de chemin pour la traverser, en dehors de celui qu'elle venait d'emprunter, mais Peter l'empêchait de faire demi-tour.

Personne aux alentours, en dehors d'un vautour fauve perché sur un rocher et qui semblait la regarder d'un air cruel.

Tout à coup, sans réfléchir, Alexia fonça vers la forêt. Elle courut sur l'alpage couvert de plantes épineuses.

Elle traverserait l'étendue boisée sans s'arrêter, jusqu'au parking, même s'il n'existait pas de chemin, même si elle s'écorchait le corps sur les ronces.

Surpris, Peter s'arrêta un instant et la regarda filer.

Elle espérait qu'il abandonnerait la partie, mais il n'abandonna pas.

— Tu n'as aucune pitié de moi ! s'écria-t-il.

Sa voix ressemblait à un hurlement de loup.

Il se remit à courir. Son poids, ses capacités physiques lui permirent de se rapprocher d'Alexia. Celle-ci s'enfonça dans la végétation. Des châtaigniers. Des bouleaux. Des chênes.

Elle fonçait. Rien ne l'arrêtait.

Comme elle était frêle, elle se faufilait aisément entre les arbres. Des épines lui déchiraient la peau, mais elle s'en fichait. Elle n'avait qu'une envie : survivre.

Elle avait une peur panique de la mort. La peur de la mort est une peur animale, instinctive. Elle envahit tout le corps, des pieds à la tête, elle permet aux paralytiques de marcher, aux aveugles de voir, aux sourds d'entendre.

Ses forces étaient décuplées malgré le sang qui jaillissait de ses chairs.

À cause de sa carrure, Peter avait du mal à progresser. Les broussailles le ralentissaient, il dépensait une grande énergie à se frayer un chemin.

Elle avait de l'avance, mais elle avait peur de se perdre.

À un moment, elle trébucha et s'étala sur le sol. Sa tête cogna un tronc d'arbre. Elle avait mal. Du sang coulait de son front. Elle avait du sang dans les yeux, la bouche.

Elle voulut se relever, mais elle n'y arriva pas. S'il la tuait ici, jamais on ne retrouverait son cadavre.

Elle devinait à quelques mètres le souffle du fauve assoiffé de sang. Il ne disait plus rien. Elle était terrorisée.

Au moment où il allait l'atteindre, Alexia réussit à se relever. Elle n'avait plus de forces, mais l'envie de vivre lui redonna une vigueur inattendue.

Je suis dans un état second, comme extérieure à la scène d'horreur que je vis, se disait-elle.

Son instinct vital était tourné vers un désir unique : échapper à une mort imminente. Comme dans les catastrophes naturelles, les incendies, les massacres, une petite voix lui indiquait exactement ce qu'elle devait faire et ne pas faire, où elle devait poser le pied, dans quelle direction aller.

— Sois raisonnable, Alexia, arrête-toi, gémissait Peter d'une voix rauque. Ton attitude est insensée.

Il réussit à la toucher du bout des doigts, il n'était plus qu'à quelques centimètres.

Elle courut encore plus vite.

Elle se baissait pour éviter les branchages.

Elle zigzaguait.

Sans cesse, sa grosse voix masculine l'appelait, la suppliait d'arrêter sa course.

Il avançait plus lentement, elle reprenait un peu d'avance.

Après un petit fossé, enfin, elle arriva sur du goudron. La route qui menait au col ? Elle n'en savait rien. De toute façon, elle n'avait pas le temps de réfléchir. Elle courut sur l'asphalte en remontant la pente.

Il jaillit à son tour de la forêt.

Elle perdait du terrain.

Si elle n'arrivait pas rapidement au parking, il la rattraperait et c'en serait fini de son existence terrestre.

Après un tournant, Alexia aperçut son véhicule.

Elle était à bout de souffle, à bout de nerfs, à bout de forces, elle saignait, mais elle réussit à courir comme jamais.

Elle espérait qu'un véhicule arriverait, mais la route était déserte.

Elle entendait la course effrénée de son mari, à quelques mètres d'elle. Les pas se rapprochaient. Elle ne voulait pas se retourner. Elle entendait son souffle. Il ne disait plus rien, plus un mot.

Il pensait peut-être qu'il allait la rattraper. Il n'avait plus besoin de la charmer, de la convaincre, de lui mentir.

Elle parvint à la voiture. Elle la déverrouilla grâce à la télécommande, elle ouvrit la portière du conducteur, s'engouffra dans l'habitacle et s'enferma.

Il arriva quelques secondes après. Il essaya d'entrer dans le véhicule, les portes étaient bloquées.

Elle tremblait si fort qu'elle eut du mal à enfoncer la clé de contact.

— Alexia, pourquoi tu abandonnes l'homme qui t'aime ? Donne-moi une réponse au moins !

Elle ne voulait pas croiser son regard, elle avait peur d'être attendrie. Il était capable de retourner la situation et de la convaincre qu'elle n'avait rien à craindre.

Elle pensa à son fils. Elle voulait continuer à vivre pour lui.

Elle tourna la clé.

Ronronnement du moteur.

Peter cognait de plus en plus fort contre le carreau.

Allait-il prendre une pierre et le fracasser ?

Allait-il se mettre devant la voiture pour l'empêcher d'avancer ?

Elle enclencha la marche arrière.

La voiture recula à toute vitesse sur une courte distance, l'homme en sueur en fut surpris.

Puis, en quelques secondes, elle effectua un demi-tour.

Juste avant qu'elle ne s'élance sur la route, Peter tapa une dernière fois dans le carreau en hurlant :

— José ! Souviens-toi ! José ! José !

Au bout d'une dizaine de kilomètres, Alexia s'arrêta sur le bas-côté. Elle appela Dayan et l'informa de la présence de Peter au col de Menté. Elle raconta qu'à sa demande elle était venue le chercher à Luchon, mais qu'ils s'étaient disputés et qu'elle l'avait laissé sur le bord de la route. Elle n'évoqua pas la course-poursuite. Dayan ne lui posa aucune question, il n'avait pas le temps.

Peter fut arrêté par la gendarmerie une heure plus tard sur le parking du col.

Les forces de l'ordre craignaient qu'il ne disparaisse de nouveau et c'est pourquoi un hélicoptère fut envoyé sur zone, muni d'une caméra capable de détecter la chaleur humaine dans la végétation ou l'obscurité.

Peter entendit l'appareil tournoyer au-dessus de lui mais il ne réagit pas.

À la grande surprise des hommes venus l'appréhender, il ne tenta pas de fuir. Il n'opposa aucune résistance. Il était assis sur une souche, prostré, son visage enfoui dans ses mains de colosse.

Alexia revint chez elle couverte de sang, le sac à dos de l'homme de sa vie dans le coffre. Elle avait décidé de ne pas y toucher. Pas pour l'instant, car fouiller dans un sac qu'elle avait préparé avec lui aurait été un supplice.

Elle rentra la voiture dans le garage.

Kevin était absent.

Elle saignait, mais ses blessures étaient superficielles. Elle attrapa une bouteille d'alcool à 90° dans le placard de la pharmacie et se tamponna la peau. Elle n'était pas belle à voir. Mais le plus laid sur ce visage, ce n'était pas le sang. C'étaient les énormes larmes jaillissant de ses yeux comme l'eau d'une fontaine.

Troisième partie

LE TEMPS DES AVEUX

Peter fut placé en garde à vue pendant quarante-huit heures, puis incarcéré à la maison d'arrêt de Toulouse-Seysses, non loin du village de Muret. Devant la complexité de l'affaire, le juge d'instruction décida de ne pas divulguer aux médias le contenu des déclarations de l'ancien rugbyman, mais la nouvelle de son arrestation provoqua un émoi considérable dans toute la France, et même au-delà.

Il était rare qu'un sportif de haut niveau soit poursuivi pour autre chose que des matchs truqués ou des affaires de dopage. À Toulouse, un homme adulé par des millions de supporters risquait de passer en cour d'assises pour le meurtre de femmes retrouvées mortes dans la montagne. L'affaire risquait d'avoir un retentissement mondial, mais pour l'heure, la police observait une relative discrétion.

Alexia ne voulait plus avoir de contact avec lui. Elle ne lui écrirait pas. Elle ne lui rendrait pas visite. Elle ne ferait aucune déclaration à la presse. Elle se murerait dans le silence. Elle reprendrait ses dossiers d'avocate à l'endroit où elle les avait abandonnés.

Peter était probablement un assassin, il avait menti, il avait essayé de la manipuler, il avait cherché à la tuer. Elle n'avait plus rien à lui dire. Elle avait vécu des années extraordinaires à ses côtés. Plus de vingt ans de bonheur, mais ce bonheur appartenait au passé. Elle se considérait comme veuve. Elle commençait une existence nouvelle. Peter, le Peter qu'elle avait connu, qu'elle avait aimé, était mort. Celui qui croupissait dans la prison de Toulouse était un autre homme, le sosie du premier. En dehors de son aspect physique, il n'avait rien à voir avec le premier. Le premier était un dieu, le second était le diable.

Restait à savoir pourquoi il avait massacré ces deux jeunes filles. Était-il le serial killer dont Dayan avait dressé le portrait ? Se délectait-il de la souffrance de ses victimes ? Aimait-il les torturer ? Aimait-il les voir pleurer ? Allait-on retrouver d'autres victimes ?

Elle parla en avocate à Kevin. Son père était soupçonné de meurtre mais seule la justice déciderait de sa culpabilité ou de son innocence. Elle lui décrivit le principe des cours d'assises. Un jury populaire tiré au sort décide du destin de l'accusé. Elle ne lui révéla pas qu'il avait essayé de la tuer.

Elle ne porta pas plainte pour tentative d'homicide. Le dossier du présumé meurtrier était suffisamment chargé : il ne servait à rien de l'enfoncer. Sur le plan strictement juridique, la tentative de meurtre ne tenait d'ailleurs pas la route. Il l'avait poursuivie, certes, mais à aucun moment il n'avait porté la main sur elle. À moins d'inventer des faits qui ne s'étaient pas produits, elle ne pouvait prouver qu'il avait cherché à attenter à sa vie. Et si Peter avait juste essayé de la rattraper ? Elle était partie en courant, il lui avait couru après sans la lâcher d'une semelle.

Elle coucha ces mots sur une grande feuille blanche, ça lui faisait du bien d'écrire :

Je cherche encore à l'excuser, à lui trouver des circonstances atténuantes. Je traque des indices ténus pour le disculper. Parce que je l'aime encore. Parce que je l'adore. Mais cet amant merveilleux, ce bon père de famille est sans doute un assassin. Un tueur pervers, menteur, narcissique et manipulateur. Je vais devoir vivre avec cette pensée insupportable jusqu'à la fin de mes jours.

Elle se demandait si la police avait de nouveau interrogé José. Les médias ne parlaient pas de cet autre suspect. Avait-il été définitivement disculpé suite au témoignage de l'homme du parking ?

Les jours passèrent, lents et tristes. L'automne basculait peu à peu dans l'hiver. Les matins étaient froids, les après-midi grises et interminables. Quand le temps était clair, Alexia regardait les Pyrénées au loin, de plus en plus blanches. La neige se rapprochait peu à peu du fond des vallées comme un flux que rien n'arrête.

Avant la catastrophe, les jours où la visibilité était bonne, il arrivait que Peter cite les grands sommets visibles de la maison, un par un, en indiquant ceux qu'il avait gravis. Parfois, il s'affalait sur un transat et Alexia s'asseyait sur ses cuisses. Il tendait la main vers l'horizon. Elle adorait ces moments. Elle l'imaginait marchant vers les cimes, tel un gentil yéti que rien n'effraie. Il était Ulysse, le guerrier au grand cœur, elle était Pénélope, l'épouse fidèle, attendant le retour du seul homme qu'elle aimait.

Il croupissait dans une cellule aux côtés d'autres délinquants. S'il était reconnu coupable, il encourrait une peine de prison à perpétuité, assorti d'une période de sûreté. Dans la loi, celle-ci pouvait aller jusqu'à vingt-deux ans. Vingt-deux ans, la durée de leur histoire d'amour. Que ferait-il pendant vingt-deux ans, privé d'une liberté qu'il chérissait tant ? Le reverrait-elle quand il sortirait ?

Elle tentait d'évacuer ces pensées horribles.

Il fallait qu'elle vive.

Il fallait qu'elle élève Kevin en le protégeant de ce cauchemar. Il fallait qu'elle fasse le deuil d'un amour qui n'existait plus. Pour son fils, elle avait le devoir impérieux de rester debout.

Chloé lui rendait visite presque tous les soirs telle une sœur inséparable.

Le jour de l'anniversaire de Peter, elle lui proposa de l'accompagner à la prison.

— Non, répondit sobrement Alexia. Je ne veux plus le voir.

— Plus jamais ?

— Plus jamais.

— Et ton fils ?

— À sa majorité, il décidera lui-même. Jusqu'à cette date, il ne le reverra pas.

Une tristesse immense parcourait son visage.

— Mon existence ressemblait à une belle promenade, poursuivit-elle, je tenais la main d'un homme extra mais il a dévissé, il est tombé dans un ravin, il n'est plus qu'un amas de chair exsangue.

— Tu n'iras pas au procès ?

— Sûrement pas. Il ne fait plus partie de ma vie.

— Tu es sûre qu'il a tué Natacha ? Tu n'as aucun doute à ce sujet ?

Alexia réfléchit un instant.

— Je ne vois pas d'autre scénario.

— Tu es une vraie girouette. Tu n'arrêtes pas de changer d'avis.

— Ma raison me fait dire qu'il l'a tuée, même si mon cœur aimerait que ce ne soit pas vrai. Je voudrais savoir pour quelle raison il a commis l'irréparable. Cela reste un mystère. À quel âge est-il devenu un monstre ? Pourquoi est-il devenu un monstre ?

— A-t-il tué l'autre jeune fille ?

— Peter est peut-être un serial killer.

Chloé toussa avant de poursuivre.

— Il vient de m'écrire.

La nouvelle submergea son épouse d'émotion.

— Ah bon ? Mais pourquoi à toi ?

— Il n'ose pas te contacter. Il me dit qu'il a honte.

— Il peut avoir honte.

— Honte d'avoir couché avec d'autres femmes.

— Et le meurtre ? Il n'a pas honte d'avoir massacré une jeune fille qui ne demandait qu'à vivre ? Ça ne l'empêche pas de dormir ?

— Il m'assure qu'il est innocent. Il n'a rien à voir avec ce crime.

Alexia était atterrée. Elle avait l'impression d'entendre la même rengaine depuis des jours. Elle savait que le courrier des prisonniers était lu par l'administration pénitentiaire, il avait intérêt à clamer son innocence.

Elle se racla la gorge.

— Peter obéit à ses pulsions sexuelles. Ce n'est pas un homme, c'est un animal. Quand la pulsion est là, il cherche à l'assouvir par n'importe quel moyen. La pulsion assouvie, il redevient un type normal, gentil, amical. C'est un pervers polymorphe, un psychopathe aux multiples visages. En ce moment, dans sa prison, il est privé de tout. Plus de sport, plus de sexe, plus d'amis. L'ennui infini, absolu. La bête amoureuse des grands espaces est enfermée dans une cage face à son désespoir et à ses regrets. Il se dit qu'il va rester là vingt ans. Cette idée lui est insupportable, il panique. Comme il est intelligent, il est capable de fabriquer de toutes pièces une histoire destinée à le blanchir des meurtres abjects qu'on lui reproche. Il essaie de trouver des oreilles compatissantes prêtes à marcher dans son jeu. Toi en l'occurrence, et tu ne dois pas être la seule ! Méfie-toi de lui. C'est un illusionniste.

Chloé observa les murs. Elle constata que toutes les photos de Peter avaient disparu, mais aussi les objets en rapport avec le rugby : les coupes, les médailles, les fanions. Il n'y avait plus rien qui rappelait l'ancien pilier.

— Il m'a dit qu'il apporterait bientôt les preuves de son innocence, ajouta-t-elle sobrement.

— Pourquoi ne le fait-il pas aujourd'hui ? Pourquoi toujours attendre des preuves qui ne viennent jamais ?

— Son avocat lui a dit d'attendre.

— Tu connais le nom de son avocat ?

— Il n'a pas précisé, mais il m'a chargée de te transmettre un message important.

Alexia était troublée. Elle pensait qu'il n'oserait plus lui adresser la parole. Elle trouvait déplacé d'utiliser Chloé comme appât.

— Pourquoi ne m'écrit-il pas directement ?

— Je te l'ai dit. Il n'ose pas.

— Que veut-il, bon sang ? hurla-t-elle le visage empourpré de colère. Dis-moi vite ! Et puis nous passerons à autre chose. Nous irons faire un tour le long de la Garonne. J'en ai assez de parler de cette histoire.

— Il aimerait t'écrire une longue lettre, murmura Chloé d'une voix douce. Mais il a peur que tu ne la lises pas, que tu la mettes à la poubelle et que tu ne lui répondes jamais. Il ne sait pas comment se comporter vis-à-vis de toi. Il craint de commettre un impair.

— Tu peux lui dire que je ne lirai pas sa lettre. Ce n'est pas la peine qu'il se fatigue. Je n'ai plus envie d'être manipulée.

— Il m'a dit qu'il avait des révélations à te faire.

— Il ment comme il respire. Si tu savais ce qu'il a essayé de me faire gober !

— Je lui dis que tu ne la liras pas ?

— Que veut-il me révéler ?

— Je n'en sais rien. Sinon je te le dirais.

— Ça te tente une balade à pied ?

— Alors, qu'est-ce que je lui réponds ?

Alexia était à bout, désemparée. Elle avait l'impression que Peter avait pris possession de sa meilleure amie, qu'il était en train de l'ensorceler. Elle savait que Chloé avait toujours eu un faible pour lui.

— Dis-lui que s'il ose m'écrire, je ne lui répondrai pas. Je dois m'occuper d'un enfant qui n'a plus de père et qui a besoin de toute l'attention de sa mère. Je n'ai pas de temps à perdre.

Dix jours plus tard, une lettre arriva chez Alexia. Celle-ci reconnut l'écriture tout de suite.

C'était une écriture nerveuse, en pattes de mouche. L'encre était d'un joli bleu. Elle rappelait l'encre des courriers d'autrefois, ceux du temps de l'amour, quand Peter, parti loin de Toulouse, lui adressait de belles correspondances. Pour s'épancher, il n'aimait pas les courriers électroniques. C'était un romantique. Il aimait la consistance du papier, l'écriture manuscrite.

Alexia observa l'enveloppe pendant quelques minutes.

Elle n'arrivait pas à faire le moindre geste, comme si elle était paralysée.

Après avoir longuement hésité, elle déchira le pli avec un coupe-papier.

Trois feuillets sans rature. Elle imaginait qu'il avait fait un brouillon.

Ma chère Alexia,

Je sais que tu ne répondras pas à cette lettre, Chloé me l'a dit, je ne t'en veux pas, car si j'étais à ta place, j'agirais de la même façon. J'espère au moins que tu me liras. Je t'ai trompée avec des prostituées, c'est une faute impardonnable. À chaque minute, je souffre de penser que je me suis comporté comme un salaud. Je ne me suis pas comporté comme un homme. Je ne me suis pas comporté comme un amoureux. Je ne me suis pas comporté comme un mari. Je ne me suis pas comporté comme un père. Je me suis comporté comme un adolescent esclave de ses pulsions sexuelles. Je n'ai pas pensé à la peine que mon attitude allait provoquer en toi car j'étais persuadé que tu ne le saurais jamais. Ces jeunes filles, c'était une autre vie, séparée de la vie merveilleuse que j'ai partagée avec toi. J'ai vécu ces moments d'égarement comme un jeu sans conséquence avec des êtres que je désirais mais que je n'aimais pas. Tu es la seule femme que j'ai aimée dans mon existence, je te le promets. Tu es le seul être humain, avec notre fils, que j'aime sans la moindre limite.

Elle ferma les yeux, excédée. Elle pensait qu'il cherchait de nouveau à l'embobiner. Elle voulait s'arrêter de lire, il n'en pouvait plus.

Elle posa les feuillets sur le canapé. Elle regarda le plafond. Elle entendait son cœur qui tambourinait dans sa poitrine.

Même si elle avait mal, même si le souffle lui manquait, elle reprit sa lecture, elle voulait aller jusqu'au bout de l'horreur.

Quand tu es venue me chercher à Luchon, j'étais fou de joie.

Ma décision de rentrer en France prouve bien que je n'ai rien à me reprocher. Si j'étais coupable, pourquoi serais-je revenu ? Pour me jeter dans la gueule du loup ? Si j'étais coupable, j'aurais disparu dans un pays lointain. Je ne l'ai pas fait.

J'ai cru à tort que notre amour allait recommencer comme au premier jour.

À Luchon, je t'ai trouvée très belle, désirable, attentionnée.

Dans la forêt, j'aurais voulu t'embrasser.

J'avais surtout des révélations à te faire juste avant de parler aux enquêteurs. La première personne à qui j'avais à donner des explications, c'était toi. Dans la voiture, je n'arrivais pas à parler. Il fallait que je marche pour pouvoir parler. Ce que j'avais à te dire était tellement difficile à dire.

Tu as décidé de fuir, ce n'est pas ma faute.

Tu as reçu un coup de téléphone et tout a basculé. Ton visage a changé, tes yeux ont changé, tu ne me regardais plus de la même manière. Mais surtout, tu es partie en courant, comme si tu avais eu peur de moi. J'avais l'impression que tu me prenais pour un criminel alors que je suis l'homme le plus doux du monde.

J'ai cherché à te rattraper. Je voulais te rassurer, te prendre dans mes bras, comme je l'ai toujours fait.

Tu étais devenue une autre femme. Tu n'étais plus celle que je connaissais.

J'étais terrifié à l'idée que tu m'abandonnes. Je ne voulais pas que tu m'abandonnes et c'est pourquoi je t'ai poursuivie. Tu connais la suite.

Est-ce toi qui as prévenu la police ? Pourquoi as-tu prévenu la police ? Dénonce-t-on l'amour de sa vie à la police ?

Tu le sais peut-être, mais je n'ai opposé aucune résistance aux gendarmes venus m'arrêter. Je n'ai pas cherché à m'enfuir. J'aurais pu le faire. Si je ne l'ai pas fait, c'est que ma conscience est en paix. On m'a longuement interrogé au sujet des deux meurtres. Encore une fois, ce n'est pas moi qui ai tué. Non, ce n'est pas moi. Pourquoi aurais-je tué ? Je n'ai aucun alibi, certes, mais il n'existe aucune preuve formelle contre moi. J'ai été charcuté pendant quarante-huit heures, on m'a empêché de dormir, de boire, de manger, on espérait que j'allais avouer des crimes que je n'ai pas commis, mais je n'ai rien avoué, pour la simple raison que je suis innocent.

Innocent !

Il existe une raison pour laquelle j'ai passé tant de jours en Espagne sans t'appeler, dans une cachette secrète, avant de revenir en France. Je te l'ai dit rapidement : j'attendais un témoin, peut-être deux, mais personne n'est venu. Je n'ai pas envie d'en parler ici, j'ai besoin de consulter mon avocat avant d'en dire davantage.

Les correspondances sont lues par l'administration pénitentiaire, et l'instruction est en cours. Je ne peux pas tout te raconter dans cette lettre, mais sache que la vérité, bientôt, éclatera au grand jour.

Je ne connais pas le nom du coupable, sinon je l'aurais révélé tout de suite, mais les indications que je donnerai à la police permettront de le confondre. Du moins je l'espère.

Mon Alexia, je me permets d'insister. Réponds-moi. Viens me voir à la prison, je t'en supplie. Je n'ai aucune visite. Même Léo, même Chloé ont refusé de venir. Tu les en as dissuadés ? Embrasse notre fils de ma part. Dis-lui que son père l'aime pour toujours.

Je ne peux pas me passer de toi.

Je te serre très fort dans mes bras.

Ton Peter

Il avait ajouté deux post-scriptum :

Post-scriptum 1 : ce n'est pas du chantage, mais si tu ne me réponds pas, ou si tu ne me rends pas visite, j'en déduirai que je ne t'intéresse plus. J'en serai désespéré, mais je respecterai ton choix, et je ne t'écrirai plus. Plus jamais.

Post-scriptum 2 : l'homme qui prétend m'avoir vu sur le parking d'Orédon ment. À moins qu'il m'ait confondu avec quelqu'un d'autre. Je ne me suis pas garé le 5 octobre à cet endroit. Je le jure.

Elle relut plusieurs fois la lettre. Elle était persuadée que c'était de l'enfumage. Encore de l'enfumage. Il était doué pour ça. Elle se disait qu'à force de mentir il s'était peut-être convaincu de son innocence. S'il avait tué dans un état second, se souvenait-il de la scène ? Des larmes de Natacha ? S'était-il drogué ? Avait-il bu ?

Pourquoi un témoin aurait-il inventé une rencontre sur un parking qui n'avait pas eu lieu ?

Il ne parlait pas de José. Était-il son complice ?

Elle se demanda si elle allait lui répondre. Elle hésita plusieurs heures avant de prendre une décision. Elle ne voulait pas entrer dans son jeu. A contrario, elle avait envie de coucher sur le papier ce qu'elle avait sur le cœur et qu'elle ne pouvait révéler à personne. Autrefois, c'était à Peter qu'elle confessait ses états d'âme. Elle lui écrivait quand il partait en voyage, lors des matchs à l'extérieur et, plus tard, quand il travaillait sur des chantiers loin de Toulouse. Elle lui parlait de ses émotions, de ses joies, de ses peines, de ses appréhensions. Comme dans tous les couples, il était arrivé qu'ils s'engueulent. Elle trouvait qu'il partait trop souvent, trop longtemps. Après sa carrière de rugbyman, quand il était devenu architecte d'intérieur, il se rendait dans des villes lointaines : Paris, Lyon, Lille, Rennes, Strasbourg, parfois même à l'étranger. Il ne rentrait pas le soir. Il partait deux ou trois jours, une semaine. Elle n'aimait pas ça. Elle le lui avait dit.

Après les révélations de Dayan, elle avait compris pourquoi il partait si longtemps. Elle imaginait d'autres femmes, d'autres prostituées.

D'autres meurtres ?

Après avoir hésité, elle décida de lui répondre. Pas de lui répondre point par point. Cela ne l'intéressait pas. Elle voulait exprimer ce qu'elle ressentait à ce moment précis.

Peter, ma lettre sera courte. J'ai hésité à ouvrir l'enveloppe que tu m'as envoyée, j'ai hésité à te lire, car tout est fini entre nous depuis le jour où tu m'as prise en chasse dans les sous-bois, alors que je t'avais demandé de me laisser.

Pour moi, ta culpabilité ne fait aucun doute.

Une foule d'indices t'accablent, je ne vais pas en faire la liste, tu les connais. Bien sûr, tu restes présumé innocent, et seule la cour d'assisses décidera de ton sort (en écrivant cette phrase, mon cœur s'arrête : tu vas passer devant une cour d'assises ! Pas une seconde, avant le meurtre de Natacha, je n'aurais pu imaginer ça).

Pour moi, tu es un monstre et un manipulateur.

Reste à comprendre pourquoi tu as commis l'irréparable. Je ne comprends pas.

Il est venu le temps de te dire adieu. Je ne t'écrirai plus. Nous n'avons plus rien à nous dire. Je ne viendrai pas te rendre visite. Je n'assisterai pas au procès. Si un jour tu sors de prison, ne cherche pas à me revoir.

Ne m'envoie plus de lettres enjôleuses, cajoleuses, pathétiques. Je ne crois pas un mot de ce que tu dis.

J'espère trouver un autre conjoint. Je n'en peux plus d'être seule.

Elle relut les deux dernières phrases et les effaça. Ne pas supporter d'être seule signifiait que Peter lui manquait. Elle ne voulait pas qu'il pense ça. Elle les remplaça par :

Je cherche un homme plus honnête, moins pervers. Pas un criminel.

Cordialement.

Alexia

Elle hésita un long moment avant d'ajouter un post-scriptum :

J'ai passé des années merveilleuses avec toi. Je n'oublierai pas ces années, mais tout est fini. À jamais. Adieu.

Elle pleura.

La rédaction de cette lettre avait provoqué un choc en elle. Jamais elle n'avait rédigé une lettre comme ça. Elle avait écrit ce qu'elle ressentait, instinctivement, mais en se relisant, elle se dit qu'elle avait été trop loin. Elle avait tapé trop fort. Elle avait tapé là où ça faisait le plus mal. Elle avait peur que, dans sa cellule, après l'avoir lue, il se pende. Elle n'avait pas envie qu'il se pende. Même si elle n'assistait pas au procès, elle voulait comprendre pourquoi l'homme en qui elle avait cru était devenu un assassin. Elle ne trouvait aucune explication. Elle n'avait aucune idée.

Elle décida de ne pas envoyer la lettre.

Pas tout de suite.

Peter avait-il vécu des traumatismes dans son enfance ? Quelles avaient été ses blessures ? Quel était son secret ?

Quelques jours plus tard, Alexia fut de nouveau convoquée par Dayan. Juridiquement, dans la mesure où aucune charge ne pesait sur elle, elle n'était pas obligée de se rendre au palais de Justice et de répondre aux questions.

Elle hésita à se déplacer.

Pourtant, quelque chose, irrésistiblement, la poussait à venir à toutes les convocations. Quelque chose n'était pas clair dans cette histoire incroyable.

Elle sortit son vieux scooter du garage. Depuis l'arrestation de Peter, elle n'avait plus utilisé sa voiture. Elle avait changé ses habitudes. Symboliquement, afin de tourner la page. C'était très important pour elle. Elle circulait à deux roues. Elle se faisait livrer ses courses.

Avant de démarrer, elle regarda dans la boîte aux lettres. Elle craignait de tomber sur une nouvelle lettre de Peter. Certains prisonniers, parce qu'ils s'ennuient, parce qu'ils deviennent fous, envoient tous les jours des courriers à leurs proches.

Il y avait un courrier de la banque et des prospectus, mais aussi une enveloppe blanche, non affranchie. Elle se dit qu'il s'agissait d'une banale publicité, elle s'apprêtait à la jeter. Elle la décacheta pour en être certaine. Elle en retira une feuille blanche pliée en quatre avec un texte dactylographié.

Alexia,

Cette lettre n'est pas signée, car tu vas te méfier de moi. J'ai préféré ne pas signer.

Aie confiance.

Je te donne rendez-vous demain jeudi à l'extrémité du cours Dillon, côté Pont-Neuf, sur la promenade qui surplombe la prairie des Filtres et la Garonne.

À 22 heures précises.

N'aie pas peur, je ne te veux aucun mal. Je veux t'aider. Tu as besoin de comprendre. La comédie a trop duré. Il est temps que la vérité éclate.

Nous n'aurons aucun mal à nous reconnaître, n'est-ce pas ?

Viens seule.

Si quelqu'un t'accompagne, je partirai, et tu ne sauras rien. Ne préviens pas la police. La police n'est pas sur la bonne voie. La route qu'elle emprunte mène à une impasse.

Je ne te demande rien d'autre. Je veux juste te parler.

Tu regarderas en direction du fleuve près du vingtième platane en partant du Pont-Neuf, et tu me verras.

N'évoque à personne ce rendez-vous.

Méfie-toi de ton entourage.

Le vent soufflait dans les cheveux d'Alexia, elle regardait la lettre, ahurie.

Elle ne bougeait plus, à l'exception de ses doigts qui palpitaient. Comme si elle avait reçu un coup de marteau sur la tête.

Elle relut mécaniquement le texte pour être sûre d'avoir compris.

Qui l'avait écrit ?

La police n'est pas sur la bonne voie.

La route qu'elle emprunte mène à une impasse.

Était-ce un détective privé payé par Peter qui enquêtait de son côté ?

Son avocat ?

S'il s'agissait de son avocat, pourquoi ne lui avait-il pas proposé de discuter à son étude en bonne et due forme ?

Méfie-toi de ton entourage.

La dernière phrase lui glaçait le sang. De quel entourage s'agissait-il ? Les parents de Peter ? Ses propres parents ? Kevin ? Léo ? Chloé ? Dayan ? Les autres copains ? Le couple connaissait énormément de monde à Toulouse, l'ancien rugbyman international continuait à jouer dans un club amateur de haut niveau, il invitait souvent ses coéquipiers à la maison. L'un d'eux était-il mêlé à cette affaire ? Qui ? Était-il le témoin que Peter accusait de mentir ?

Alexia enfourcha son scooter et se rendit au palais de Justice. Elle voulait connaître le nom de celui qui avait balancé Peter. Il avait peut-être dit vrai, mais comment le vérifier ?

Dayan l'accueillit de manière courtoise. D'emblée, elle eut l'impression qu'il était sûr de son affaire.

— J'aimerais vous poser un certain nombre de questions.

— Je vous écoute.

— Voulez-vous un café ? Un thé ? Un verre d'eau ? Un jus d'orange ?

Elle le trouvait plus aimable que la fois précédente, comme s'il était soulagé d'avoir coffré le meurtrier présumé. Il est vrai que sans le coup de fil près du col de Menté, Peter serait toujours en cavale.

— Un verre d'eau.

Ils s'assirent face à face de chaque côté du bureau.

— Je ne reviens pas sur l'arrestation de votre mari ni sur ses conditions de détention, mais vous aurez le droit de me poser des questions après avoir écouté les miennes. Comment vous sentez-vous ?

— Peu importe. Venez-en aux faits.

— Son sac à dos, vous savez où il se trouve ? Il est parti avec un sac à dos, n'est-ce pas ? L'hôtelier nous en a parlé. Votre mari nous a affirmé que vous étiez venue le chercher en voiture à Luchon et qu'il l'avait placé dans le coffre.

Elle en avait oublié l'existence. Elle n'avait pas ouvert le coffre depuis le jour de l'arrestation.

— Je n'y ai pas touché.

— N'y touchez pas ! Je veux qu'il soit examiné par la police scientifique.

— Pourquoi ne pas me l'avoir demandé plus tôt ?

— M. Chanez vient seulement de nous en parler. Jusque-là, il disait ne pas savoir ce qu'il était devenu. Quand je lui ai annoncé que j'allais vous questionner à ce sujet, il a craché le morceau. Bizarre, non ? On dirait qu'il cherche à dissimuler quelque chose.

— Vous pensez que ce sac renferme des indices compromettants ?

— Nous le supposons, mais seule une analyse minutieuse nous le dira.

— Que cherchez-vous ?

— Comme dans toute enquête, des pièces à conviction. Un détail nous étonne. Les affaires de Natacha ont disparu de la chambre d'hôtel. Il est possible qu'il les ait emportées. Dans ce cas, nous aimerions les retrouver.

Elle était déçue. Elle pensait que Dayan allait évoquer de nouveaux éléments. Pour elle, cette histoire de sac à dos n'était qu'un détail.

— Et sinon, qu'avez-vous d'autre à me demander ?

Il semblait hésiter. Il regarda au loin, dans le vague.

— Un élément essentiel de l'enquête a été caché aux médias. Le public n'en a jamais été informé. Natacha n'ayant pas de famille, il nous a été facile de l'occulter. Je vous demande de garder confidentiel cet aspect du dossier.

— Je m'engage à me taire, répondit-elle sobrement. Je suis prête à signer un procès-verbal.

Dayan tapa sur les touches de son clavier. Puis il fit pivoter l'écran dans la direction d'Alexia.

— Vous connaissez cet objet ?

Elle écarquilla les yeux.

— Un poignard !

— Plus exactement un stylet. Un poignard à lame triangulaire très fine conçu pour produire des blessures profondes difficiles à guérir.

Elle était interloquée.

— C'est avec ça que Natacha a été tuée ?

— Pas seulement Natacha. Nadia aussi. Un coup dans le cœur. Extérieurement, la blessure semble superficielle. En réalité, elle est mortelle si on atteint un organe vital.

— Je croyais que Natacha avait été étranglée ?

— Elle avait des bleus dans le cou. Nous supposons que son agresseur a cherché à l'étrangler avant de l'achever avec cette arme. Le stylet a provoqué le décès, pas l'étranglement.

— Pourquoi ne pas l'avoir dit tout de suite ?

— Contrairement à ce que vous semblez croire, le but d'une enquête est d'avancer. Moins les médias en savent, mieux les enquêteurs se portent. Dans le cas où le corps est retrouvé dans un endroit isolé et qu'aucune famille ne vient nous bombarder de questions, il est préférable de dissimuler certains éléments. Je répète ma question : connaissez-vous cet objet ?

— Vous voulez savoir s'il appartenait à Peter, c'est ça ?

— Vous m'avez compris.

— En montagne, il emportait un petit couteau suisse, rien à voir avec ça.

— À la maison, pas de stylet ?

— Jamais vu. Vous l'avez retrouvé près d'un des deux cadavres ?

— Pas du tout, c'est pour ça que nous avons tâtonné. Les expertises ont été compliquées. Mais en étudiant la blessure dans le corps des deux femmes, nous sommes arrivés à la conclusion qu'il s'agissait de l'arme du crime.

Elle n'arrivait pas à imaginer que Peter ait pu manipuler ce poignard d'un genre particulier.

— Reste à retrouver le sac à dos et à le fouiller, poursuivit Dayan. La police scientifique va repartir avec vous, elle le récupérera. Il s'est sans doute débarrassé du stylet, mais sait-on jamais ?

Il toussa avant de reprendre.

— Une chose nous conforte dans l'idée que votre mari est coupable de meurtre.

À ce moment-là, elle pensa à ce qu'elle avait lu sur la feuille glissée dans sa boîte aux lettres : *La police n'est pas sur la bonne voie. La route qu'elle emprunte mène à une impasse.*

— Allez-y, je n'attends plus rien de Peter. Vous pouvez tout cracher.

— Sur le cou de Natacha, je vous l'ai dit, il existe des traces d'étranglement. Nous avons procédé à des analyses biologiques. Eh bien, malheureusement, à cet endroit, on découvre les empreintes biologiques de Peter Chanez. Nous avons mis du temps à les analyser, la pluie avait mouillé le cadavre. Comme s'il avait commencé par l'étrangler avant de l'achever avec ce stylet. Vu sa corpulence, il avait la possibilité de l'étrangler sans la poignarder, mais il ne l'a pas fait. Nous ignorons pourquoi. Cela l'excitait-il de la poignarder ? Nous lui avons posé la question.

La voix d'Alexia était à peine audible.

— Qu'a-t-il répondu ?

— Qu'il ne l'avait ni étranglée, ni poignardée. D'après lui, s'il y a ses traces biologiques sur le cou de la victime, c'est qu'ils ont fait l'amour le matin du meurtre. Il ne donne aucune autre explication. Il continue à nier le meurtre en bloc.

Le juge se gratta le nez.

— Hélas pour lui, les seules traces ADN que nous ayons découvertes sur la victime sont les siennes.

— Et sur le cadavre de l'autre jeune fille ?

— Aucune trace. Le meurtrier a pris ses précautions. Mais dans le meurtre de Natacha, les preuves de la culpabilité de votre époux sont accablantes, d'autant qu'un témoin l'a vu sur les lieux du crime.

Le cœur d'Alexia battait à toute vitesse.

— Ce témoin, c'est qui ?

— Quelle importance ?

— Je suis la femme du principal suspect, j'ai le droit de savoir.

— Oh, vous le connaissez sûrement. Il fait partie de votre entourage.

Il avait dit « entourage ».

— Un ami proche ?

— Très proche, je ne sais pas, mais il joue au rugby avec votre mari depuis des années. Il adore la montagne. Il marchait à Néouvielle le 5 octobre et, par hasard, il est tombé sur Peter.

— Son nom ?

— Qu'est-ce que ça change ?

— Je vous en supplie.

— Je vous le donne, à condition de ne pas le contacter et de ne rien dire aux médias.

— Promis.

— Il s'appelle Xavier Mayol. Vous voyez qui c'est ?

Alexia le connaissait. Il était pilier dans la même équipe amateur que Peter, celle qu'il avait intégrée après son départ du Stade toulousain. Mayol était venu plusieurs fois dans leur maison fêter les victoires.

— Quel hasard incroyable ! Il a rencontré Peter ce jour-là dans un endroit complètement paumé ?

— Vous pensez qu'il ment ?

— Il faut tout vérifier, monsieur le juge.

Il était possible que Mayol ait eu un compte à régler avec son mari, pour une raison qu'elle ignorait et que ça l'arrangeait qu'il soit accusé de meurtre. Elle savait qu'ils n'étaient pas en bons termes.

Méfie-toi de ton entourage.

— Grâce à son téléphone, nous avons géolocalisé ses déplacements. Le 5 octobre, il se trouvait bien dans la réserve de Néouvielle. Il n'est donc pas impossible qu'il ait croisé votre mari. S'il dit la vérité, votre mari est forcément coupable.

Alexia ne se sentit pas bien du tout.

Elle perdit connaissance.

Elle ouvrit les yeux, elle était allongée sur le sol. Un homme en blanc la regardait en souriant.

— Ça va ?

— Qu'est-ce qui se passe ?

— Oh, rien de grave. Vous vous êtes évanouie, c'est tout. Ça ressemble à un malaise vagal. Comment vous sentez-vous ?

Debout, à quelques mètres, se trouvait Dayan.

— Vous m'avez fait peur ! s'écria-t-il. Je vous ai vue tourner de l'œil. J'ai appelé un infirmier qui travaille ici.

Elle souleva légèrement la tête.

— Ça vous étonne ?

Elle se releva doucement et s'assit dans un fauteuil.

— Si vous le souhaitez, poursuivit Dayan, l'infirmier va vous raccompagner chez vous en ambulance.

— Inutile. En revanche, j'aimerais qu'un de vos hommes ramène mon scooter, je n'ai pas la force de monter dessus.

— Pas de problème, mais revenons-en au stylet. Nous allons vérifier que votre mari ne l'a pas remis dans son sac.

— Si mon mari est le meurtrier, pourquoi l'aurait-il conservé ?

— L'assassin a utilisé la même arme à deux reprises. On a l'impression qu'elle est importante pour lui. On dirait qu'il suit un rituel. Il ne veut pas s'en séparer. On va chez vous ?

Dayan appela ses collègues de la police scientifique. Il leur demanda de la raccompagner.

Elle monta dans une voiture banalisée suivie par un autre véhicule. Le trajet ne dura que quelques minutes.

Kevin jouait au ballon dans le jardin. Il semblait étonné de voir tant de monde débarquer.

— Chéri, ces gens-là sont venus récupérer des affaires de ton père, s'écria sa mère.

Elle ne voulait pas prononcer le mot « police » mais son fils n'était pas dupe.

Le groupe entra dans le garage.

— Le sac se trouve dans le coffre, précisa-t-elle. Je vais l'ouvrir, et après, je vous laisse vous débrouiller. Je n'ai touché à rien depuis l'arrestation.

Le juge la regardait sans rien dire.

— J'avais préparé ce sac avec mon mari juste avant son départ, poursuivit-elle, la voix brisée par l'émotion. Juste avant la tragédie. Je n'ai pas eu la force de...

— Vous avez bien fait, madame, coupa Dayan qui craignait de la voir s'évanouir de nouveau. Comme ça, au moins, on verra bien ce qu'il contient...

Les doigts d'Alexia tremblaient. Elle appuya sur le bouton-poussoir qui commandait l'ouverture du coffre. Il n'était pas fermé à clé. Le hayon se souleva.

Chacun retenait son souffle.

Des rayons de soleil éclairaient l'intérieur du garage.

Ce qu'ils virent les stupéfia. Personne ne savait plus quoi dire.

Le coffre était vide. Le sac à dos avait disparu.

Dayan fronça les sourcils.

— Vous êtes certaine de l'avoir laissé à cet endroit ?

— Mais oui, absolument. Après avoir quitté mon mari, je n'y ai pas touché.

Le juge paraissait fort ennuyé par ce rebondissement imprévu. Il constata que la porte du garage n'avait pas été forcée. Aucune trace d'effraction.

— Votre fils ne l'a pas rangé quelque part ?

Elle l'appela.

L'adolescent apparut dans l'encadrement de la porte. Ses cheveux bruns bouclés brillaient dans le soleil.

— Kevin, c'est toi qui as retiré le sac à dos de ton père ?

— L'autre jour, j'ai vu qu'il était dans le coffre, mais je l'ai laissé à sa place.

— Il y a combien de temps ?

— Trois ou quatre jours après l'arrestation de papa. Depuis, je n'ai pas regardé.

Le juge soupira.

— Apparemment, vous avez été victime d'un cambriolage. Autre chose de volé ?

Elle regarda autour d'elle. Tout semblait en ordre. La tondeuse, la scie électrique, le coupe-haie étaient à leur place.

— Comme par hasard, s'écria Dayan, seul le sac à dos s'est évanoui.

Il toisa Alexia d'un air sévère.

— Vous êtes certaine de ne pas l'avoir planqué quelque part ?

— Pourquoi l'aurais-je fait ? cria-t-elle, vexée.

Le juge se passa la main dans les cheveux.

— Un cambrioleur est venu chez vous, a ouvert le coffre, est reparti avec le sac à dos sans toucher au reste. Étrange, très étrange.

— S'il était seul, objecta Alexia, il n'est pas étonnant qu'il n'ait rien pris d'autre. Le sac était lourd. Moi-même je n'aurais pas pu le porter.

— Eh bien, soupira Dayan, si jamais vous le retrouvez, n'y touchez pas et prévenez-moi tout de suite.

Alexia ne comprenait pas pourquoi le sac avait disparu. Pour elle, ce n'était pas un cambriolage. Quelqu'un avait fait disparaître le sac pour dissimuler des indices permettant soit d'accabler, soit de disculper Peter.

— Chloé, viens, je t'en supplie.

La voix d'Alexia, au téléphone, était méconnaissable.

— Je suis au bureau là. Je peux passer dans une heure ?

— Dans une heure, mais pas plus tard. Je n'arrive plus à respirer. Je suis anéantie.

Elle avait envoyé Kevin chez un de ses copains de classe. Elle ne voulait pas qu'il reste là, face au désespoir de sa mère. Elle ne voulait pas qu'il voie ses larmes couler sur ses joues. Elle ne voulait pas tout lui raconter. Elle ne voulait pas lui parler du témoin. Kevin connaissait Xavier Mayol et l'appréciait.

Elle finissait par se demander si Chloé ne lui cachait pas elle aussi certains détails. Connaissait-elle l'identité du meurtrier ?

Méfie-toi de ton entourage.

L'auteur de la lettre anonyme était-il sincère ? Ne cherchait-il pas lui aussi à brouiller les pistes ?

Qui croire ? Qui ne pas croire ?

Si Alexia devait se méfier de sa meilleure amie, elle n'aurait plus personne, excepté Kevin et Léo, à qui parler.

Elle fit le pari que Chloé n'était pas dans le coup. Pourquoi l'aurait-elle été ? Depuis des semaines, avec abnégation, elle soutenait Alexia et son fils. Elle faisait preuve d'une gentillesse extraordinaire.

Elle arriva.

— Tu as du nouveau ? J'ai l'impression que les choses ne s'arrangent pas.

— C'est un euphémisme !

Elle lui révéla le nom de celui qui avait croisé Peter dans la réserve de Néouvielle le 5 octobre. Les médias avaient parlé d'un témoin sans citer son nom.

— Tu le connais, toi ? demanda Alexia à sa meilleure amie.

— Bien sûr que je le connais ! C'est grâce à toi et Peter que je l'ai rencontré, tu as oublié ? Tu m'avais invitée à dîner en mai dernier. Il y avait toute la bande : Xavier, Esteban, François, Grégory, Pedro, Ghislain, Djamel, Anthony. Et Léo, bien sûr. Soirée vraiment sympa. Nous étions les seules femmes.

— Tu l'as vu récemment ?

— Oui, mais il ne m'a rien dit.

— Ne lui en parle pas, s'il te plaît. Normalement je n'ai pas le droit de dire son nom. Tu ne trouves pas bizarre qu'un joueur de l'équipe de Peter le rencontre le jour du meurtre en pleine montagne ?

— Oh, tu sais, les coïncidences, ça existe. Une fois j'ai rencontré par hasard ma cousine à Rio de Janeiro. Rien d'extraordinaire à ce que Mayol et Chanez tombent l'un sur l'autre en montagne. Ce sont deux sportifs, deux randonneurs, et Néouvielle est un des plus beaux coins des Pyrénées. Un havre de paix et de sérénité. Des pins à crochets, des lacs, des sommets faciles, des sentiers !

Un havre de paix et de sérénité. Alexia trouvait l'expression déplacée.

— Il témoigne contre un ami, ce n'est pas très loyal.

— Alexia, je ne veux pas être méchante, mais toi aussi tu as appelé la police pour…

Elle la coupa sèchement.

— Je n'ai pas témoigné. J'ai juste indiqué où il se trouvait. Je n'ai porté aucune accusation contre lui. Il a essayé de me tuer, et ça, je l'ai gardé pour moi. De toute façon, il comptait se rendre dans un commissariat le jour même. Les gendarmes sont venus le chercher, c'est tout. Il n'a pas eu besoin de prendre les transports en commun…

Chloé soupira.

— Imaginons que Xavier n'ait pas rencontré Peter sur le parking d'Orédon. Dans quel but aurait-il menti ? Je ne vois pas bien l'intérêt.

— J'ai réfléchi à cette question. J'ai retourné dans ma tête toutes les hypothèses. Et je ne vois que deux possibilités.

— Tu aurais dû être juge d'instruction, toi !

— Si Xavier a menti, c'est qu'il est impliqué dans le crime. Soit il couvre quelqu'un, soit il est le meurtrier.

Une moue dubitative se dessina sur les lèvres de Chloé.

— Tu crois vraiment que le meurtrier se serait amusé à attirer l'attention de la police alors que celle-ci ne le soupçonnait pas ? Ton hypothèse est aberrante.

— Il est possible que la police l'ait dans le collimateur sans qu'on le sache et que...

Son amie l'interrompit.

— On a retrouvé des empreintes biologiques de Mayol sur la scène de crime ou pas ?

— Dayan ne m'en a pas parlé, mais tout à l'heure, j'ai eu un flash. Mayol a la même carrure que Peter, c'est aussi un pilier de rugby. Les randonneurs barcelonais ont parlé d'un homme à l'allure sportive. Tu vois ce que je veux dire ?

— Oh, tu sais, les rugbymen dans cette région de rugby, c'est d'un banal. Que comptes-tu faire ?

— Je vais appeler Léo pour avoir son avis.

— Allô, Léo, tu connais Xavier Mayol ? lui demanda-t-elle sans préambule.

— Vaguement, oui, pourquoi ?

Elle alla droit au but.

— Je le soupçonne d'avoir tué Natacha.

Elle ne lui parla pas du témoignage qui accablait Peter.

— Ah bon ? Mais comment le sais-tu ?

— Une intuition. Je veux avoir ton sentiment. Comment est-il ce Mayol ? Tu le connais ?

— Je le trouve plutôt sympathique, mais je ne l'ai pas vu depuis des mois. Depuis le jour où tu m'avais invité avec lui et d'autres copains de Peter. Tu te souviens ?

Elle posait toutes les questions qui lui passaient par la tête.

— Et Peter, qu'est-ce qu'il disait de Mayol ?

— Oh, je ne sais plus.

— Quelqu'un m'a dit que Mayol se trouvait à l'endroit où Natacha a été assassinée le même jour à la même heure !

— Tu penses que c'est vrai ?

— Je ne sais pas. Je cherche des preuves. J'aurais aimé que tu m'en donnes. Tu n'as vraiment rien à me dire sur lui ?

— Alexia, je vais réfléchir à la question. Je ne sais pas quoi te répondre.

— J'aimerais tellement que Peter soit innocent !

Malgré les indices graves et concordants, Alexia gardait le mince espoir qu'il n'était pas impliqué dans les deux meurtres.

— Ça y est, tu as encore changé d'avis, c'est fou ! Eh bien, tant mieux.

— Attention ! Je n'ai pas dit qu'il était innocent, j'ai dit que je l'espérais.

— Tu enquêtes toujours ? Je pensais que pour toi, Peter était définitivement coupable.

— Je le supposais jusqu'à l'apparition de Xavier Mayol dans cette histoire.

Elle ne lui parla ni de la lettre glissée dans la boîte aux lettres, ni du vol du sac à dos.

Après un silence, Léo répondit.

— Mon Alexia adorée, sache que je peux t'aider à tout moment, quand tu veux, sept jours sur sept, jour et nuit.

— Adorable ! Si tu trouves des indices permettant de découvrir la vérité, n'hésite pas à m'en parler. Renseigne-toi discrètement sur Xavier Mayol, mais ne lui dis rien, surtout pas. Merci à toi.

Elle n'attendait pas grand-chose de lui. Elle trouvait Léo gentil mais limité.

Alexia fila au rendez-vous sur les bords de la Garonne sans prévenir personne.

Qui l'attendait sur la promenade dominant la prairie des Filtres ?

Un homme ? Une femme ?

Peut-être une femme. Après tout, rien dans la lettre n'indiquait qu'il s'agissait d'un homme.

José ?

Xavier Mayol ? Allait-il lui faire des révélations ? Voulait-il lui dire qu'il avait menti ? Allait-il lui proposer un marché du genre : « Je me rétracte, je dis aux enquêteurs que je ne suis pas certain d'avoir vu Peter sur le parking d'Orédon en échange d'une importante somme d'argent, ça te va ? » Elle avait du mal à croire à cette hypothèse, mais elle ne croyait plus à rien. Dans cette histoire, tout était vraisemblable et tout était invraisemblable.

Le rendez-vous était-il un piège ? Allait-on lui faire la peau ? Le meurtrier voulait-il se débarrasser de la femme qui ne renonçait à rien et qui, sans le savoir, s'approchait de la vérité ? Allait-il faire disparaître son cadavre dans le fleuve ?

Elle avait décidé de se jeter à corps perdu dans la bataille, même si elle prenait des risques insensés.

Elle gara son scooter sur le trottoir, à l'endroit précis où on lui avait donné rendez-vous.

Elle observa les alentours. Il n'y avait personne. Le Pont-Neuf, le plus vieux de la ville, construit sous le règne de Louis XIV, rose et blanc, était éclairé. Il se reflétait sur les eaux mouvantes de la

Garonne, la lumière s'éparpillait à la surface en lucioles innombrables. La prairie des Filtres, en contrebas, étalait ses pelouses piquées d'arbres grandioses. Un vent frais, têtu, secouait les branches. Alexia était frigorifiée.

Tu regarderas en direction du fleuve près du vingtième platane en partant du Pont-Neuf, et tu me verras.

Elle ne comprenait pas pourquoi l'individu lui avait demandé cela. La prairie était plongée dans l'obscurité. S'était-il caché dans un buisson ? Allait-il arriver en bateau ? Lui enverrait-il des signaux lumineux en morse à partir de l'autre rive ? Lui téléphonerait-il en lui demandant de le rejoindre ailleurs ? Elle s'attendait à tout.

Lui avait-on demandé de regarder le fleuve pour qu'un conducteur puisse l'abattre dans le dos ?

Elle s'appuya sur le vingtième platane. Elle entendit alors une petite voix.

« Alexia, Alexia. »

Au début, elle crut que c'était Peter.

« Alexia, approche-toi du parapet. »

Elle plongea son regard dans le jardin.

Un homme, près d'un arbre, l'observait. À cause de la pénombre, elle ne le reconnut pas tout de suite, d'autant qu'il portait un chapeau à larges bords.

Elle finit par comprendre de qui il s'agissait.

José.

Il arborait un grand sourire.

— Tu vas bien ? lui dit-il.

Elle ne savait que penser de cette étrange mise en scène.

— Pourquoi me donner rendez-vous ici ?

— Parce que chez toi, tu n'ouvres pas la porte.

— Dans un café, ça aurait été plus simple, non ?

— Dans un café, il y a des oreilles indiscrètes.

Elle était déboussolée.

— Pourquoi vous être planqué dans ce jardin ?

Elle n'arrivait pas à le tutoyer.

— Parce que je ne voulais pas que tu aies peur et que tu te barres. Là, au moins, à quelques mètres au-dessus de moi, tu te sens en sécurité.

— Vous craignez que la police nous voie ensemble ?

— La police oui, mais pas seulement la police.

C'était flou. Elle n'était guère avancée.

— Je vous écoute. Qu'avez-vous à me dire ?

Elle se demandait s'il n'allait pas sortir une arme à feu et l'abattre. Vu sa position, en contrebas, dans la pénombre, personne ne le verrait tirer. Elle s'apprêtait à reculer, si nécessaire, et à fuir.

— Je vais aller à l'essentiel. Ton mari n'a pas tué Natacha.

— Quelqu'un l'a vu sur le parking à côté de la scène du crime.

— Il ment.

— Et les traces ADN ?

— L'ADN ne prouve rien.

Elle ne voyait pas dans quel but José cherchait à disculper Peter.

— Qui l'a tuée alors ? Vous ? C'est vous qui avez été placé en garde à vue l'autre jour ?

— Oui.

— Vous avez tué Natacha ?

— Je ne l'ai pas tuée, mais j'ai été placé en garde à vue, oui. La police m'a interdit de vous voir, c'est aussi pour ça que je me fais discret.

— Dans ce cas, qui a tué Natacha et l'autre fille ?

— Je n'en sais rien.

Cette réponse la fit exploser de colère. Elle cria.

— Pourquoi me faire venir si vous ne savez pas ? Et qu'est-ce qui me prouve que vous dites la vérité ? En Espagne, à aucun moment, Peter ne m'a parlé de vous.

— Il ne savait pas que j'avais essayé d'entrer en contact avec sa femme. Pourquoi t'aurait-il parlé de moi ?

— Tout ce que vous me dites est grotesque.

— Calme-toi, calme-toi. Un homme puissant a commis ces meurtres. Je cherche à savoir qui.

Il avait dit « un homme puissant ». Il utilisait le même vocabulaire que Peter.

— Qui est-ce, bon sang, qui est-ce ?

— Je suis en train d'enquêter. Il faut que tu m'aides. Sinon je ne le retrouverai jamais. Et ton mec restera en prison pendant vingt ans.

— Qui vous a mis sur cette autre piste ?

— Peter lui-même !

— Et vous le croyez ?

— Je l'ai rencontré juste avant le meurtre à Luchon. Il m'a parlé des menaces qui pesaient sur Natacha. Cette dernière m'a raconté la même chose. Parce que je les ai vus tous les deux, la police a cru que j'étais dans le coup. C'est pour cette raison que j'ai été placé en garde à vue.

— Vous n'avez pas fait grand-chose pour protéger Natacha, n'est-ce pas ? Deux hommes costauds étaient à ses côtés, et elle a été assassinée. Étrange ! À moins que vous ne l'ayez assassinée vous-mêmes, vous et Peter !

— Pas un instant nous n'avons imaginé qu'elle serait massacrée dans la montagne. Nous la pensions en totale sécurité à Luchon. Nous lui avons demandé de rester dans le village et de n'en sortir sous aucun prétexte. Comment a-t-elle été enlevée ? Mystère total.

Une voiture ralentit à l'approche du vingtième platane. La jeune femme se retourna et prit peur. Avait-elle été suivie ? Ses nerfs étaient à fleur de peau. Le véhicule ne s'arrêta pas.

— Les preuves accablent Peter, non ? s'écria-t-elle.

— Il est tombé dans un traquenard.

Elle n'arrivait toujours pas à croire à cette hypothèse.

— Pourquoi ne pas tout raconter à la police ? Ce serait plus simple, non ? Je ne suis pas chargée de l'enquête, moi !

— Peter a témoigné mais le juge le soupçonne de mentir.

— Vous avez des preuves de son innocence ?

— Il faut que nous les trouvions ensemble. Jusque-là, je n'en ai pas.

Elle avait l'impression de perdre son temps.

— Comment les découvrir ?

Elle était persuadée que Peter avait passé un marché avec José. Le premier lui avait promis une forte somme d'argent s'il arrivait à le libérer.

À moins que José ne soit impliqué lui aussi dans le crime. Il avait été placé en garde à vue, ce n'était pas anodin. À eux deux, ils essayaient de lancer les enquêteurs sur une piste qui ferait douter les jurés de la cour d'assises.

Dans l'histoire judiciaire récente, de nombreux accusés avaient été acquittés au bénéfice du doute.

L'homme au chapeau n'avait pas répondu à la dernière question. Il semblait hésiter. Elle en avait ras le bol.

— Concrètement, qu'est-ce qu'on fait ? hurla-t-elle.

— Pas si fort, s'il te plaît. Écoute-moi. Deux jeunes Russes ont été assassinées. Elles se connaissaient. Il existe une troisième fille. Russe elle aussi. Une certaine Olga. Retiens bien ce prénom, Olga. Elle est au courant d'un certain nombre de choses. Elle pourrait témoigner, mais pour l'instant, elle refuse. Elle est terrorisée. Elle a peur d'être assassinée à son tour. Elle ne veut pas me voir. Si tu la rencontres, toi la femme de l'homme accusé à tort, j'espère qu'elle acceptera de te raconter la vérité. C'est notre dernière carte. La toute dernière. Après, il sera trop tard.

— Elle habite où ?

— J'essaie de la localiser. Elle se cache. Elle tient à sa peau.

Elle soupira, exaspérée.

— Tout cela est d'un flou !

Il semblait agacé.

— Tu es d'accord pour m'aider ou pas ? Je jette l'éponge si tu n'acceptes pas. Alors ?

Elle se sentit piégée.

Elle n'avait pas envie d'entrer dans son jeu, mais si par extraordinaire il disait vrai et qu'un jour Peter était libéré, elle ne voulait pas apparaître comme celle qui était restée les bras croisés.

Elle ne savait que répondre.

— Tu veux que ton mari reste vingt ans en prison ou pas ? s'écria-t-il d'un ton cassant.

— Je rencontrerai Olga s'il le faut, répondit-elle d'une voix peu enthousiaste.

— Entendu. Je reviens vers toi quand j'en saurai plus. Je voulais te prévenir. Te dire où j'en étais. Savoir si tu acceptais le marché. Ce n'est pas facile de te voir. Impossible de t'appeler, de t'écrire, la police te surveille et toi tu te méfies.

Elle regarda l'homme debout dans la pénombre. Ses yeux brillaient légèrement, éclairés par un réverbère. Elle se demandait s'il n'était pas en train de l'embarquer dans une histoire sans queue ni tête. Une de plus.

— Dans votre lettre, vous m'avez dit de me méfier de mon entourage. Je ne connais aucun homme puissant dans mon entourage. De qui parlez-vous ?

— Peter est persuadé d'avoir été trahi par un proche. Celui-ci aurait fourni, volontairement ou pas, des indications au tueur. Il ne sait pas qui. Il a pensé à ses parents avec qui il est brouillé. À ses amis. À ses voisins. À ses copains de rugby. À ses clients.

— Il me soupçonne ?

— Tu es la seule personne qu'il ne soupçonne pas.

— Mon fils ?

— Ton fils a peut-être dit des trucs qu'il n'aurait pas dû dire. S'il l'a fait, ce n'est pas intentionnel.

— Et Xavier Mayol ? Que pense-t-il de Xavier Mayol ? Il vous a cité son nom ?

— Il n'est pas clair celui-là. Pas clair du tout !

Un bateau passa sur la Garonne, tous feux allumés, laissant un sillage blanc derrière lui.

Elle n'osa pas le lui dire, mais elle trouvait aussi que José n'était pas clair du tout.

Deux jours plus tard, vers 9 heures du matin, Dayan téléphona à Alexia. Ce n'était pas dans ses habitudes de fonctionnaire d'appeler si tôt, sauf en cas d'urgence.

— Madame, hier matin, nous avons retrouvé le sac à dos dans une décharge sauvage.

— Déjà ? s'écria-t-elle. Vous êtes drôlement forts. Comment avez-vous fait ?

— À vrai dire, pas grand-chose. Une joggeuse a remarqué un sac à dos bleu en excellent état, bien fermé, près d'un vieux réfrigérateur. Au début, elle a cru qu'un randonneur l'avait posé là et qu'il allait revenir. Elle a jeté un œil dans la pochette supérieure. Elle est tombée sur une carte d'identité, celle de Peter Chanez. Elle avait entendu parler de l'affaire, elle a appelé la police.

Assise sur son canapé, Alexia ne savait comment réagir. Elle était étourdie par cette nouvelle inattendue.

— Qu'avez-vous trouvé ? murmura-t-elle d'une voix inquiète.

— Auriez-vous l'amabilité de passer à mon bureau ? Je suis désolé de vous faire revenir, mais j'aimerais vous poser de nouvelles questions.

— Maintenant ?

— Oui, maintenant.

Elle avala un café, enfourcha son scooter, fonça dans les rues de la ville. Elle se demandait ce que le juge allait lui apprendre. Elle était inquiète.

Elle se gara devant le palais de Justice et monta l'escalier quatre à quatre. Elle finissait par être une habituée de l'endroit.

Dayan l'accueillit d'un air grave.

— Les nouvelles ne sont pas bonnes.

— Elles sont exécrables depuis le premier jour. C'est toujours le même refrain.

— La police scientifique a travaillé non-stop depuis la découverte du sac. Hélas, les indices à charge s'accumulent.

Elle attendait la suite, le cœur battant.

— Nous avons retrouvé le stylet, l'arme du crime ! En tout cas, sa forme correspond à la blessure mortelle infligée à Natacha et à Nadia. Même largeur, même profondeur.

— Il se trouvait dans le sac ?

— Oui, dans une pochette intérieure. En revanche, nous n'avons découvert aucun effet appartenant à Natacha. Peter a dû s'en débarrasser.

— Pourquoi aurait-il laissé ce stylet dans le sac ? Je ne comprends pas.

— Nous allons lui poser la question tout à l'heure. Hypothèse parmi d'autres : c'est un fétichiste, il a conservé l'arme comme un trophée, il tient à ce poignard comme à la prunelle de ses yeux.

— Garder l'arme d'un crime est compromettant pour le suspect, non ?

— Il attendait le dernier moment pour s'en débarrasser. Sauf que vous êtes partie avec le sac en le laissant sur le bord de la route.

Elle n'était pas convaincue par cette hypothèse mais elle ne dit rien.

— Nous ignorons ce qu'il a dans la tête, poursuivit Dayan. Il arrive que les ressorts psychologiques d'un meurtrier échappent à notre rationalité. Nous avons émis une autre hypothèse.

— Laquelle ?

— Celle d'un acte manqué. Si Peter Chanez est un tueur en série, il ne peut s'empêcher de tuer et, dans le même temps, il se culpabilise. Inconsciemment, il n'a qu'une envie : qu'on le coffre. C'est plus courant qu'on ne le pense dans les affaires criminelles. Il arrive que les assassins oublient leur carte d'identité au mauvais endroit, comme par hasard ! Ils sont soulagés quand la police les arrête. De nombreux serial killers finissent par être démasqués de cette façon. Ils commettent une erreur fatale qui les confond.

— Mais Peter nie les faits qui lui sont reprochés, non ?

— La partie consciente de sa personnalité nie. Il ne veut pas être qualifié de criminel. En revanche, son inconscient implore qu'on le condamne. À mon avis, il va finir par tout avouer.

Alexia observa le ciel par la fenêtre. Il était parcouru de blancs nuages qui ressemblaient à des balles de coton.

Elle ne voulait pas parler de sa rencontre avec José. À quoi bon ? Il disait que Peter n'avait rien fait, mais il ne s'appuyait sur aucune preuve concrète. Elle reprit la parole.

— Si mon mari est innocent, on peut imaginer que le meurtrier vole le sac pour y fourrer le stylet dans le but de l'accuser.

— Hypothèse envisagée ! Le laboratoire est en train d'examiner les traces biologiques laissées sur l'arme, on verra ce que ça donne.

Il toussa. Il avait l'air embêté.

— Dans le sac, nous avons également retrouvé une chose inattendue.

— Ah bon ?

— Une clé USB contenant la correspondance entre Peter et Natacha. Une correspondance coquine, si vous voyez ce que je veux dire… Je ne vais pas m'étendre, mais elle est sexuellement explicite. Apparemment il tenait beaucoup à cette correspondance, sinon il ne l'aurait pas conservée sur une clé qu'il gardait sur lui.

— Et sur cette clé, vous avez retrouvé des preuves de sa culpabilité ?

— Rien n'indique s'il est coupable ou innocent. Pour nous, elle n'a aucun intérêt. Elle était dans une pochette extérieure. En cas de besoin, il pouvait facilement s'en débarrasser.

Alexia ne voulait plus rien entendre. Elle voulait rentrer chez elle, boire un whisky, se coucher, dormir, oublier. Elle espérait qu'elle ne se réveillerait jamais.

— Voilà, chère madame, je n'ai rien d'autre à ajouter pour l'instant. Votre mari va être de nouveau interrogé. Nous verrons ce qu'il dira. Il est très intelligent, mais je ne vois pas comment, cette fois, il va s'en tirer.

— Pour vous, quelle est la cause la plus probable du vol du sac à dos ? Il disparaît puis réapparaît. Étonnant tout de même !

— Un banal cambriolage. Vous aviez oublié de fermer la porte du garage. Un individu a piqué le sac puis, voyant qu'il n'y avait rien d'intéressant à l'intérieur, l'a jeté dans une décharge. Vous savez, il y a beaucoup de petits cambriolages dans le quartier de la Côte pavée. Je me trompe peut-être, mais pour moi ce vol n'a aucun rapport avec l'affaire qui nous concerne.

Elle rentra chez elle, ébranlée une fois de plus par les nouvelles révélations du juge. Si Peter était coupable, quel cheminement l'avait poussé à commettre des actes aussi barbares ? Comment son avocat allait-il le défendre ? Allait-il plaider la relaxe en disant qu'il était innocent ? Allait-il essayer de trouver des circonstances atténuantes pour des crimes dont la cruauté était révoltante ?

Que penser du témoignage de José ? Elle faisait défiler dans sa tête ce qu'il lui avait dit. Il avait l'air sincère, mais ses affirmations s'appuyaient sur du vent. Elle attendait qu'il revienne vers elle avec des éléments concrets. Elle n'avait pas son téléphone. Pas son adresse. Pas son mail.

Peter n'avait plus écrit à sa femme. Elle l'imaginait attendant fébrilement, guettant le moindre courrier. Ça devait être un supplice d'attendre une lettre qui n'arrivait jamais. Pour la première fois de sa vie, elle éprouva du plaisir en pensant qu'elle lui faisait mal.

Alexia décida de se couper du monde. Elle ne verrait plus que son fils, Léo, Chloé, certains clients. Les autres, tous les autres ne l'intéressaient plus. Elle était fatiguée de vivre. Elle n'avait aucun contact avec les parents de Peter, avec ses propres parents, avec ses connaissances, ceux qui n'étaient pas de vrais amis et qui grenouillaient autour d'elle dans l'attente d'un scoop sur une affaire qui les excitait : l'Hercule des stades viole et tue en pleine nature une magnifique jeune fille qu'il abandonne nue. L'homme sympathique et jovial, idole de millions de supporters, était un ogre assoiffé de sexe et de sang.

Ce fait divers extraordinaire enfiévrait les foules.

Pas un jour sans que les médias n'en parlent.

Des photographes campaient devant la maison du monstre.

Des journalistes sonnaient à la porte.

Alexia ne répondait jamais.

Elle restait cloîtrée chez elle, telle une vestale, elle ne se déplaçait presque plus sauf quand elle n'avait pas le choix.

Parfois, elle jetait un œil sur les articles consacrés à l'affaire. Un papier publié dans un hebdomadaire la bouleversa. Il était ordurier, outrancier et ne respectait pas la présomption d'innocence :

LE DIEU DU STADE EST-IL UN SERIAL KILLER?

Une épouse magnifique. Un fils adorable. Un rugbyman au physique de dieu grec. Une carrière à faire pâlir d'envie coéquipiers et adversaires. Pilier de réputation mondiale, Peter Chanez a brandi trois fois au-dessus de sa silhouette de titan le bouclier de

Brennus, ce trophée légendaire récompensant l'équipe championne de France. Il a également permis au XV tricolore de hisser haut ses couleurs lors de certaines compétitions internationales. On se souvient notamment de lui jetant son maillot à la foule, telle une rock star, après un match triomphal contre l'équipe d'Angleterre. Peter Chanez incarnait ce qui se faisait de mieux dans le sport français : le courage, la force, l'efficacité mais aussi la courtoisie et la gentillesse. Dans ce sport viril, il avait acquis une réputation de gentleman. Des valeurs et une honnêteté foncière complétaient le tableau. Ce doux colosse avait pourtant une double vie qu'il cachait soigneusement. Il fréquentait une jeune prostituée en secret, ce qui, en soi, est assez banal. Nous n'en aurions pas parlé s'il s'était contenté de lui faire profiter de son anatomie hors du commun. Mais, depuis le 5 octobre dernier, l'épopée du dieu des stades s'est transformée en cauchemar macabre. Natacha, la belle poupée russe, a été assassinée sur un sentier des Pyrénées. Nos éditions précédentes en ont longuement parlé. L'ennui, pour Peter Chanez, c'est qu'au moment du meurtre il passait des vacances avec elle dans le plus grand secret, qu'on a retrouvé son ADN sur le corps de la victime et, détail surprenant, qu'il a fui en Espagne juste après les faits. Il aurait également tué de la même manière une autre prostituée amie de Natacha dont le nom n'a pas été révélé par les enquêteurs.

Nous imaginons le cauchemar que traverse sa femme. Elle n'a pas souhaité répondre à nos questions.

Le procès aux assises de la star déchue est prévu mi-avril. Gageons qu'il attirera une foule considérable.

Cette affaire éclaire de manière crue le problème de la reconversion des sportifs de haut niveau, notamment les rugbymen. Retraités à moins de quarante ans, certains d'entre eux ne supportent pas leur mise à l'écart et, comme on dit familièrement, pètent les plombs.

Les aficionados cherchent à comprendre pourquoi Chanez aurait basculé dans la folie meurtrière.

La police judiciaire reste très discrète quant à l'avancée de l'enquête, c'est pourquoi nous attendons avec impatience la tenue d'un procès dont le retentissement sera, sans nul doute, international, à l'image du champion qui a enflammé les stades de toute l'Europe.

Pourquoi le dieu est-il devenu démon ?

Le saurons-nous un jour ?

Alexia essayait de se persuader qu'elle ne devrait plus lire la presse, ne plus écouter la radio, ne plus regarder la télévision. Les médias, attirés telles des mouches sur des excréments, étaient friands de cette histoire hors norme. Ils en ressassaient les moindres détails, en distillaient de sordides, vrais ou faux.

Un matin, dès l'aube, Alexia, angoissée, appela sa meilleure amie. Il était prévu que l'avocate passe la journée à travailler sur un dossier, mais elle n'avait pas le courage, pas l'énergie. Il s'agissait d'une affaire de maltraitance à l'égard de plusieurs femmes – harcèlement, coups et blessures, agressions sexuelles – et elle n'avait pas envie d'entendre parler de maltraitance. Sept personnes avaient porté plainte contre son client et, bien qu'elle soit spécialisée dans ce genre d'affaires, elle se disait qu'elle n'arriverait plus à défendre ce type d'individu. C'était au-dessus de ses forces.

Elle supplia Chloé de venir. Elle ne supportait pas d'être seule dans une maison qui lui rappelait tant de souvenirs.

Sa meilleure amie arriva au bout d'un quart d'heure.

Elles s'installèrent dans le salon. Un salon qui avait été aménagé par Peter et dont sa femme avait changé la décoration de fond en comble.

— Je vais demander le divorce, déclara-t-elle d'une voix solennelle.

— Tu as raison.

— Symboliquement, c'est important, même si, sur le fond, ça ne change rien à l'affaire.

Chloé passa sa main dans ses cheveux et lâcha la seule question qui avait de l'importance pour elle :

— Définitivement, tu le crois coupable ?

Alexia hésita quelques minutes avant de répondre. Elle pensait à ce qu'avait écrit José.

Méfie-toi de ton entourage.

Si elle ne disait plus rien à personne, pas même à sa meilleure amie, il fallait qu'elle disparaisse à l'autre bout du monde, qu'elle recommence une autre vie coupée de tout ce qu'elle avait connu jusque-là.

— Oui et non.

Elle lui raconta le rendez-vous étrange le long de la Garonne, les propos rocambolesques d'un homme qu'elle connaissait à peine.

— Tu l'as cru ?

— Je ne sais pas. Comment savoir ? Tout est peut-être faux.

Chloé observa son amie, ses yeux pâles, ses lèvres tristes.

Alexia se leva et regarda par la fenêtre.

— J'ai une idée, s'exclama-t-elle.

— Tu as toujours des tas d'idées.

— Je récapitule : Natacha était une prostituée. L'autre femme retrouvée dans la montagne aussi. Deux prostituées russes. Ces prostituées étaient jeunes et vulnérables. Pas de famille. Natacha a été élevée dans un orphelinat à Moscou.

— Oui. Et alors ?

— Derrière les prostituées, il y a souvent des proxénètes.

— Le juge a évoqué cette piste ?

— Le juge ne dit pas tout.

— Tu penses que Natacha avait l'intention de dénoncer les agissements de l'un d'eux ?

— Possible. Sachant que mon mari passait des vacances avec elle, le proxénète a flingué la fille pendant que l'amant se baladait. À cause de l'ADN, Peter est accusé, pas lui. Il se débarrasse à la fois de Natacha et de Peter sans être inquiété.

— Pourquoi se débarrasser de Peter ?

— Parce qu'il avait pris Natacha en affection et qu'il s'apprêtait à attaquer ce type. Celui-ci a eu peur. En Espagne, Peter m'a dit que Natacha avait reçu des menaces.

Chloé semblait dubitative.

— Comment ce proxénète savait-il qu'ils étaient à Luchon ? Si ton hypothèse est vraie, j'imagine que ni Peter ni Natacha ne l'ont appelé pour le prévenir.

— Espionner quelqu'un est très facile.

— Tout est possible, certes, mais il y a une chose que je n'arrive pas à comprendre. La police a indiqué que Natacha était venue en voiture jusqu'au parking d'Orédon avant d'être massacrée. Je la vois mal prendre place dans le véhicule d'un homme qu'elle s'apprête à dénoncer. Elle n'aurait jamais accepté de le suivre.

— Enlevée ?

— Enlevée en plein jour à Luchon sans que personne ne réagisse ? Bof.

— Tu en déduis quoi ?

— Elle est montée dans la voiture de son plein gré, sans se méfier.

— Avec José ?

— Si ton mari est innocent, pourquoi pas, oui ? Tu m'as dit qu'il connaissait Natacha. Celle-ci l'a suivi sans savoir ce qui l'attendait.

Le front d'Alexia se plissa.

— Si José est coupable, pourquoi me donne-t-il rendez-vous ? C'est incompréhensible. Si j'étais le meurtrier, je me ferais tout petit.

— Peter lui a peut-être adressé un ultimatum : « Si tu ne me fais pas sortir de prison, je te balance. »

— Pourquoi il ne le balance pas tout de suite ? Ce serait plus simple, non ?

— Il a quelque chose à se reprocher lui aussi, qui sait ? Les deux hommes sont de mèche. Ils étaient ensemble avant le meurtre. José a tué Natacha, mais Peter n'est pas blanc non plus. Pour s'extirper de la nasse, ils fabriquent une histoire destinée à les innocenter l'un et l'autre. José a déjà été placé en garde à vue, il a la trouille d'être incarcéré. Du coup, il te lance sur une fausse piste : il s'apprête à te faire rencontrer un faux témoin qu'il a soudoyé. En te donnant rendez-vous le long de la Garonne, il a voulu savoir si tu acceptais de marcher dans sa combine.

Alexia se disait que Chloé avait l'air d'être bien renseignée.

— Si José avait tué Natacha, Peter me l'aurait dit, non ?

— Il ne t'a pas parlé de lui ?

— Une fois, une seule fois, quand je l'ai abandonné au col de Menté. Il a tapé dans la vitre de la voiture en criant son nom.

Chloé regardait Alexia avec des yeux terribles.
— Ah bon, Peter t'a dit ça ? Qu'est-ce que tu en déduis ?

Alexia resta silencieuse quelques minutes. Son visage exprimait une grande lassitude. Qu'est-ce qui était vrai ? Qu'est-ce qui était faux ?

Elle essayait de rassembler ses pensées.

— Pourquoi pas José, oui ! Mais quatre faits accablent mon ex-chéri : son ADN, sa fuite en Espagne, la découverte de l'arme du crime dans son sac et le témoignage de Xavier Mayol. Sans parler des randonneurs barcelonais qui ont aperçu un homme à l'allure sportive. Ça fait beaucoup !

— Tu n'as aucun indice, même ténu, te permettant d'envisager son innocence ?

Alexia observa la pièce autour d'elle. Chloé sentait qu'elle faisait un effort surhumain pour tenter de découvrir une faille dans les charges pesant sur Peter.

— Sur un seul point, je me pose des questions auxquelles je n'arrive pas à répondre. Un jour, je ne me souviens plus si je t'en ai parlé, j'étais assis avec Léo dans cette pièce. Un homme a téléphoné. L'appel était masqué. La voix m'a menacée.

— Menacée ?

— Oui, l'homme m'a enjoint de ne pas me mêler de cette histoire.

— Ah bon ? Et pour quelle raison ?

— Je n'en sais rien, justement. Si Peter était coupable, pourquoi une voix inconnue m'aurait-elle menacée ? Je n'ai pas de réponse. Après coup, je me suis demandé si ce n'était pas Peter maquillant sa voix. Mais pourquoi aurait-il fait peur à sa propre femme ? Je ne comprends pas, et de plus je ne l'ai pas du tout reconnu. Même s'il avait masqué sa voix, j'aurais deviné que c'était lui. Une épouse devine tout.

— Qu'en déduis-tu ?

— Pas grand-chose. Sauf que j'ignore qui m'a appelée ce jour-là et dans quel but. Un éventuel complice ? Ou alors le vrai coupable, qui n'a rien à voir avec Peter, et qui craint mes investigations ? Je me perds en conjectures.

— Un plaisantin ?

— Un plaisantin ? Pourquoi aurait-il fait ça ?

Alexia était déboussolée.

— Tout est bizarre dans cette histoire, poursuivit-elle, mais seul Peter se retrouve en prison. S'il existe d'autres suspects, ils ne sont pas inquiétés. D'où venait cet appel ? Pour quelle raison ai-je été menacée ? Existe-t-il une piste à laquelle personne n'a pensé ?

— Tu en as parlé à Dayan ?

— Pour lui dire quoi ?

— Qu'un homme a cherché à te faire peur.

— Dayan pensera qu'il s'agit d'une manœuvre destinée à innocenter mon mari. Je doute qu'il fasse des investigations au sujet d'un appel anonyme.

L'hiver approchait à grands pas. José ne se manifestait plus. Alexia fouillait plusieurs fois par jour sa boîte aux lettres, elle espérait qu'il laisserait un message, mais il n'y avait pas de message. Plus les jours passaient, moins elle croyait qu'il allait la sortir de son enfer. À certains moments, elle se disait que José était un dingue. Depuis que Peter avait été incarcéré, il militait pour sa libération, par amitié, sans avoir la moindre preuve de son innocence.

Au loin, la neige s'épaississait sur les sommets. Certains jours, la luminosité était extraordinaire. À la saison froide, du haut des collines dominant Toulouse, on apercevait des détails du relief pyrénéen occultés le reste de l'année. On découvrait une autre chaîne de montagnes, plus belle, plus blanche, plus acérée, plus spectaculaire.

Alexia était submergée de pensées morbides. Elle imaginait que des dizaines de cadavres souillaient les alpages, les forêts, les éboulis, les névés, les glaciers. Le cauchemar n'en était qu'à ses débuts. Allait-on retrouver l'ADN de Peter sur chaque corps supplicié ? Sur Internet, elle avait lu la biographie de certains tueurs en série. Après la découverte des premiers cadavres, d'autres, par dizaines, au fil de l'enquête, remontaient à la surface.

Peter allait-il enfin reconnaître les faits qui lui étaient reprochés ?

Un samedi matin, il faisait beau, elle décida de marcher avec son fils dans la campagne pour se changer les idées. Sur Internet, elle repéra un chemin de randonnée au départ de Lectoure, dans le Gers, une campagne qui ressemblait à la Toscane.

— Mon chéri, prends ton petit sac à dos, on va se balader. Si on trouve un gîte d'étape, on dormira là-bas et on rentrera demain soir, ça nous fera du bien.

Il avait l'air ravi. Depuis des semaines, sa mère était enfermée dans la maison, elle n'en sortait quasi jamais, sauf en cas d'absolue nécessité.

Ils préparèrent leurs affaires chacun de leur côté puis montèrent dans la Cactus. C'était la première fois, depuis son retour de Luchon, qu'Alexia se mettait au volant de sa voiture, celle qui avait tant de fois transporté le couple et leur fils aux quatre coins de France.

Elle essayait de ne pas penser aux jours anciens.

Ils traversèrent des villages, le paysage était doux, baigné par la belle lumière de l'automne.

À Lectoure, Alexia se gara devant la cathédrale au centre de la cité moyenâgeuse.

Elle trouva facilement le sentier de randonnée qui partait vers le nord, il était fléché, sans difficulté, sans pierres coupantes, sans végétation épineuse.

Elle marchait en tenant la main de son fils, elle était heureuse de sentir les doigts de l'adolescent qu'elle aimait tant. Elle ne voulait pas parler du père, il était dans sa prison, il mourait d'ennui et de désespoir.

À midi, elle s'arrêta dans une prairie pour pique-niquer dans le soleil. Tout était calme. Elle avait préparé des sandwichs au foie gras, une salade de tomates, un dessert maison. Elle n'avait pas faim, mais elle voulait que son fils mange, qu'il grandisse, qu'il devienne un homme.

Elle le regarda avec tendresse. Il ressemblait de plus en plus à son père, il avait une carrure d'athlète, même s'il était loin d'avoir terminé sa croissance.

Ils s'assirent dans l'herbe l'un en face de l'autre. Elle éprouva un fugace sentiment de joie. Cela faisait longtemps qu'elle n'avait pas ressenti un plaisir comme celui-là.

Kevin avait posé son sac à dos bleu à ses pieds, un tout petit sac pour les promenades à la journée, rien à voir avec l'énorme barda de son père que la police judiciaire détenait.

— Tu as pris quoi ? demanda-t-elle.

— Pas grand-chose. Papa me donnait des conseils. Il faut prendre le minimum, en fonction de la météo et du type de randonnée. J'ai emporté un deuxième pull, une cape de pluie et une gourde.

Il se mit à sourire et elle l'imita. Elle avait envie de le serrer dans ses bras, de lui dire combien elle l'aimait, mais elle avait peur de fondre en larmes, ce n'était pas le moment.

Elle observa le sac posé au pied de son fils. Elle se souvint que Peter l'avait acheté l'an dernier pour ses treize ans. « Une façon de l'inciter à marcher en montagne », avait-il dit.

Tout rappelait Peter à sa femme.

Un très beau sac, avec plusieurs lanières pour accrocher des objets nécessaires à la randonnée.

Tout à coup, elle sursauta.

Elle aperçut quelque chose d'inattendu.

Au début, elle crut qu'elle avait mal vu, à cause du soleil qui entrait dans ses yeux.

Elle attrapa le sac et l'approcha de son visage.

— Tu fais une drôle de tête ! s'exclama Kevin.

— Un truc m'étonne.

Elle en avait le souffle coupé.

Un ourson aux yeux rouges pendouillait au bout d'un porte-clés.

Elle l'observa de près, surprise.

— Tu ne reconnais pas cet ourson ? s'écria le garçon d'une voix étonnée.

— Ton père t'a acheté le même ourson que celui que tu lui avais offert ?

— Pas du tout. L'ourson que j'ai accroché à mon sac, c'est le sien !

Elle ne comprenait pas. Peter avait emporté son ourson à Luchon, il avait été retrouvé dans une main de Natacha. Dayan le lui avait montré : un ourson en peluche haut de quelques centimètres avec des yeux rouges.

— Tu te trompes, mon chéri. Ton père l'a égaré en montagne.

La presse en avait parlé une seule fois, elle supposait que Kevin n'était pas au courant.

— Ah non, c'est faux !

Elle sursauta.

— Pourquoi faux ?

— Quand j'ai ouvert le coffre de la voiture après l'arrestation de papa, j'ai aperçu l'ourson accroché à une lanière du sac. Je ne te l'ai pas dit, mais je l'ai gardé en souvenir de lui. J'étais tellement triste de ne plus le voir. Même s'il est en prison, je continue à l'aimer.

Elle était interloquée.

— Pourquoi tu n'as pas dit ça plus tôt ?

— J'avais peur que tu le prennes mal. Tu m'as annoncé que tu ne voulais plus voir papa.

— Tu as vraiment retrouvé l'ourson sur le sac ?

— Oui.

— Ton père ne possédait qu'un seul ourson ?

— Tu ne te souviens pas ? Je l'ai acheté avec lui dans une boutique de Toulouse, *Chez Pépé*. C'est moi qui l'ai payé avec mes économies. Ce jour-là, il m'a dit que ce porte-clés deviendrait sa mascotte !

— Vous n'en avez acheté qu'un seul ?

— Un seul, oui. Quelques mois plus tard, on est retourné à la boutique. Il voulait m'offrir le même, mais *Pépé* n'en vendait plus.

Le fabricant avait renoncé aux yeux rouges car ce modèle faisait peur aux enfants.

Alexia plaça l'ourson dans sa main. Elle reconnut celui que Peter avait emporté : même taille, même pelage, mêmes yeux.

— Tu es certain qu'il ne possédait pas deux oursons identiques ?

— Absolument certain. Il voulait qu'on ait le même lui et moi, mais ça n'a jamais été le cas.

Elle se demanda un court instant si son mari, apprenant par les médias que son ourson avait été retrouvé sur le lieu de crime, n'en avait pas acheté un second pour se disculper.

Elle regarda son fils d'un air grave.

— Tu es sûr que cet ourson n'est plus en vente ?

— Avec papa, on a cherché le même sur Internet, avec les mêmes yeux rouges. On n'a jamais trouvé !

C'était un coup de théâtre.

L'ourson découvert dans la main de Natacha n'était pas celui de Peter. Le porte-clés qu'elle avait aperçu au commissariat n'appartenait pas à son mari, pour la simple raison que ce dernier ne s'en était jamais séparé.

— Mon chéri, s'écria Alexia, nous allons rentrer à Toulouse.

— Déjà ? Tu voulais marcher deux jours.

— Oui, mais je suis fatiguée. Terminons le pique-nique puis regagnons la voiture. Je pensais que je serais en meilleure forme, mais les événements de ces dernières semaines m'ont épuisée.

— C'est à cause de l'ourson que tu veux arrêter la rando ?

Elle ne répondit pas de manière directe.

— Si quelqu'un te pose des questions à son sujet, ne réponds pas.

— Pourquoi ?

— Parce que cet ourson a été retrouvé dans la main de la jeune fille que ton père est censé avoir assassinée. Il y a quelque chose qui m'échappe et que j'aimerais comprendre.

Assis sur l'herbe, ils grignotèrent en silence. Alexia essayait d'écouter le murmure de la nature, le chant des oiseaux, le bruissement du vent, elle voulait calmer ses nerfs mais elle n'y arrivait pas.

En Espagne, elle n'avait pas parlé de l'ourson à Peter, elle n'y avait pas pensé.

Quand il avait mis le sac dans le coffre de la Cactus à Luchon, elle n'avait pas remarqué qu'un porte-clés pendouillait à une lanière. Elle avait regardé Peter, pas le sac, et aujourd'hui elle supputait qu'il n'était pas au courant de cet indice compromettant, sinon il l'aurait évoqué à sa manière. *La Dépêche* en avait parlé une fois, il n'avait pas dû lire l'article. La nouvelle avait été noyée dans un océan d'autres nouvelles.

Alexia ne comprenait pas pourquoi un autre ourson avait été retrouvé dans la main de Natacha.

Au moment où elle se relevait, après avoir terminé le pique-nique, son téléphone sonna.

Chloé.

— Ça tombe bien que tu m'appelles, s'écria-t-elle, la voix excitée. J'ai un truc incroyable à te raconter. Tu veux passer ce soir à la maison ?

— Si c'est pressé, je peux passer tout de suite.

— Je suis dans le Gers avec Kevin. Je rentre en fin de journée.

La mère et son fils avaient repris leur marche. Alexia observait le petit ourson se balançant à l'arrière du sac à dos bleu.

— Je viens d'avoir une intuition qui change tout à l'affaire, murmura-t-elle d'une voix enrouée par l'émotion.

Chloé attendait devant le portail. Les deux amies s'installèrent dans le salon. Kevin monta dans sa chambre. Alexia ne voulait pas parler devant lui.

— L'ourson de Peter ! murmura-t-elle en brandissant le porte-clés.

— Celui qui a été retrouvé dans la main de Natacha ?

— Pas du tout.

— Comment ça, pas du tout ?

— Kevin l'a récupéré sur le sac de son père.

— Tu vois, je te l'avais dit, ce genre d'objet est courant.

— Sauf qu'il s'agit du même. La même taille, le même pelage, les mêmes yeux rouges. Un objet rare qu'on ne trouve plus sur le marché.

Chloé ne voyait pas où son amie voulait en venir.

— Comment sais-tu que c'est exactement le même qui a été retrouvé dans la paume de Natacha ?

— Dayan me l'a montré.

— Je suis perdue, mon Alexia. Qu'est-ce que ça prouve ?

— Peter revient à Toulouse avec l'ourson découvert sur le cadavre. Or, ce dernier est sous scellés. Il y a donc deux oursons. Celui de Peter et celui que le meurtrier a placé dans la main de Natacha.

— Imaginons que ce soit vrai. Pourquoi aurait-il fait ça ?

— Pour faire accuser Peter.

— Absurde. Personne ne sait que ton mari possède cette babiole. Dayan était au courant ?

— Heu, non. Il m'a questionné à ce sujet. J'ai menti.

Chloé leva les yeux au ciel.

— Quelle est ta conclusion ?

— Dans les affaires criminelles, les fausses preuves sont monnaie courante. Quelqu'un a placé l'ourson dans la main de Natacha Vikachev pour faire croire à Alexia Chanez que son mari était l'assassin.

— Dans quel but ?

— Il voulait éviter que l'avocate ne se lance dans une enquête démontrant l'innocence de son mari. L'ourson, c'était pour l'épouse, et seulement pour elle. Dès le début, elle devait être convaincue de la culpabilité de celui qu'elle aimait.

— Tu as encore changé d'avis ? Je comprends que tu veuilles défendre Peter vu les charges qui pèsent sur lui, mais ton raisonnement est vraiment trop alambiqué, non ? Si Peter était revenu à Toulouse juste après le crime avec son ourson, tu aurais compris que celui retrouvé dans la main de Natacha n'était pas le sien. La ruse aurait fait pschitt.

Elle répondit du tac au tac.

— Je pense qu'on voulait aussi se débarrasser de Peter, mais ça n'a pas marché.

Le visage de Chloé exprima l'étonnement.

— Ma biche, tu as l'air bien fatiguée. Pardonne-moi de te dire ça, mais ton scénario ne tient pas la route. Imaginons une seconde qu'il soit vrai : comment l'assassin savait-il que ton mari possédait cet ourson ? Ce n'est quand même pas indiqué dans sa bio sur Wikipédia.

Alexia tremblait des pieds à la tête. Elle pensait à la lettre de José. *Méfie-toi de ton entourage.*

— C'est là où je voulais en venir. Il reste des zones d'ombre, mais plusieurs points sont avérés. Peter ne possédait qu'un seul ourson et dans cette affaire il existe deux oursons rigoureusement identiques. Ce n'est pas une coïncidence. Si l'assassin s'est procuré le même, c'est qu'il connaît Peter.

— Tu es devenue folle.

Alexia scrutait les yeux de son amie.

— Mon mari emmenait son ourson en montagne mais aussi dans les stades. C'était sa mascotte. Ça amusait ses coéquipiers, certains me l'ont dit.

Chloé se gratta le nez.

— Tu en déduis qu'un de ses potes de rugby a participé au meurtre ?

— Je n'irais pas jusque-là, mais depuis tout à l'heure, je ressasse un scénario auquel personne n'a pensé. Un coéquipier a l'intention de tuer Natacha, il décide d'acheter le même ourson pour...

Son amie la coupa.

— Il faut un mobile sérieux pour tuer, non ?

— Laisse-moi continuer. Natacha était extrêmement belle. Le coéquipier était son client. Il en est tombé follement amoureux. Un jour, il a appris la liaison de Peter avec elle. Ça l'a rendu terriblement jaloux. Au début, il a menacé Natacha par des appels anonymes, il lui a demandé de rompre. Il n'a pas dit son nom. Il voulait juste que la liaison s'arrête et, dans la foulée, il espérait la reconquérir. L'amour rend fou, n'est-ce pas ? Les menaces n'ayant servi à rien, l'homme a décidé de se venger.

— Chaque jour ou presque, tu imagines un scénario différent. Ça devient lassant. On peut tuer quelqu'un pour si peu ?

— On voit bien que tu ne connais pas les annales judiciaires. En France, plus de la moitié des homicides s'expliquent par la jalousie. Un homme tue sa nana parce qu'elle part avec un autre, un classique ! On appelle ça un crime passionnel, tu n'es pas au courant ?

— Bon, finalement, si tu dis vrai, c'est une affaire assez banale.

Alexia n'avait pas l'air d'entendre. Elle poursuivait son raisonnement.

— Peter annonce à son coéquipier qu'il part quelques jours à Luchon avec Natacha. C'est la goutte d'eau qui fait déborder le vase. Le coéquipier préparait sa vengeance depuis longtemps, cette escapade est pour lui l'occasion de passer à l'action. Un jour, il aborde Natacha dans une rue du village et lui propose une petite balade en voiture. Le connaissant, la jeune Russe ne se méfie pas. Il l'emmène sur un chemin, la tue puis place le porte-clés dans sa main. Le piège se referme sur Peter. Son ADN se trouve dans le corps de la morte et son ourson dans sa paume. Tu connais la suite. Peter devine qui est le meurtrier, mais il n'a pas de preuve. Il fuit en Espagne pour échapper à une arrestation.

Elle tremblait des pieds à la tête. Elle venait enfin de comprendre. Cette fois, le puzzle était complet. Peter et José lui avaient parlé d'un « homme puissant ». Un rugbyman est un homme puissant.

— Admettons, répondit Chloé d'une voix peu enthousiaste. L'ADN à lui seul suffisait pour faire accuser ton époux. Pourquoi rajouter cet ourson ?

— Le coupable n'a pas forcément ciselé son scénario pendant des heures. Comme souvent dans ce genre d'affaires, il a agi de manière impulsive. Il s'est dit que l'ourson allait accentuer les charges contre l'homme qu'il détestait. Il voulait convaincre dès les premiers jours sa propre femme de sa culpabilité !

— Tu as dit que le meurtrier voulait faire disparaître Peter. Comment le sais-tu ?

— C'est une hypothèse. Il a peut-être essayé. Il voulait massacrer les deux amants qu'il haïssait au-delà de toute raison. Après avoir tué Natacha, il a voulu se débarrasser de Peter mais celui-ci s'est barré. Plus tard, paniqué, il m'a menacée au téléphone pour que je n'enquête pas. Tout colle ! Il tue Natacha, fait porter le chapeau à Peter puis tente de m'intimider.

Le visage de Chloé était dubitatif.

— Soit. Supposons que tu dises vrai. Comment le retrouver maintenant ?

— Xavier Mayol était sur le lieu du crime, non ? Tu as oublié ? Étrange qu'il prétende s'être trouvé sur le parking d'Orédon au moment précis où Natacha a été trucidée, n'est-ce pas ? Craignant que Peter ne découvre le pot aux roses, il décide de témoigner contre lui.

— Ridicule ! Tu vas enquêter toi-même ?

— Dans un premier temps, je vais raconter au juge l'histoire de l'ourson. On verra ce qu'il en dit.

— Tu penses qu'il va relancer l'enquête à cause d'un banal porte-clés ? Tu n'as pas peur qu'il éclate de rire ?

Alexia était vexée par la réaction de sa meilleure amie, mais ça ne changea rien à sa détermination. Après son départ, elle appela Dayan sur son portable. Elle tomba sur le répondeur. Elle l'appela une deuxième fois. De nouveau le répondeur. Elle insista. Le juge finit par décrocher.

— Il y a une urgence ? demanda-t-il d'une voix agacée. On est samedi. Aujourd'hui, normalement, je ne travaille pas.

— Oui, une urgence.

— Vous voulez me voir maintenant, c'est ça ?

— S'il vous plaît.

— Ça ne peut pas attendre ?

— Non.

Alexia ne tenait plus en place.

— Si c'est urgent, passez me voir à 19 heures.

Elle raccrocha, les mains tremblantes. Elle observa le porte-clés de près. Elle y chercha un indice qu'elle ne trouva pas. Le porte-clés était le même qu'avant le drame : un anneau, une chaînette, un ourson brun, des yeux rouges vifs. Elle était certaine que Peter avait bien emporté celui-là, elle l'avait elle-même accroché à une lanière du sac.

À l'heure convenue, elle débarqua dans le bureau de Dayan.

— Vous semblez bien agitée, s'exclama-t-il, mais je suis ravi de vous voir. Que me vaut votre visite ?

Elle alla droit au but.

— L'autre jour, je vous ai menti, j'en suis vraiment désolée.

— Ce n'est pas bien de mentir, mais passons. De quoi s'agit-il ?

— L'ourson mis sous scellés...

— Il appartient à votre mari, c'est ça ?

— Pas celui qui se trouve ici.

— Cet ourson a été retrouvé dans la main de la victime. Si votre mari est l'assassin, il y a de fortes chances qu'il en soit le propriétaire.

— Justement, non !

Le juge semblait perdu.

— C'est le sien ou pas le sien ?

Les mains d'Alexia tremblaient.

— Je vais tout vous expliquer. Peter est parti en montagne avec ce porte-clés, une mascotte offerte par notre fils. Après son arrestation, j'ai laissé son sac dans le coffre de la voiture, vous êtes au courant. Mon fils vient de me dire qu'il avait récupéré le porte-clés dessus avant le vol dans le garage.

Elle sortit triomphalement l'objet de sa poche et le posa sur le bureau. Le juge avait l'air embarrassé.

— Soit. Qu'en déduisez-vous ?

— Que le porte-clés retrouvé sur la scène de crime n'est pas celui de mon mari. Quelqu'un l'a placé là pour lui faire porter le chapeau.

Il haussa les épaules.

— Vous aimez les romans de gare ?

— Pourquoi cette question ?

— Votre hypothèse est digne d'un roman de gare. Peter a peut-être deux porte-clés identiques. Moi j'acquiers ce genre de babiole par paires. Deux porte-clés, deux autocollants, deux ouvre-bouteilles. On a une réduction quand on les achète par deux ou trois. Vous saisissez ?

— Mon fils se trouvait avec son père dans le magasin où ils ont acheté l'ourson. Un seul ourson. Plus tard, Peter a voulu en acheter un deuxième, mais le modèle ne se faisait plus.

Dayan alluma son ordinateur.

— Bref. Merci pour votre témoignage. Je vais récupérer votre porte-clés et enregistrer votre déposition. Vous avez autre chose à me dire ?

— Vous n'avez pas l'air convaincu.

Il soupira.

— Je vais être franc avec vous. À Luchon, Peter a quitté l'hôtel d'Aquitaine le matin du crime avec Natacha. Il a été vu par un témoin sur le parking d'Orédon. Nous avons retrouvé son ADN sur le corps de la victime. Il est rentré seul à l'hôtel avant de s'enfuir pendant trois semaines. Ça fait beaucoup, non ? Aujourd'hui, vous m'apportez un porte-clés qui appartenait à votre mari. Qu'est-ce que ça change à l'affaire ? Vu votre proximité avec l'accusé, je comprends que cette affaire vous perturbe, mais essayez de rester rationnelle. Vous allez signer le procès-verbal que je vais rédiger. Cette babiole sera mise sous scellés, mais je ne vous cache pas qu'il s'agit plutôt d'un élément qui nous conforte dans notre enquête. Vous m'apportez un porte-clés qui appartient à votre mari. Nous trouvons le même modèle sur le lieu du crime. Drôle de coïncidence, n'est-ce pas ?

Elle ne s'attendait pas à une telle réaction. Elle était outrée.

— L'instruction se fait à charge, vous considérez que Peter Chanez est coupable, tout indice allant à l'encontre de cette hypothèse est immédiatement rejeté.

Il se leva.

— Madame, je vous interdis d'affirmer cela. Je ne refuse pas d'enregistrer votre déclaration. Je ne peux rien vous dire de plus.

Elle éructait.

— Et Xavier Mayol ?

— Comment ça, Xavier Mayol ?

— Un pote de rugby de Peter ! Il savait que mon mari possédait un ourson. Il était sur la scène du crime, non ?

— Et alors ? Quelle est votre hypothèse ?

— C'est lui qui a tué Natacha ! Il a achete le même ourson que mon mari. Il l'a placé dans la main de la morte pour le faire accuser.

— Ce n'est pas ce porte-clés qui nous a orientés vers Peter, mais son ADN. Par ailleurs, si Mayol est l'assassin, quel intérêt pour lui de nous dire spontanément qu'il se trouvait sur la scène du crime ? Jusqu'à son témoignage, nous l'ignorions.

Elle n'avait pas entendu.

— En apprenant que ce porte-clés avait été découvert, j'ai moi-même pensé que Peter était l'assassin.

— Et, bien sûr, ce jour-là, vous n'avez rien dit, répliqua sèchement Dayan. Et aujourd'hui, vous me dites qu'il innocente votre mari. Vous n'arrêtez pas de changer d'avis, vous êtes infernale. L'amour vous fait perdre la raison !

Elle était découragée.

— Un jour, le meurtrier m'a menacée au téléphone.

Les yeux du juge s'écarquillèrent.

— Ah bon ? Vous ne m'aviez pas raconté ça.

— Je discutais chez moi avec mon ami Léo, il pourra en témoigner. Un inconnu m'a enjoint de ne pas me mêler de cette histoire.

— Vous avez noté le numéro ?

— Masqué. Au début, j'ai pensé que c'était la police.

Il tapait sur le clavier de son ordinateur.

— Je note ce que vous me dites. Il va falloir que nous fassions une vérification, mais je ne comprends pas. Pourquoi l'assassin supposé vous aurait-il appelé ?

— Il a pris peur. Il m'a menacé car j'enquêtais.

— Comment a-t-il su que vous enquêtiez ?

— J'en sais rien.

Il haussa les épaules.

— On ne va pas relancer une enquête si vous n'en savez rien.

Il avait l'air embarrassé.

— Je ne devrais pas vous dire une chose, car cela va vous bouleverser.

— Quoi ?

— Vous êtes très proche de Chloé Cosson, n'est-ce pas ?

— Ben oui, c'est ma meilleure amie. Pourquoi ?

— Depuis plusieurs semaines, elle a un amant. Elle n'en parle à personne, même pas à vous. Elle le voit de temps en temps, en cachette. Ils s'amusent bien.

— Ça alors ! Je n'aurais jamais imaginé. Et comment s'appelle-t-il ? C'est indiscret de vous le demander ?

— Vous risquez d'être surprise. Il s'agit de Xavier Mayol.

Alexia resta cloîtrée chez elle plusieurs jours, abasourdie. Elle ne s'alimentait plus. La température avait encore chuté. Il pleuvait de plus en plus souvent. À certains moments, la pluie se transformait en neige fondue. Les Pyrénées étaient ensevelies dans un brouillard glacé parcouru d'averses blanches.

Elle n'arrivait même plus à parler à son fils.

Chloé Cosson était l'amante de Xavier Mayol, l'homme qui témoignait contre Peter Chanez.

Alexia comprenait mieux l'ironie mordante dont son amie avait fait preuve quand elles avaient parlé de lui.

Pourquoi le défendait-elle avec un tel acharnement ?

Parce qu'il était son amant ou parce qu'elle était impliquée elle aussi dans le meurtre ?

Elle n'arrivait pas à imaginer que sa meilleure amie, celle à qui elle se confiait depuis vingt ans, soit mêlée à une histoire aussi sordide.

C'était impossible mais tout était possible.

Son mari était accusé d'avoir tué deux magnifiques jeunes filles et il croupissait en prison. Pas un millième de seconde, avant le 5 octobre, Alexia n'aurait pu concevoir un scénario pareil.

Le décor de sa vie, tous les décors, tous les murs s'effondraient les uns après les autres, comme s'ils étaient constitués de poussière et de larmes.

Un soir, elle se résigna à rappeler Chloé. Elle voulait crever l'abcès. Et tant pis si cette conversation était la dernière.

— Allô ?

— Que deviens-tu Alexia ? Je n'ai plus de nouvelles.

— Rien. Je déprime. Je vais être directe. J'ai appris que tu connaissais très bien Xavier Mayol...

— Pourquoi tu me parles de lui ? C'est ma vie privée. On se voit, oui, mais je ne suis pas en couple. Passons à autre chose, veux-tu ?

— Eh bien, je voulais m'excuser pour ce que j'ai dit l'autre jour à son sujet. Je ne savais pas que tu sortais avec lui. J'ai été maladroite.

— Pas grave. J'ai oublié.

Après un silence, Chloé changea de conversation.

— Ton fils m'a annoncé au téléphone qu'il voulait passer quelques jours chez moi à partir de ce soir. Tu n'as rien contre malgré ma liaison avec Xavier ?

Alexia n'avait pas l'air d'avoir entendu.

— J'ai une question à te poser sur ton mec. Il a dit aux flics qu'il avait croisé Peter sur le parking d'Orédon. Il t'en a parlé ou pas ?

— Oui, mais récemment. Il m'a d'ailleurs fait une révélation assez ennuyeuse pour ton mari. Tu es prête à tout entendre ?

— Tout.

— Le 5 octobre, vers 17 heures, il s'est arrêté sur le parking pour prendre des photos du lac situé en contrebas. Il a aperçu Peter déboulant du GR 10. Il était content de le voir, mais il a remarqué un truc bizarre : son pantalon de survêtement blanc était couvert de sang frais. Il lui a demandé s'il était blessé, Peter a répondu qu'il avait glissé dans les éboulis mais que sa blessure était superficielle.

Alexia était glacée d'effroi.

— Xavier a parlé de ce sang à la police ?

— Non, rassure-toi. Il a pensé que ce n'était pas forcément celui de Natacha. Tu vois, c'est un chic type.

— Et toi, ma Chloé, tu penses quoi de ce témoignage ?

— Je suis persuadée que Xavier dit la vérité. En revanche, rien ne prouve que Peter soit un assassin. À ma connaissance, personne ne l'a vu massacrant la jeune fille de ses propres mains.

Alexia avait trouvé sa meilleure amie odieuse.

Elle aurait pu exiger de Kevin qu'il n'aille pas chez Chloé, mais qu'est-ce que ça aurait changé ?

Après l'exaltation du voyage dans le Gers, la fièvre était retombée. José ne la recontactait pas. Dayan se moquait d'elle. Mayol témoignait contre son époux. Chloé l'enfonçait dans sa merde.

Le monde était ligué contre sa fragile personne.

Elle avait cherché des renseignements sur Xavier Mayol en tapant son nom sur Google. Elle n'avait rien trouvé de significatif.

Le téléphone ne sonnait plus.

Il n'y avait plus d'espoir.

Peter croupissait dans sa prison.

Elle moisissait dans sa grande maison vide.

Elle avait envie de se tuer.

Elle devenait folle.

Elle jeta un œil à l'extérieur. Elle ne fermait plus ses volets.

Un pâle croissant de lune s'était levé, il se reflétait sur les toits d'ardoise.

De son cachot, Peter apercevait-il ce quartier de lune au-delà des barreaux ? Que faisait-il pendant la journée ? La nuit, arrivait-il à dormir ? Pensait-il à sa femme, à son fils ?

Elle ne savait pas s'il était coupable ou innocent, il existait tant de pistes contradictoires.

Sans doute coupable mais peut-être innocent.

Elle ignorait comment son avocat allait le défendre.

Elle se demandait pourquoi le bonheur s'était transformé en cauchemar. Sans prologue. Du jour au lendemain. En quelques heures.

Peter était privé de liberté.

Elle était privée de tendresse.

Il n'était plus rien.

Elle n'était plus rien.

Elle était seule au monde.

Alexia n'avait plus la force de rester chez elle.

Elle sortit de sa maison, la nuit était froide et cruelle, elle traversa le jardin et monta dans sa voiture qu'elle n'avait pas rentrée dans le garage depuis le voyage à Lectoure. La rue était déserte.

Elle démarra.

Pendant quelques minutes, elle se dit qu'elle irait se balader dans la campagne, et pourquoi pas jusqu'à la Méditerranée, voir la lune se reflétant sur la mer infinie, pleurer sur une plage, mais rapidement, cette perspective l'affola. Seule dans la nature, ce serait pire que seule dans sa maison. Où aller ? À qui parler ?

Elle pensa à Léo, son cher Léo qui la réconfortait quand ça n'allait pas. Il était d'un dévouement exemplaire. Elle l'aimait énormément.

Au bout de quelques minutes, elle se gara devant chez lui. Il avait laissé sa grosse moto à l'extérieur.

Elle ne s'aperçut pas qu'une voiture s'arrêtait au même moment un peu plus loin.

Elle sonna à la porte. Il habitait un petit pavillon en brique tout simple, de plain-pied, sans jardin. Deux pièces. Une kitchenette. Une salle de bains. Son métier de petit fonctionnaire ne lui permettait pas de vivre dans une grande villa, mais, disait-il, cela lui était égal.

Une carrière de rugbyman avortée, un métier sans éclat, un célibat sans issue.

Il ouvrit. En apercevant Alexia, il sembla surpris.

— Ma biche, il est tard, qu'est-ce qui t'arrive ? Quelque chose ne va pas ?

— Léo, ça ne va jamais en ce moment, mais ce soir, c'est pire que tout.

Il l'invita à entrer.

— Assieds-toi sur le divan du salon. Tu veux une tisane ? Je suis en train d'en préparer une. Que devient Kevin ? Ça fait plusieurs jours que je n'ai pas de nouvelles.

— Il passe quelques jours chez Chloé, ça me permet d'avancer sur des dossiers, il faut bien que je vive. Certains jours, j'ai envie de me flinguer. La vie ne m'intéresse plus. La mort m'attire comme un aimant.

— Chloé est au courant de tes pensées morbides ?

— Je ne lui cache rien.

— Depuis l'incarcération de Peter, tu as gardé les mêmes clients ?

— Oui, pourquoi ?

— Les gens auraient pu se détourner de la femme d'un homme soupçonné de meurtre.

— Ça n'a rien changé.

Il alla chercher la tisane dans la kitchenette, deux tasses dans lesquelles infusait un sachet.

Il ne parlait plus. Alexia le trouvait mal à l'aise. Elle s'en voulait d'avoir débarqué à l'improviste, ça ne lui ressemblait pas, mais elle avait agi sous le coup d'une pulsion irrépressible. Elle se disait qu'il s'apprêtait à se coucher.

— Qu'as-tu fait aujourd'hui ? demanda-t-elle pour détendre l'atmosphère.

— Rien de spécial. J'ai travaillé à mon bureau et, en sortant, je suis allé faire un peu de moto dans la campagne pour me changer les idées.

Il avait abandonné le rugby depuis longtemps, il n'avait pas d'enfant, son métier l'ennuyait, mais il était passionné par le motocyclisme. Ses vacances, il les passait sur sa grosse BMW.

— Tu es de plus en plus musclé ! s'écria-t-elle pour lui faire plaisir.

Elle n'arrêtait pas de penser à Peter.

— Au fait, ajouta-t-elle, la police t'a interrogé ? Tu ne m'en as jamais parlé.

Le visage de Léo exprimait l'étonnement.

— Pourquoi m'aurait-elle interrogé ? Je ne comprends pas.

— Dayan ne t'a posé aucune question sur Peter ?

— Un jour, j'ai reçu une convocation, mais je n'y suis pas allé. Je n'ai rien à dire sur lui pour l'instant. Je le ferai le moment venu.

— Le moment venu, c'est-à-dire ?

— Eh bien, lors du procès. S'il est d'accord, je témoignerai en sa faveur. Je parlerai de sa gentillesse. Je démontrerai qu'il n'a pas le profil d'un assassin.

— Léo, tu es adorable. Mais pourquoi ne pas l'avoir dit à Dayan ?

Il avait l'air ennuyé.

— Oh, tu sais, tout le monde dit ça aux flics, non ? Il vaut mieux garder mon témoignage pour le procès. Mon but est de convaincre les jurés de son innocence. J'ai en réserve quelques arguments choc.

— Quels arguments ?

Il inspira une grande bouffée d'air.

— Je vais te faire une confidence. Il m'avait parlé de sa liaison extraconjugale. Je ne te l'ai pas répété, car il m'avait demandé de garder ça pour moi.

Alexia était surprise.

— Qu'est-ce qu'il t'a dit ? Maintenant qu'il est accusé d'un crime, tu n'es plus tenu au secret.

— Il m'a avoué qu'il avait une grande affection pour cette jeune fille et qu'il tenait à elle. Au procès, je révélerai ça. Un homme qui tient autant à une jeune fille ne peut l'avoir tuée. Quel serait le mobile ? Il n'y en a pas !

Elle ne comprenait pas pourquoi il n'avait rien dit à Dayan.

Elle attrapa une tasse et trempa ses lèvres. Léo l'imita. Elle remarqua qu'il tremblait légèrement des mains. Avait-il une autre confidence à lâcher ? Hésitait-il à avouer certains détails qu'il avait appris de la bouche de son meilleur ami ?

Elle le regarda de ses grands yeux tristes.

— Tu es persuadé de l'innocence de Peter ?

— Et toi ?

— À vrai dire, je n'en sais rien. Ça dépend des heures, des jours. Parfois je me dis qu'il est innocent. À d'autres moments qu'il est coupable. Je suis ambivalente ! N'oublie pas que c'était l'homme de ma vie !

— Et Dayan, qu'est-ce qu'il en pense ?

— Il enquête. Il rassemble les indices. De toute façon, ce n'est pas lui qui décidera de sa culpabilité ou de son innocence, mais à mon avis, il pense que Peter est dans le coup.

Elle humecta de nouveau ses lèvres avant de reprendre la parole.

— Et toi, aujourd'hui, personnellement, tu crois Peter innocent ou coupable ? Tu ne m'as pas répondu.

Il avait l'air d'hésiter. Alexia se dit que s'il croyait Peter coupable, il ne le dirait pas à sa femme.

— Alors, qu'en penses-tu ? demanda-t-elle. Dis-moi. N'aie pas peur. N'essaie pas de me faire plaisir. Je suis prête à tout entendre, y compris le pire.

Il reprit une gorgée de tisane.

— Mon Alexia, nous en avons déjà parlé plusieurs fois. Je ne vais pas te mentir. Je suis persuadé que Peter n'a pas tué Nadia Jarkov. C'est impossible. Mon meilleur ami n'a pu commettre une chose aussi épouvantable.

Elle sursauta.

Il avait dit *Nadia Jarkov.*

Elle avait bien entendu.

Nadia Jarkov.

Pourquoi parlait-il de Nadia Jarkov alors que les médias disaient depuis des mois que Peter était soupçonné du meurtre de Natacha Vikachev ?

Nadia Jarkov était le nom de la jeune fille retrouvée à la frontière franco-espagnole, mais Dayan avait enjoint Alexia de ne révéler son nom à personne, pas même à ses proches. Pour les besoins de l'enquête, son identité devait rester secrète. Les médias n'avaient jamais été informés.

Y avait-il eu une fuite ?

Léo travaillait-il secrètement avec la police ?

Dayan lui avait-il fait des confidences ?

Mais à quel moment ? Léo disait qu'il ne s'était pas rendu à la convocation.

Depuis qu'elle avait débarqué à l'improviste chez son ami, elle le trouvait étrange, mal à l'aise. Elle ne l'avait jamais vu comme ça. En quelques secondes, après avoir lâché ces deux mots, Nadia Jarkov, son visage avait changé de couleur.

Avait-il compris qu'il venait de commettre une gaffe ? Que ce lapsus, forcément, révélait quelque chose qu'il savait et qu'il n'avait jamais dit à son amie ?

— Qu'est-ce qui ne va pas, Alexia ? murmura-t-il d'une voix blanche.

— Mais rien, tout va bien, pourquoi ?

— Tu n'es pas comme d'habitude.

— Toi non plus.

Il se leva.

— Peter est innocent, voilà ce que je vais dire au tribunal. Je vais le clamer haut et fort.

Alexia se leva à son tour. Elle le regarda d'un air terrible.

— Oui, je sais, il est innocent.

— Une autre tasse ?

— Merci Léo, mais je vais rentrer.

— Tu rentres déjà ? Tu ne vas pas partir comme ça.

— Si, je vais partir comme ça. Excuse-moi de t'avoir dérangé.

— Tu rentres chez toi ?

— Non, pas chez moi. Chloé m'a invitée à dormir dans sa belle maison.

Elle mentait.

Léo lui cachait quelque chose, elle n'avait rien à lui dire. Plus rien.

Elle le quitta sans lui serrer la main.

— Je ne comprends pas, Alexia, qu'est-ce qui se passe ?

Alexia regagna la rue. Elle monta dans sa voiture. Elle avait oublié de la fermer à clé, mais qu'importe. Elle était passée dans une autre dimension, celle de la folie ordinaire.

Léo, son meilleur ami, venait de lui donner le nom d'une jeune fille assassinée mais dont personne, en dehors de la police, ne connaissait l'identité.

Que savait-il sur les deux affaires ?

Elle trouvait étrange qu'il ait refusé de se rendre à la convocation.

Que craignait-il ?

Elle démarra, la gorge nouée.

Elle n'allait pas rentrer chez elle, elle avait peur, terriblement peur.

Elle passerait à l'improviste chez Chloé. Elle lui raconterait ce qui venait de se produire. Son amie lui fournirait peut-être une explication. Alexia ne lui parlerait pas de Xavier Mayol, elle avait décidé de mettre ça de côté pour l'instant. Elle serrerait son fils dans ses bras.

Elle était si émue qu'elle roulait lentement. Elle craignait d'avoir un accident.

La voiture dévala la Côte pavée.

En bas, elle s'arrêta à un feu rouge.

À cette heure de la nuit, la ville était déserte.

Au moment où elle allait redémarrer, elle sentit une grosse main se poser sur son épaule.

Elle hurla.

Quelqu'un s'était dissimulé à l'arrière de la voiture.

Pendant plusieurs secondes, elle crut qu'il s'agissait de Léo. Mais comment aurait-il pu grimper à bord sans qu'elle s'en aperçoive ? Quelqu'un l'avait suivie, il avait dû se cacher au moment où elle discutait avec son ami.

La main sur son épaule était énorme. On aurait dit la patte d'un ours.

— Alexia, n'aie pas peur, je ne te veux aucun mal. C'est José. J'avais promis de revenir vers toi.

Elle ne savait pas quoi dire. Elle était bouleversée.

Elle soupira.

— Bon, je vais me garer. Venez à côté de moi.

Dans l'enfer où elle se trouvait, qu'avait-elle à perdre ?

Alexia monta sur le trottoir en tremblant comme une feuille. José vint s'asseoir sur le siège passager. Elle tourna la tête vers lui. Elle ne l'avait jamais vu d'aussi près. Il était impressionnant. Elle alla droit au but.

— Je vous demande d'être concret et bref. Je suis pressée. Et d'abord, quel est votre vrai nom ?

— José Bichat. Un ancien lutteur, mais j'ai aussi joué au rugby.

— Où habitez-vous ?

— Hambourg.

Elle se souvenait que Peter lui avait dit qu'il comptait envoyer Natacha dans cette ville.

— C'est vous qui deviez accueillir la jeune Russe ?

— Comment le sais-tu ?

— Mon mari m'en a parlé.

Sur ce point, le récit des deux hommes coïncidait. Un bon point.

— Vous avez retrouvé Olga ?

— Hier, j'ai parlé avec elle pour la première fois au téléphone. Maintenant, je sais qu'elle existe. Elle m'a raconté la même histoire que ton mari. Du coup, je suis persuadé qu'il m'a dit la vérité. Jusque-là, je n'en étais pas certain. Olga veut te voir. Elle veut rencontrer la femme de Peter Chanez, et elle seule.

— Pourquoi moi ?

— D'abord tu es une femme. Ensuite tu es l'épouse d'un homme accusé à tort.

Elle écoutait les paroles de José, machinalement, sans y croire. Elle ne croyait plus personne.

— L'assassin, c'est qui ? Vous le savez maintenant ?

— Je ne connais pas son nom, mais c'est un Russe.

Elle était estomaquée. Elle ne s'attendait pas à cette réponse. *Encore une histoire rocambolesque*, pensa-t-elle.

— Un Russe ? Mais pourquoi un Russe ?

— Natacha a été abandonnée par ses parents dès son plus jeune âge. Elle a été placée dans un orphelinat à Moscou. À dix-huit ans, elle a gagné la France. Pour survivre, elle s'est prostituée. Elle était d'une beauté époustouflante.

— Son père a voulu la récupérer, c'est ça ?

— Laisse-moi continuer. En Russie elle a croisé la route d'un homme d'affaires qui, plus tard, l'a retrouvée en France. Quelqu'un d'immensément riche. Un oligarque. Il possède une luxueuse villa entourée d'un parc sur la Côte d'Azur. Il se fait appeler Martin, comme tu le sais.

— Qui vous a raconté ça ?

— Un peu tout le monde : ton mari, Natacha, Olga. Les trois récits se recoupent.

— Ouais, passons. Et donc ?

— Je résume rapidement : le dénommé Martin collectionne les jeunes filles, toutes des prostituées. Il était follement épris de Natacha et, par peur de la perdre, l'a séquestrée dans sa villa avec deux de ses amies, Nadia et Olga. Elles ont été ses esclaves sexuelles pendant plusieurs mois.

— Personne n'a cherché à savoir ce qu'elles étaient devenues ? Bizarre, non ?

— Elles n'avaient pas de famille. Toutes les trois étaient des orphelines. Qui aurait pu s'inquiéter de leur disparition ?

Elle trouvait le scénario improbable, elle imaginait que c'était inventé de toutes pièces dans le but d'innocenter Peter.

— Et finalement, elles ont fait le mur, c'est ça ? demanda-t-elle d'une voix ironique.

— En quelque sorte.

— Comment ?

— Un garde s'est pris d'affection pour elles. Elles l'ont supplié de les libérer. Une nuit, alors que Martin séjournait en Russie, il les a cachées dans le coffre d'une camionnette et les a emmenées à une centaine de kilomètres de leur lieu de détention.

— Mon mari a raconté ça au juge ?

— Oui.

— Si cette histoire est vraie, pourquoi reste-t-il en prison ?

— Le juge est persuadé qu'il ment. Il ne donne aucune preuve concrète. Dayan exige des preuves concrètes. Elles font cruellement défaut.

— Dans les mails qu'elle a échangés avec Peter, Natacha n'a pas évoqué ses années de captivité ?

— Non, c'est le problème. Elle a tout raconté à Peter oralement. Elle avait peur que sa correspondance soit espionnée par son ravisseur.

Alexia haussa les épaules.

— Une chose m'échappe : pourquoi la police n'interroge pas ce fameux Russe ?

— Parce que Peter et les jeunes filles ignorent son identité !

— Allons bon ! Nous voilà bien avancés ! Et sa villa, pourquoi n'est-elle pas perquisitionnée ?

— L'homme a tout prévu. Les filles sont arrivées dans une camionnette sans fenêtres. Elles se sont échappées dans le même véhicule. Elles ne connaissent pas l'adresse. Seule certitude : cette fastueuse maison se trouve sur la Côte d'Azur, mais la Côte d'Azur, c'est grand !

— Et un jour, l'oligarque est arrivé en hélico dans les Pyrénées comme dans un film de James Bond et il a flingué Natacha qui marchait en montagne, c'est bien ça ? Merci José pour votre témoignage, mais je suis fatiguée par ces balivernes, je vais aller me coucher. Laissez-moi.

Alexia aperçut dans son rétroviseur une voiture qui roulait au pas. Le mot « police » était inscrit sur le capot. Les deux passagers de la Cactus avaient-ils été suivis ?

Le véhicule s'arrêta. Un homme en uniforme observa la conductrice quelques instants. Elle lui adressa un sourire. Elle crut qu'il allait descendre pour une vérification d'identité, mais il n'en fut rien. La voiture redémarra.

— Tu m'accordes encore trois minutes ? implora José.

— J'écoute.

— Après son évasion, Natacha s'est installée à Toulouse. Elle s'est inscrite à la fac tout en continuant à se prostituer. Un jour, elle a rencontré Peter. Il s'est pris d'affection pour elle.

— N'insistez pas, je suis au courant.

— Tu devines la suite ? Martin a retrouvé la trace de sa poupée tout en apprenant sa liaison avec ton époux, un rugbyman à la carrière prestigieuse. Il vivait dans la hantise que ce dernier découvre son identité et le dénonce. Séquestrer des jeunes filles est passible de vingt ans de prison. C'est alors qu'il a décidé de se débarrasser à la fois de Natacha et de Peter.

— Mon époux n'est pas mort !

— Natacha a été assassinée et on a retrouvé en elle l'ADN de ton mari. Il aurait dû être assassiné dans la foulée, son cadavre aurait disparu, c'est du moins ce qu'il suppose.

— Comment le sait-il ?

— En quittant Luchon en voiture, il a été pris en chasse par des hommes qui ont tiré sur lui. Il leur a échappé en roulant à tombeau ouvert.

Elle se souvenait qu'il avait été flashé par un radar le 6 octobre.

— C'est arrivé une deuxième fois, trois semaines plus tard, en Espagne, poursuivit-il. Tu étais dans la voiture avec lui, n'est-ce pas ? Si Peter avait disparu, les enquêteurs en auraient déduit qu'il était le meurtrier de Natacha et qu'il s'était caché pour échapper à la justice. Il aurait été aussi accusé d'avoir tué Nadia. Le richissime Martin aurait pu continuer à couler des jours heureux dans sa luxueuse villa en séquestrant d'autres jeunes filles. C'est en écoutant le témoignage d'Olga que j'ai compris que les propos de ton mari étaient véridiques. Martin est un homme violent et sadique. Il a maltraité les trois jeunes filles pendant des mois. Il leur a répété qu'il les mettrait à mort si elles s'évadaient.

Pour Alexia, l'enquête autour du meurtre de Natacha et de Nadia ressemblait à un empilement de poupées russes. On ouvrait une poupée. À l'intérieur il y en avait une autre, puis une autre, puis une autre, ça n'en finissait pas. La vérité était partout et nulle part. Les différentes hypothèses s'empilaient et se contredisaient.

— En admettant que ce soit vrai, on fait quoi maintenant ?

— Tu es partante pour rencontrer Olga ?

— Dans quel but ? Pourquoi ne va-t-elle pas voir directement la police ?

— Contrairement à Natacha, cette prostituée n'a pas de papiers. Elle est en situation irrégulière. Elle a peur de la police. Tu es partante ou pas ?

Elle ne savait pas. Elle craignait que cette jeune fille ne soit un faux témoin acheté par Peter pour raconter une histoire fabriquée de toutes pièces. Olga avait pour mission d'instiller le doute dans la tête d'Alexia, des enquêteurs et des jurés de la cour d'assises. Si elle était convaincante, Peter pouvait être acquitté.

Rien ne prouvait l'existence de ce Martin, d'une villa sur la Côte d'Azur où des jeunes filles avaient été séquestrées.

— Et si je refuse ?

— Ton mari restera en prison jusqu'à l'âge de la retraite.

Alexia soupira.

— José, merci à vous. Je vais repartir, mon fils m'attend chez une amie.

Elle tourna la clé de contact. La voiture descendit du trottoir et commença à rouler doucement.

— Je vous dépose où ?

— Bon, tu n'as pas l'air convaincue.

Elle bâilla bruyamment.

— Quand j'ai retrouvé Peter en Espagne, pourquoi ne m'a-t-il pas tout raconté ?

— Il n'était pas certain que Natacha lui avait dit la vérité. Il ne voulait pas t'entraîner sur une fausse piste. Il attendait des preuves. Et puis il n'avait pas envie de s'étendre sur sa double vie. Il avait honte. À plusieurs reprises, il m'a dit qu'il t'adorait et qu'une fois innocenté, il implorerait à genoux ton pardon.

— Des preuves ?

— En Espagne, Nadia devait le rejoindre. À eux deux, ils avaient prévu de mettre en place une stratégie pour confondre l'assassin. De retour en France, elle devait témoigner devant les enquêteurs. Peter l'a attendue en vain. L'attente a duré trois semaines. Quand elle lui a annoncé qu'elle allait arriver à Salardù, il t'a appelée. Il voulait te rassurer. Il pensait que le dénouement était proche. Tu connais la suite ? La jeune fille a été massacrée à son tour.

— Pourquoi ne m'a-t-il rien révélé par courrier ?

— Il m'a dit qu'il t'avait envoyé une lettre. Il ne sait pas si tu l'as lue. Comme tu n'as pas répondu, il ne t'a plus écrit. Il pensait que ça ne servait à rien.

— Et vous José, vous le croyez ?

Elle persistait à le vouvoyer.

Il éternua.

— Oui, je le crois. Et toi ?

— Non.

— Comment ça, non ?

— Peter a sans doute inventé une histoire pour ne pas être condamné. C'est un manipulateur. Il m'a manipulée pendant des années. Aujourd'hui, c'est vous qu'il manipule. Qu'est-ce qui prouve que cette fameuse Olga raconte la vérité ? Je suis avocate, je sais bien que les faux témoignages sont monnaie courante dans les affaires criminelles.

— Peter m'a parlé de ce scénario avant le meurtre de Natacha. Avant, pas après.

Il avait dit « scénario ». Louche.

— Un Russe a peut-être séquestré Natacha, mais rien n'indique qu'il l'ait tuée. Peter a rebondi sur cette histoire pour ne pas croupir vingt ans dans une cellule. Vous avez raison d'utiliser le mot scénario. Ça ressemble à une fiction.

La voiture continua à rouler lentement.

José soupira.

— Tu ne veux pas aider ton mari, c'est ça ?

— Vous essayez de jouer sur les sentiments ? s'écria-t-elle, excédée. Eh bien, avec moi, ça ne marche pas. Cette affaire a détruit ma vie. Si Peter s'était comporté autrement, nous n'en serions pas là. Il est responsable de ce qui arrive.

— Tu le crois coupable ?

— Je ne sais pas.

Elle repensa à l'ourson retrouvé sur le cadavre, au lapsus de son ami Léo. Elle n'arrivait pas à lier ces deux incidents au récit de José. Tout partait dans tous les sens.

Le phare d'une moto balaya l'intérieur de la voiture pendant quelques secondes.

— Dans votre lettre, vous m'avez suggéré de me méfier de mon entourage, poursuivit-elle. Dans mon entourage, il n'y a pas d'oligarque russe.

— Tu as oublié ce que je t'ai dit ! Peter soupçonne un proche d'avoir fourni des informations confidentielles à Martin.

— Qui ?

— Il ne sait pas.

— Xavier Mayol ?

— Peter n'exclut pas que Martin l'ait payé pour fabriquer un faux témoignage.

— Mayol a tué Natacha ?

— Peut-être. Tout est possible.

Et Léo ? Était-il mêlé à cette affaire ? Et Chloé ?

Elle pensa à son fils. Elle voulait le prendre dans ses bras. Elle avait peur pour lui. Peur qu'il soit enlevé.

— José, je vous propose une chose. Je vais réfléchir à ce que vous m'avez dit. La nuit porte conseil. Essayons de nous retrouver demain devant le Capitole à 15 heures précises. Si je ne viens pas, c'est que j'ai décidé de ne pas donner suite à votre proposition, et dans ce cas, merci de ne plus me contacter. Maintenant, vous allez descendre de ma voiture, je vais rejoindre mon fils.

— Entendu, dit-il d'une voix déçue. Rendez-vous demain à 15 heures. Peut-être ! Alexia, j'espère que tu ne laisseras pas pourrir l'amour de ta vie en prison. Ce ne serait pas digne de toi !

Alexia se gara devant la maison de Chloé, une bâtisse austère entourée de platanes, non loin d'un grand parc ressemblant à une forêt. Ce n'était pas la campagne, mais presque. Ça sentait une bonne odeur de terre mouillée.

Elle sonna. Son amie mit plusieurs minutes à ouvrir. Elle était éberluée.

— Ça alors, je ne m'attendais pas à te voir ! D'habitude, tu téléphones avant. Tu as vu l'heure ? Quelque chose ne va pas ?

— Mon fils est là ? demanda-t-elle en pénétrant dans la maison.

— Il est là, bien sûr, pourquoi veux-tu qu'il ne soit pas là ? Tu sembles inquiète.

Alexia s'affala dans un fauteuil du salon. Elle ne voulait plus parler de Mayol.

— Je suis passée à l'improviste chez Léo.

— Tu fais la tournée de tes amis, c'est ça ?

— Chez moi, j'ai eu une crise d'angoisse. J'avais envie de me flinguer. Je ne voulais pas rester seule.

— Ma pauvre ! Ce n'est pas la première fois que tu me dis ça. Et du coup, tu as rendu visite à Léo...

— Je voulais qu'il me remonte le moral.

— Apparemment, ça n'a pas trop marché.

— C'est pire.

— Comment ça, pire ?

— Il m'a fait un aveu. Un aveu involontaire. Ou plutôt, il a commis une gaffe. Il m'a dit que Peter n'avait pas tué Nadia Jarkov.

— C'est qui Nadia Jarkov ?

Alexia se leva. Elle effectua quelques pas dans la pièce.

— Tu vois, tu ne sais pas qui c'est. Personne ne sait qui est Nadia Jarkov. Personne en dehors des enquêteurs.

— Et toi, tu sais ?

— Dayan m'a révélé son nom en me demandant de ne le répéter à personne. Nadia est la jeune fille dont le corps a été retrouvé à la frontière franco-espagnole. Une prostituée que Peter fréquentait.

— Pourquoi Dayan te l'a dit ? Je ne comprends pas.

— Pour savoir si je la connaissais.

— Assieds-toi, Alexia. Calme-toi. J'adore Léo. Je ne comprends pas où tu veux en venir.

— Au lieu de parler de Natacha Vikachev, il a évoqué Nadia Jarkov. Comment sait-il un nom que les médias n'ont jamais évoqué ?

— Je te propose une chose. On va d'abord vérifier sur Internet si cette Nadia apparaît. Facile avec un moteur de recherche. Si la presse a vendu la mèche, on le saura vite.

Sur une table, un ordinateur était allumé.

Chloé tapa *Nadia Jarkov* sur Google.

Une page s'ouvrit.

Aucun document ne correspond aux termes de recherche spécifiés (Nadia Jarkov).

Suggestions :

Vérifiez l'orthographe des termes de recherche.

Essayez d'autres mots.

Utilisez des mots clés plus généraux.

Spécifiez un moins grand nombre de mots.

Alexia soupira.

— J'espérais que les médias en auraient parlé.

— Conclusion ?

— Léo n'a pas pu inventer ce nom. Il connaissait l'existence de cette prostituée.

— Le juge l'a peut-être informé ?

— Il ne s'est pas rendu à la convocation de Dayan.

— Qu'en déduis-tu ?

— Après m'avoir lâché ce nom, il a eu l'air gêné. Son visage a changé de couleur. Il a compris qu'il avait commis un lapsus révélateur. Mais c'était trop tard !

— Trop tard ?

Alexia secoua la tête.

— Pour moi, Léo n'est pas clair. Il est mêlé à cette affaire d'une façon ou d'une autre. Reste à savoir pourquoi et comment.

— Alexia, tu perds complètement les pédales.

— Je veux parler à mon fils, tout de suite ! Où est-il ?

— Au premier.

— Va le chercher. Sa maman veut lui poser des questions.

Chloé monta l'escalier, elle redescendit avec l'adolescent habillé d'un pyjama.

— Maman ! s'écria-t-il. C'est gentil de venir. J'étais au lit.

— Mon Kevin, tu vois, je ne peux plus me passer de toi.

Ils s'assirent tous les trois dans le salon.

La mère reprit la parole.

— J'ai quelques questions à te poser.

Il eut l'air surpris.

— Ça ne pouvait pas attendre demain ? J'étais en train d'imaginer que papa était libéré...

— Non, ça ne peut pas attendre demain. Que penses-tu de Léo ?

— Il est très gentil avec moi.

— Il te parle de ton père ?

— Non, jamais. Enfin presque.

— Que dit-il sur ton père ?

Il haussa les épaules.

— Rien de spécial. Il l'aime bien.

— Mais encore ?

— Je ne sais pas, maman. Il me pose des questions sur moi, pas sur papa.

— Quel genre de questions ?

— Il me demande comment ça se passe au rugby, si je travaille bien à l'école, si j'ai des amis.

Chloé reprit la parole.

— Alexia, tu vois, tu fais fausse route.

— Tais-toi, lui dit-elle sèchement, j'interroge mon fils.

Elle continua à le bombarder de questions.

— Tu n'as jamais rien vu de spécial chez lui ?

— Il adore sa moto, tu le sais, une grosse BMW. Il m'a dit qu'il ne jouait plus du tout au rugby mais qu'il aimerait bien s'y remettre.

— La moto, il en fait souvent ?

— Oui, souvent.

— Il va en Espagne avec ?

— Je ne sais pas, il ne m'a pas dit. Il me répète souvent qu'il faut faire attention à moto, c'est dangereux. Lui-même a peur.

Alexia ne voyait plus quelles questions poser. Elle soupira. Elle se dit que le témoignage de son fils ne servait à rien.

— Va te coucher. Si tu te souviens d'autres choses, n'hésite pas à m'en parler.

— Entendu, maman. Tu sais, Léo est un chic type. Il aime beaucoup papa. Il aurait aimé être un champion comme lui. Du coup, il l'imite. Il achète les mêmes shorts, les mêmes maillots, même s'il n'est pas rugbyman. Avant les grandes vacances, il a acheté le même ourson que lui, tu sais, celui que j'ai récupéré sur le sac à dos.

Alexia écarquilla les yeux.

— Comment ça, le même ourson ?

— Un jour, il m'a invité chez lui et j'ai jeté un œil dans sa chambre. Sur sa table de nuit, j'ai aperçu le porte-clés !

— Exactement le même ?

— Je ne sais pas, je l'ai vu de loin, mais pour moi, il voulait imiter papa.

— Tu l'as dit à ton père ?

— Non.

— Pourquoi tu ne m'en as pas parlé plus tôt ?

— Je n'y ai pas pensé.

— Tu es sûr que c'était un ourson ?

— Oui, certain. Un petit ours brun avec des yeux rouges !

Kevin remonta dans sa chambre.

Alexia et Chloé se dévisagèrent sans rien dire. Le silence dura quelques minutes.

— Comment aurions-nous pu imaginer ça ? s'écria Alexia.

— Ça prouve quoi ? Il a acheté un ourson qui ressemble à celui retrouvé sur le cadavre de Natacha. Rien d'extraordinaire ! Ça ne suffit pas pour le suspecter de quoi que ce soit. Et puis, est-ce vraiment le même ?

Alexia repensa au récit de José. S'il était véridique, Peter avait peut-être dit à son meilleur ami qu'il partait à Luchon avec Natacha. Léo avait pu prévenir l'oligarque. Savait-il que ce dernier s'apprêtait à commettre un crime ? Combien avait-il touché pour vendre la mèche ?

Si l'oligarque avait tué Natacha, alors Xavier Mayol avait menti. Il n'avait pas vu Peter sur le parking. Quel était son rôle dans cette affaire ? Chloé savait-elle quelque chose ? Comment le Russe avait-il convaincu Natacha de monter dans sa voiture ? Avait-il envoyé un de ses sbires ?

Autant de questions qui restaient sans réponse. Alexia se perdait en conjectures. Elle ne voulait pas parler de José. À quoi bon ?

Un souvenir revint dans sa mémoire en charpie.

Le surlendemain du crime, Léo avait débarqué chez elle un journal à la main. Il avait annoncé que le cadavre d'une jeune fille avait été découvert dans la montagne. Elle avait trouvé son attitude étrange.

Quelque temps plus tard, elle avait reçu un appel anonyme. Ce n'était pas Léo, puisque celui-ci se trouvait en face d'elle. Le

Russe ? Elle se souvenait que son ami l'avait regardée de manière attentive. Voulait-il savoir si elle avait l'intention de continuer son enquête ? Le complice appelait-il parce que Léo était là, aux premières loges, à guetter les réactions de celle qui s'approchait de la vérité ?

La voix de Chloé la tira de sa rêverie.

— Que vas-tu faire ?

— Demain, j'appelle Dayan et je lui parle de Léo.

— Et si Dayan ne t'écoute pas ?

— J'irai voir le procureur de la République.

— Et maintenant, tu vas rentrer chez toi ?

Alexia hésita avant de répondre.

— Tu acceptes de m'héberger, c'est ça ?

— Avec plaisir. Plusieurs jours si tu veux. Xavier ne viendra pas, rassure-toi. Je vais faire une pause dans notre relation, vu ce qui est en train d'arriver.

— Merci, c'est gentil. Ça va me remonter le moral. Il faut juste que je récupère mon ordinateur. J'en ai absolument besoin. J'ai tous mes dossiers. Je dois continuer à travailler.

— Tu veux le récupérer ce soir ?

— Je risque quoi ? Ça va prendre dix minutes.

— Tu n'as pas peur de Léo ?

— Je lui ai dit que je dormais chez toi. S'il passe, ce sera ici. Enferme-toi. De toute façon, s'il est mêlé à cette histoire, quel intérêt pour lui de s'attaquer à nous ? Aucun.

— Tu es certaine qu'il est dans le coup ?

Alexia ferma les yeux un instant.

— Léo n'a peut-être rien à voir avec tout ça. Je l'adore. Il m'a beaucoup aidée. Je n'arrive pas à imaginer qu'il ait pu faire le moindre mal à quiconque. Mais bon, j'ai trouvé ce lapsus étrange.

Alexia sortit de la maison, le visage ravagé par le doute. Elle monta dans sa voiture. Elle avait les mains moites. Elle ne savait que penser des événements qui s'étaient télescopés au cours de la soirée.

Elle roula jusqu'à sa villa qui, sans cesse, lui rappelait Peter. C'est lui qui l'avait conçue, aménagée, décorée. C'est là où ils avaient vécu la plus grande partie de leur vie. Depuis le drame, elle ne l'entretenait plus. Elle ne rangeait rien. Elle ne faisait plus le ménage. Cette maison n'était plus la sienne. Elle ressemblait à une tombe.

Elle se gara devant sans éteindre ses phares et se précipita dans sa chambre. Son ordinateur se trouvait sur son bureau, allumé. Elle l'éteignit. Elle débrancha le fil, l'enroula, puis mit le tout dans une sacoche. Elle regagna le salon où elle attrapa quelques papiers. Elle ne savait pas quand elle reviendrait. Pas avant que tout ne soit éclairci. Elle n'avait plus envie de vivre là, dans un désordre perpétuel, dans un désespoir sans fin, dans un enfer permanent.

Elle ne reviendrait peut-être jamais.

Le téléphone sonna.

Ce n'était pas le moment de répondre. Elle était pressée de quitter cet endroit.

Elle regarda l'écran.

Léo.

Elle fut surprise d'apercevoir son nom sur l'écran. Pourquoi appelait-il ? Avait-il une explication à donner à son lapsus ?

Elle ne voulait pas répondre.

Elle avait peur.

Elle allait vite remonter dans sa voiture et retourner chez Chloé.

Le téléphone sonna de nouveau.

Léo.

Elle ne décrocha pas.

Il appela une troisième fois, une quatrième, une cinquième.

Le téléphone d'Alexia n'étant pas éteint, Léo savait qu'il sonnait dans le vide et que son amie soit ne l'entendait pas, soit ne voulait pas répondre.

Au septième appel, elle décrocha.

Une voix joyeuse.

— Alexia, ça va ? J'étais content de te revoir. Vraiment content.

Elle était décontenancée. Que dire ?

— Je n'ai pas compris pourquoi tu es partie si vite. J'espérais qu'on discuterait un peu. Je t'ai sentie pressée. Pourquoi ?

Elle se demanda s'il s'était rendu compte qu'il avait commis une gaffe.

— Chloé m'attendait. Je me suis aperçue qu'il était tard.

— Tu ne t'en étais pas aperçue avant ?

Un long silence.

Un ruisseau de sueur froide dégoulina dans le dos d'Alexia. Elle avait la gorge nouée. Elle n'arrivait plus à parler.

— Allô, allô, s'écria Léo, tu m'as raccroché au nez ou quoi ?

Sa voix avait changé. La jeune femme ne la reconnaissait plus.

— Alexia, je sais que tu m'entends. Je t'appelle car je viens de recevoir un coup de téléphone de Chloé.

Elle était stupéfaite. Pourquoi Chloé l'avait-elle appelé ?

— Ça t'étonne ? ajouta-t-il. Elle m'a dit ce que tu lui avais raconté sur moi. Je suis déçu. Je n'aurais jamais imaginé une chose pareille.

Elle espérait qu'il bluffait.

— Qu'est-ce qu'elle t'a dit ?

— Tu as essayé de la convaincre que j'étais impliqué dans le meurtre de Natacha. Tout ça parce que je t'ai parlé d'une jeune fille dont le nom n'a pas été évoqué dans les médias. Je trouve ça dégueulasse de ta part.

Léo, d'habitude si gentil, si poli, ne lui avait jamais parlé comme ça.

Elle était paralysée par la stupeur. Les mots ne sortaient plus de sa bouche.

— Tu ne dis plus rien ? hurla-t-il. C'est bien ça que tu lui as dit, non ?

Elle cherchait à calmer son ami.

— Je ne t'ai accusé de rien. C'est la police qui mène l'enquête, pas moi.

Elle avait envie de sangloter.

— Tu vas parler de moi à la police, c'est ça ? Tu as balancé Peter et maintenant tu vas balancer son meilleur ami ? Ce n'est pas digne d'une femme de rugbyman. Tu as perdu la raison ? Est-ce le désespoir qui te pousse à te comporter comme ça ?

Elle voulait abréger la conversation. Elle était à bout de forces. Elle n'aurait jamais dû décrocher.

Elle essaya de parler d'un ton normal, détaché.

— Chloé m'attend dans le salon. Je vais te laisser. Sois tranquille, tout se passera bien. Bonne nuit, Léo, je t'embrasse.

— Ne raccroche pas, s'il te plaît. J'ai une chose très importante à te dire. Si Chloé m'a appelé, c'est qu'elle n'est pas nette.

Alexia eut l'impression de recevoir un coup de poing dans le ventre.

— Comment ça, elle n'est pas nette ?

— J'aimerais te parler en tête à tête. Je n'aime pas le téléphone. Les écoutes, ça existe, n'est-ce pas ?

— Maintenant ? Impossible, je suis avec elle.

— Arrête de mentir. Tu ne sais pas mentir. Je sais bien que tu n'es pas chez Chloé. Tu es rentrée chez toi. Elle me l'a dit.

Elle était stupéfaite que sa meilleure amie, sa confidente, celle en qui elle avait confiance malgré sa liaison avec Mayol, ait prévenu Léo.

Il fallait qu'elle quitte cette maison. Elle n'avait pas envie qu'il débarque.

Au moment où elle s'apprêtait à lui raccrocher au nez, elle l'entendit hurler au bout du fil.

— Je passe maintenant.

— Je suis au volant de ma voiture. Je file chez Chloé.

— Tu fais du sur-place ? Ta Cactus est garée devant chez toi. Les phares sont allumés.

Un frisson d'épouvante parcourut le corps d'Alexia.

— Comment le sais-tu ?

— Je suis tout près. Vraiment tout près. À quelques mètres.

S'était-il introduit dans la maison avant qu'elle n'arrive ? Elle regarda autour d'elle, incrédule.

— Où ça ?

Elle entendit frapper à la porte d'entrée.

Toc, toc.

Alexia ne répondit pas. Elle ne voulait pas faire de bruit, elle espérait que Léo n'insisterait pas en pensant qu'elle était absente malgré la lumière allumée et la voiture garée devant la grille. Avait-elle verrouillé la serrure ? Elle n'en savait rien.

Non, elle ne l'avait pas verrouillée.

Elle entendit la porte s'ouvrir.

Des pas dans le vestibule.

Léo, habillé de son blouson de motard, apparut dans le salon.

Il la dévisagea.

— Alexia, ce n'est vraiment pas sympa pour moi. Tu me dis que tu es chez Chloé, puis dans ta voiture, tout ça parce que tu ne veux pas me parler. Ça fait des semaines que je m'occupe de Kevin avec gentillesse et c'est comme ça que tu me remercies ? Quelle déception !

Il s'approcha d'elle.

Elle attrapa son téléphone.

— Lâche ça, veux-tu ? J'aimerais bien qu'on discute.

Il lui arracha l'appareil des mains.

— Discuter de quoi ? Je n'ai rien à te dire.

— Moi si. On s'assied ? Ça serait mieux, non ?

Sa voix redevint celle qu'Alexia avait toujours connue.

Elle se calma un peu, malgré son cœur qui battait à tout rompre.

Ils s'installèrent l'un en face de l'autre, de chaque côté de la table basse. Léo regarda son amie au fond des yeux.

— Tout à l'heure, c'est vrai, je t'ai parlé d'une jeune fille que je n'étais pas censé connaître. À ton visage, j'ai senti que tu étais bouleversée.

— Il y a de quoi, non ?

Elle ne voulait pas lui parler de ses soupçons.

— Eh bien, s'écria-t-il, je vais te dire pourquoi je connaissais ce nom.

Elle s'attendait à tout.

— Je suis le meilleur ami de Peter, tu le sais. Je ne devrais pas te raconter ça, mais il me parlait des jeunes filles qu'il fréquentait. Il me confiait pas mal de détails que tu ne devais pas savoir.

— Pourquoi tu m'en parles alors ?

— Parce qu'il m'a énormément déçu.

— Déçu ?

— Il a tué Natacha, et aussi Nadia.

— Tu en es certain ?

— Sûr et certain.

Elle était tétanisée.

— Je vais te révéler une chose qui va te bouleverser : ton mari se comportait avec les prostituées comme avec ses adversaires sur un terrain de rugby. Avec une violence inouïe ! Sa puissance physique est phénoménale, tu le sais. Elles ne pouvaient pas lui résister. Il les payait, donc il considérait qu'il avait tous les droits. Les filles étaient ses objets. Elles devaient accepter tous ses caprices, y compris les plus sordides. Je n'en fais pas la liste, tu serais abasourdie. Si elles refusaient, il se mettait dans une colère noire. Il devenait fou de rage.

— C'est lui qui t'a parlé de ça ?

— Il me racontait tout. J'étais son confident. Je devais garder ça pour moi. C'est pourquoi j'ai refusé de me rendre à la convocation, mais maintenant, je ne peux plus me taire. Peter m'a décrit Natacha et Nadia en long et en large, verticalement et horizontalement : leur prénom, leur nom, leur âge, leurs mensurations, leurs prouesses sexuelles, tout ! Je n'évoque pas certains détails, tu serais écœurée. Un jour, il m'a dit qu'il craignait un accident.

— Un accident ?

— Un accident comme ça arrive au rugby. Il avait peur de blesser une fille et qu'elle porte plainte.

— Blesser ou tuer ?

— Sur un terrain, quand tu te déchaînes contre un adversaire, tu peux le blesser, mais tu sais à quoi ressemblent certains rugbymen : cent vingt kilos de muscles et deux mètres de haut ! Avec une jeune fille de cinquante kilos, la blessure peut être fatale. Tu vois ce que je veux dire ?

Le juge avait évoqué le scénario d'un plan sadomaso qui aurait mal tourné, pas celui d'un crime dicté par la colère.

— Tu as des preuves de ce que tu affirmes ?

— Quand j'ai appris que Natacha était morte, j'ai tout de suite compris. Quelques jours avant son départ, Peter m'avait dit qu'il l'emmenait. J'imagine fort bien ce qui s'est passé. Elle devait être épuisée par les jours et les nuits passés avec lui, et à un moment, elle a dit « stop, je n'en peux plus ». Elle n'était plus du tout consentante. Lui, d'habitude si calme, est devenu violent et incontrôlable. Ses pulsions l'ont mené là où il ne voulait pas aller. Jusqu'au meurtre. Ce n'est pas un meurtre prémédité, volontaire, bien sûr, mais c'est un meurtre quand même. Une heure avant, il a dû être adorable avec elle. Tout a basculé parce qu'elle le repoussait. Il a dû vouloir la sauter en pleine nature, ou un truc comme ça, et elle dit « niet ». Ton mec est un ogre. Il est insatiable. Pornographe. Érotomane. Excuse-moi d'utiliser des mots aussi explicites, mais ça s'est passé comme ça. L'histoire est malheureusement limpide.

Alexia ne savait que penser des allégations de Léo.

— Quand tu es venue me voir tout à l'heure, continua-t-il, je ne voulais pas te raconter ça. Mais j'ai lâché un nom qui n'était pas le bon. À ta mine effarée, j'ai compris que tu me soupçonnais de quelque chose. J'ai voulu t'expliquer, mais tu es partie. Je me suis dit que tu allais parler de moi à la police. J'ai paniqué.

— Si tu es innocent, tu n'as rien à craindre de la police !

— Je n'ai pas envie d'être interrogé par des flics alors que je n'ai rien à me reprocher. Et puis je ne veux pas m'étendre sur Peter. Même s'il a tué deux jeunes filles, il reste un ami malgré tout. Mon meilleur ami. Mon frère.

— Il a tué aussi Nadia ?

— Pour moi, c'est une évidence. Le même scénario s'est reproduit. Il lui a donné rendez-vous alors qu'il se cachait en Espagne.

Elle a refusé ses avances mais, comme il devait être en manque, il l'a violentée, et battue jusqu'à la mort.

— Comment sais-tu qu'il a rencontré Nadia trois semaines après le meurtre de Natacha ?

— Je n'en ai pas la preuve, mais j'imagine que oui. Ton mari a des pulsions sexuelles hors norme.

Elle le regarda droit dans les yeux, perplexe.

— Les médias ont annoncé que le corps d'une jeune fille avait été retrouvé et Peter t'avait parlé de Nadia, d'accord, mais comment fais-tu le lien entre les deux ? C'est Peter, de sa cellule, qui te l'a dit ?

Léo semblait gêné.

— Ça y est, tu recommences avec tes soupçons ! Peter ne m'a pas dit qu'il avait tué Nadia, bien sûr. Il ne m'a pas dit non plus qu'il avait tué Natacha. Mais c'est le même scénario, la même signature.

— Comment tu sais qu'elle s'appelait Nadia ?

— Peter m'a révélé son prénom, je viens de te le dire. Tu es sourde ou quoi ? Il m'a raconté ses aventures avec elle. Quand tu es venue tout à l'heure, j'ai confondu Natacha et Nadia, c'est tout. Les prénoms se ressemblent, non ?

Elle pensait au récit de José dans la voiture. Si Peter était le meurtrier, le scénario de l'oligarque russe s'effondrait, à moins que son mari n'ait été payé par ce dernier pour tuer Natacha. Mais dans ce cas, pourquoi aurait-il attendu plusieurs jours dans un hôtel avec la jeune fille qu'il s'apprêtait à massacrer pour passer à l'acte ?

La version de Léo était plausible, celle de José également, mais les deux ne pouvaient fonctionner ensemble. Elles étaient incompatibles.

Si Léo disait vrai, José se trompait, ou mentait.

Si José disait vrai, Léo se trompait, ou mentait.

Alexia, rompue aux affaires criminelles, avait le sentiment confus que son ami dissimulait la vérité, mais il fallait qu'elle en ait la certitude. Pour l'heure, elle n'avait aucune certitude. Elle s'enfonçait à chaque instant plus loin dans le brouillard.

— Mon Alexia, tu as compris ce qui s'est passé ?

— Non.

— Comment ça, non ?

— Tu as eu raison de venir ici et de me donner ta version des faits, mais je ne trouve aucune réponse à certaines questions.

Elle aurait pu dire qu'elle était convaincue, Léo serait rentré chez lui, elle serait retournée chez Chloé, et les choses en seraient restées là pour l'instant, mais elle en avait assez de courir après un dénouement qui ne venait jamais.

— Quelles questions ? s'écria-t-il. Ton mari a tué Natacha. Les preuves l'accablent. Point final. Tu ne veux pas l'admettre parce que tu restes follement amoureuse de lui. Tu n'as pas envie qu'il passe vingt ans de sa vie derrière les barreaux.

— Peut-être, mais je suis étonné que Chloé soit dans le coup. Quel rapport entre Chloé et les meurtres ?

— Je ne l'ai accusée de rien, je t'ai dit simplement qu'elle n'était pas nette. Elle est amoureuse en secret de ton mari depuis des années, elle me l'a elle-même avoué. Je me demande même s'ils ne couchaient pas ensemble quand tu avais le dos tourné.

Alexia se disait qu'il cherchait à la déstabiliser. Elle ne voulait pas tomber dans son piège.

— Chloé t'a vraiment appelé tout à l'heure ?

— Mets-toi à ma place ! Tu t'enfuis chez elle en pensant que je suis mêlé à un assassinat. Je fais quoi ? J'essaie de savoir ce que tu as raconté à ta meilleure amie.

— On lui téléphone pour avoir sa version ?

Il haussa les épaules.

— Inutile. Allez, c'est vrai, on n'a pas discuté, mais maintenant, je sais que tu me soupçonnes alors que je n'ai rien fait. Absolument rien !

— Comment as-tu appris que j'étais rentrée chez moi ? En te quittant, je t'ai annoncé que je passais chez Chloé.

— Je t'ai suivie à moto, c'est tout. J'avais peur que tu ailles directement chez les flics.

Pourquoi cette crainte récurrente de la police ? se demandait-elle. *A-t-il quelque chose à se reprocher ?*

— À un moment, reprit-il, tu t'es arrêtée. J'ai vu un homme dans ta voiture. Je ne sais pas qui c'était. Ensuite, tu es arrivée chez Chloé. J'ai attendu un peu. J'allais repartir quand je t'ai vue ressortir. J'ai continué à te suivre. Si tu avais regardé dans ton rétro, tu aurais vu un phare de moto.

Une pensée soudaine traversa la tête d'Alexia : Léo avait-il volé le sac à dos dans le garage ? Elle n'en savait rien, mais elle voulait en avoir le cœur net.

— Écoute-moi bien, s'écria-t-elle d'une voix forte, Kevin vient de me dire que tu possédais le même ourson que Peter. Tu vois lequel ? Celui que la gendarmerie a retrouvé dans la main de Natacha.

À l'évidence, cette révélation ne laissa pas Léo indifférent.

— Comment sait-il ça ?

— Il l'a aperçu sur la table de nuit de ta chambre.

— Ah oui, le petit ourson en plastique ? J'avais complètement oublié cette babiole.

— Il m'a parlé d'un ourson en peluche. Tu l'as toujours ?

Elle le regardait avec des yeux effrayants.

Il semblait mal à l'aise.

— Ça y est, tu recommences avec tes accusations débiles. Après tout ce que j'ai fait pour toi, je trouve le procédé ignoble. Excuse-moi de te dire ça, mais c'est le mot qui me vient à l'esprit. Alexia, tu es ignoble.

— Alors, ce porte-clés, tu l'as toujours ?

— Je ne sais pas ce que j'en ai fait, s'écria-t-il d'une voix furieuse, mais de toute façon, il n'a rien à voir avec celui de Peter.

Malgré la fraîcheur, il transpirait du front.

Elle n'arrivait toujours pas à savoir s'il était sincère ou s'il mentait.

Comment savoir ?

S'il était coupable de quelque chose, comment le faire avouer ?

Elle en avait assez de se battre contre des moulins à vent.

Elle décida d'utiliser son va-tout. Elle n'avait plus qu'une carte dans son jeu. La dernière.

Alexia inspira un grand coup avant de lancer d'une voix solennelle.

— Tout à l'heure, dans la voiture, l'homme que tu as aperçu m'a révélé que Natacha avait été tuée par un oligarque russe.

— Ça alors ! Incroyable ! Comment sait-il ça ? En tout cas, s'il dit la vérité, ça prouve bien que je n'ai rien à voir avec cette histoire.

— Tu vois à quoi ressemble un oligarque ?

— C'est un homme puissant, un magnat de l'industrie ou de la finance, mais je ne suis pas un spécialiste de la question.

— Exact. Ce genre d'individu a les moyens de payer un tueur à gages. Tu n'imagines pas qu'il va débarquer de Russie en jet privé juste pour trucider une pute en pleine montagne.

— Et tu penses que Peter a joué le rôle de tueur, c'est ça ?

— Peter ? Mais tu délires ? S'il avait été son homme de main, il ne se serait pas exhibé pendant une semaine dans un hôtel avec la femme qu'il allait tuer. Il l'aurait assassinée discrètement, sans se montrer. L'hôtelier a confirmé aux enquêteurs qu'ils avaient passé plusieurs jours ensemble. Étonnant pour quelqu'un qui s'apprête à commettre un crime préparé de longue date, non ? Ton hypothèse ne tient pas la route.

— Xavier Mayol a vu Peter sur la scène de crime. Comment peux-tu douter de sa culpabilité ?

— Comment le sais-tu ?

— Tu me l'as dit toi-même.

— Ma mémoire est excellente : je t'ai demandé ce que tu pensais de Mayol, sans te dire qu'il prétendait avoir vu Peter sur le parking d'Orédon. La police n'a jamais révélé son nom, jamais ! Mon pauvre Léo, tu viens de commettre une nouvelle gaffe.

— Je suis choqué par tes insinuations !

Elle suffoquait. En voyant la mine décomposée de son ami, elle se disait qu'il était associé au crime, forcément, mais elle ne savait pas de quelle façon.

Elle se leva. Une colère sourde gonflait sa voix. Elle bluffa.

— Dans la voiture, le type m'a dit que l'oligarque avait payé quelqu'un. Un proche de Peter. Un motard.

Le visage de Léo devint livide.

— Il t'a révélé son nom ?

— Pas de nom, mais des motards proches de Peter, il n'en existe pas des dizaines, si ? Tu en connais ?

Alexia n'aimait pas porter d'accusation sans preuve, ce n'était pas dans son tempérament d'avocate d'agir de la sorte, mais elle voulait le piéger.

— Alors comme ça, on essaie de te faire croire que je suis dans le coup ? s'écria-t-il d'une voix outrée.

Elle se jeta à corps perdu dans la bataille.

— Désolée de te dire ça, mais j'ai l'intime conviction que tu es mêlée à cette histoire.

Il se leva, fou de rage.

— Tu en as mis du temps pour comprendre ! Si je ne t'avais pas aidée, tu n'aurais jamais rien su.

Après l'avoir dévisagée avec des yeux sinistres, il sortit de son blouson de motard un revolver noir qu'il braqua sur elle.

Alexia s'attendait à tout, mais pas à ce que son ami la menace avec une arme à feu. Allait-il tirer ?

— Pose ce pistolet, tu es ridicule. Tu sais bien que je disais ça en rigolant.

Il avait le doigt sur la gâchette.

Elle avait peur de mourir. Elle ne voulait pas être la troisième femme sur la liste des suppliciées.

Et puis, morte, elle ne pourrait plus témoigner.

— Si tu tires, Chloé va comprendre que tu es mon assassin, poursuivit-elle d'une voix blanche, et demain tu seras coffré. À quoi ça va te servir ?

— Personne ne saura que c'est moi.

— Ton téléphone va prouver que tu es venu ici. Et puis mes communications sont sur écoute. La police va savoir que tu as débarqué.

— Dans mon appareil se trouve un logiciel dernier cri qui empêche de me localiser et d'écouter mes conversations. L'oligarque me l'a installé gratuitement.

— L'oligarque ! Bingo, mon intuition était la bonne.

— Il a d'énormes moyens. Il est d'une générosité inouïe.

— La police va savoir que tu m'as appelée.

— Alexia, ne sois pas idiote, tes amis ont le droit de t'appeler plusieurs fois de suite. Et puis de toute façon, je ne vais pas te tuer.

Elle en éprouva un immense soulagement.

— Je ne vais pas te tuer. Tu vas te suicider.

— Je refuse de me suicider.

— Toi, non. Mais moi, oui.

— Pardon ?

— Tu n'as pas remarqué ? J'ai des gants de moto. Ça rend bien service quand on veut flinguer quelqu'un. Ça évite de laisser des empreintes. Pas de trace sur le revolver, en dehors des tiennes. Tu auras le revolver dans la main.

Elle comprit. Elle se précipita vers la porte menant au vestibule. Il l'attrapa par un bras.

— Que se passe-t-il, petite salope ? Tu ne veux pas mourir ?

Il avait dit « petite salope ». Il ne lui avait jamais parlé comme ça.

— La police diligentera une enquête ! gémit-elle. Pas de trace de poudre sur mes mains. On verra que ce n'est pas moi qui ai tiré.

— Il n'y aura pas d'enquête, tu ne connais pas la législation ? Tu te suicides chez toi après t'être enfermée à double tour, les clés dans la poche, il n'y aura pas d'effraction.

— Tu as les clés ?

— Ça fait des mois que je les ai, celle de la porte d'entrée, celle de la grille et même celle du garage ! Tu vois ce que je veux dire ?

Il n'avait eu aucun mal à voler le sac à dos.

— Comme ton fils m'adore, poursuivit-il, il m'a indiqué où se trouvaient les doubles, dans un petit placard du grenier. Tu n'as même pas vérifié s'il en manquait. Bien sûr, Kevin n'est pas au courant que j'ai piqué un trousseau, sinon il te l'aurait dit. C'est dommage qu'il ait aperçu l'ourson sur ma table de nuit, n'est-ce pas ? En voyant que Peter en avait acheté un, j'ai voulu avoir le même, avec les mêmes yeux rouges.

Elle suffoquait.

— Personne ne croira que je me suis suicidée.

— Depuis la disparition de ton chéri, tu m'abreuves de mails pathétiques en disant que tu as envie de mourir. J'imagine que Chloé reçoit les mêmes. Tu penses que la police va faire une enquête ? À la rigueur, elle va vérifier qu'il y a bien tes empreintes sur le revolver, mais ça n'ira pas plus loin.

— Chloé va te dénoncer.

— Tu lui as dit que tu me soupçonnais d'être dans le coup, mais il n'existe aucune preuve. J'affirmerai que tu étais dans un état second et suicidaire quand tu es venue me voir et que tu as déformé mes propos. Je sais jouer la comédie. Ça fait des semaines que je joue la comédie. Tu ne t'en es jamais aperçue, n'est-ce pas ?

Il éclata de rire, avant de poursuivre d'une voix odieuse.

— Et puis, ce n'est pas mon ADN qu'on a retrouvé dans le corps de Natacha. Tu vois ce que je veux dire ?

Il la plaqua au sol. Elle ne faisait pas le poids. Son physique athlétique lui permettait d'immobiliser une femme sans difficulté.

Elle n'arrivait plus à bouger.

Elle ne saurait sans doute jamais toute la vérité, si Léo avait du sang sur les mains, ou s'il n'était qu'un complice parmi d'autres, un voleur de sac à dos dans lequel il avait placé l'arme du crime en échange d'une grassouillette rétribution versée par un milliardaire venu du froid.

Il posa le pistolet sur la tempe d'Alexia.

Il ricana.

— Tu vas rejoindre Natacha et Nadia au pays des poupées russes. Allez, puisque tu vas mourir, je vais te dire la vérité. C'est moi qui les ai tuées. Ton mari est innocent.

Alexia ferma les yeux. Cette fois, c'était la fin. Elle n'avait même pas eu le temps de dire adieu à son fils.

Un énorme coup de feu retentit.

Alexia ne ressentit aucune douleur. Elle était étonnée que la mort soit si douce. Un peu de sang chaud dégoulina sur sa joue, mais elle n'avait pas mal.

Léo avait-il raté son tir ?

Elle ouvrit les yeux.

Il était couché à ses côtés, les yeux fermés.

Au fond de la pièce, en pleine lumière, elle aperçut des uniformes.

La police.

Comment savait-elle que Léo s'apprêtait à la tuer ? Pourquoi avait-elle débarqué ici, tout à coup ? Qui l'avait prévenue ?

Trois hommes en uniforme encadraient un quatrième en civil, Dayan.

Dayan.

— Ça va, madame ? Pas trop secouée ?

— Je saigne un peu, dit-elle en touchant sa joue.

— Nous n'avons tiré qu'un coup. Vous imaginez bien que vous n'étiez pas la cible. Le sang sur votre visage est une éclaboussure.

Il examina Léo. Celui-ci avait perdu connaissance. À l'évidence, la balle avait traversé sa mâchoire. Il n'était pas beau à voir, mais vivant, il respirait bruyamment, comme s'il cherchait à attraper l'air qui lui manquait.

Elle détourna la tête.

Dayan téléphona aux pompiers.

— Merci, s'écria-t-elle, vous m'avez sauvé la vie. Quand j'ai entendu le coup de feu, j'ai cru qu'il était pour moi.

Elle se redressa. Elle essayait de retrouver ses esprits.

— Une chose m'échappe. Comment saviez-vous que j'étais en danger ?

— Oh, rien de plus simple ! Quand vous avez quitté votre amie Chloé, celle-ci a appelé la police. Elle était inquiète. Vous veniez de lui parler de vos soupçons à l'égard de cet individu.

— C'est uniquement pour ça que vous êtes venus ?

— Pas seulement ! Elle a vu passer son énorme moto devant chez elle. Elle s'est dit qu'il vous avait pris en chasse. Elle a paniqué. Au téléphone, elle sanglotait. Elle craignait pour votre vie.

Si Chloé a agi comme ça, pensa Alexia, *c'est qu'elle n'est pas mêlée à cette affaire. J'en suis heureuse !*

— Par ailleurs, poursuivit Dayan, je ne vous l'ai jamais révélé, mais les enquêteurs avaient cet individu dans le collimateur depuis quelque temps.

— Ah bon ? Pourquoi ne pas m'en avoir parlé ?

— Secret de l'instruction ! Et puis, vous et M. Ustaritz, vous vous connaissez très bien. On craignait des fuites.

Elle était interloquée.

— Vous le soupçonniez de quelque chose ?

— Dans un premier temps, non. Mais on a constaté que le soir du meurtre, puis le lendemain, il a essayé de joindre Peter à de nombreuses reprises. Une centaine de fois ! On a eu l'impression qu'il voulait absolument savoir où il se trouvait.

Léo semblait reprendre connaissance. Il gémissait. Des râles jaillissaient de sa bouche.

Dayan l'observa de près.

— Dès que les pompiers l'auront emmené, je vous propose de m'accompagner à mon bureau. Nous avons beaucoup de choses à nous dire.

Une heure plus tard, Alexia était confortablement assise dans le bureau du juge. Celui-ci avait demandé qu'on lui apporte un large fauteuil où elle pourrait répondre aux questions tout en se reposant.

— C'est vous que je veux entendre, s'écria-t-il, mais je vais d'abord compléter ce que je vous disais tout à l'heure. Sur Léo Ustaritz, nous avons échafaudé plusieurs hypothèses. Le fait qu'il ait harcelé Peter le soir du meurtre nous intriguait. Nous avons imaginé qu'il était de mèche avec votre mari et qu'il voulait savoir comment s'était passée l'élimination de la jeune fille.

— Peter n'a pas répondu ?

— Non.

— On a placé Léo sur écoute, ça n'a rien donné. Un problème technique faisait que nous n'arrivions pas à entendre ses conversations ni même à le géolocaliser.

Elle se souvenait qu'il lui avait parlé d'un logiciel qui brouillait tout.

— On l'a convoqué plusieurs fois, il n'est jamais venu, ce qui nous a semblé louche. J'ai alors demandé que ses comptes bancaires soient épluchés. Tout était normal, sauf une chose. La veille du meurtre, il a loué une voiture qu'il a rendue le lendemain soir. Or, il ne loue jamais de voiture, il circule à moto. C'était peut-être une coïncidence, mais ça nous a mis la puce à l'oreille.

— J'imagine que le véhicule a été passé au peigne fin ?

— Nous n'avons appris cette location que trois semaines après le meurtre. L'agence nettoie les voitures entre chaque client. Impossible, dans ce cas, de découvrir le moindre indice, mais quand Chloé Cosson nous a appelés tout à l'heure, nous avons décidé d'intervenir.

— Pour vous, Léo a tué Natacha et Nadia ?

— Nous n'en savons rien, mais c'est un suspect sérieux. Quand il sera sur pied, nous le cuisinerons. Dans la mesure où il a essayé de vous descendre, il n'est pas impossible qu'il soit l'assassin des deux jeunes filles. Il sera au minimum poursuivi pour la tentative d'homicide à votre encontre. Vous pensez que M. Ustaritz a tué les deux Russes ?

Après une hésitation, elle répondit :

— Oui, c'est lui.

— Comment le savez-vous ?

— Il me l'a dit. Il s'apprêtait à me tuer. Il n'avait plus rien à cacher.

— Vous souvenez-vous des paroles exactes qu'il a prononcées ?

— Elles resteront gravées dans ma mémoire jusqu'à la fin de mes jours : « Tu vas rejoindre Natacha et Nadia au pays des poupées russes. Allez, puisque tu vas mourir, je vais te dire la vérité. C'est moi qui les ai tuées. Ton mari est innocent. »

— Ça alors ! Nous imaginions qu'il était un complice du meurtrier. C'est formidable qu'il ait avoué ! J'espère qu'il ne va pas revenir sur ses propos. De toute façon, avant de le passer sur le gril, nous procéderons à une perquisition complète de sa maison. Un café, madame ?

— Volontiers ! Si mon mari est innocent, il va sortir de prison, n'est-ce pas ?

— Absolument.

— À quel moment ?

— Ah ça, je ne sais pas. Il faut vérifier un certain nombre d'éléments factuels. Imaginons que vous ayez mal entendu...

Elle s'inquiéta.

— Vous avez l'air de douter.

— Pas du tout, mais il est normal que nous interrogions le dénommé Léo Ustaritz pour connaître sa version des faits. Actuellement, il n'est pas en état de répondre, mais rassurez-vous, les pompiers m'ont dit que la blessure n'était que superficielle. La balle est passée entre les deux mâchoires. Il va s'en sortir.

Alexia en avait assez d'attendre un dénouement qui, tel un arc-en-ciel, s'éloignait à mesure qu'on s'approchait de lui. Elle voulait sortir de cet imbroglio infernal.

— Monsieur, s'écria-t-elle d'une voix tonitruante, je vais vous faire d'autres révélations. Dites à Léo que je suis au courant de tout, vous verrez comment il réagira. C'est un tueur à gages payé par un milliardaire russe. Natacha, Nadia et une troisième jeune fille étaient les esclaves sexuelles de ce dernier. Il les a enfermées pendant des mois dans une villa de la Côte d'Azur. Un jour, grâce à la complicité d'un garde, elles se sont enfuies. Elles voulaient dénoncer leur tortionnaire, celui-ci a paniqué, il a payé des gens pour se débarrasser d'elles. Aujourd'hui, il reste une survivante, Olga, qui témoignera. Je peux la contacter très facilement.

— Imaginons que ce soit vrai. Pourquoi cet oligarque a-t-il soudoyé un proche de votre mari ? Il aurait pu envoyer un de ses hommes.

— Élémentaire, mon cher Dayan ! Parce que Peter avait toute confiance en Léo. Il lui disait des choses qu'il ne disait à personne d'autre. Vous savez, entre amis intimes, on se fait des confidences. Il lui a raconté qu'il partait à Luchon avec Natacha. À aucun moment, il ne s'est méfié. Léo a dû toucher une grosse somme d'argent pour commettre son forfait.

— Mais pourquoi avoir attendu que Peter parte en vacances avec Natacha pour l'assassiner ?

— Vous êtes un novice ? Grâce à l'ADN retrouvée, mon mari a été accusé. Jusqu'à aujourd'hui, vous avez vous-même privilégié cette piste, n'est-ce pas ?

— Madame, j'en suis sincèrement désolé.

— Si Peter était accusé des meurtres de Natacha et de Nadia, l'oligarque pouvait continuer à vivre en paix. Vous comprenez ? Le piège s'est refermé sur mon mari comme une mâchoire de requin blanc.

— Vous semblez bien sûre de vous. Pourquoi ne pas m'en avoir parlé plus tôt ?

— Je n'ai appris l'existence de ce milliardaire russe qu'hier soir grâce à un certain José. Vous le connaissez !

Elle lui raconta sa rencontre.

— Quand il m'a parlé, je n'étais pas certaine qu'il disait vrai, jusqu'au moment où j'ai évoqué l'oligarque avec Léo. J'ai tapé dans le mille ! Se sachant démasqué, il a cherché à me tuer. Un crime qu'il voulait maquiller en suicide.

Dayan se gratta le sourcil droit.

— Au lieu de vous lancer dans une carrière d'avocate, vous auriez dû entrer dans les rangs de la police judiciaire.

Il regarda l'écran de son ordinateur.

— L'homme qui vous a parlé de l'oligarque s'appelle José Bichat. Vous le savez, il a été placé en garde à vue au début de l'enquête car il avait rencontré Natacha à Luchon juste avant sa mort. C'est un ancien lutteur professionnel qui a joué au rugby pendant un an. Il habite Hambourg. Il a échangé plusieurs lettres avec Peter depuis son incarcération. Ce qu'il vous a dit correspond à ce que votre mari nous a déclaré lors des auditions.

— Je ne vous apprends donc rien ?

— Jusque-là, nous n'avions pas pris au sérieux la piste russe. Elle nous semblait rocambolesque, tout droit sortie de l'imagination enfiévrée du principal accusé.

— Vous n'avez rien vérifié ?

— Vérifié quoi ? Deux ou trois jeunes filles, esclaves sexuelles d'un oligarque, s'échappent de leur prison dorée. Personne ne sait où se trouve cette prison. Personne ne sait comment s'appelle cet oligarque. Nous n'avons que son surnom, Martin. C'est vague, très vague ! Jusqu'à aujourd'hui, nous n'avions aucune piste concrète. Maintenant que nous connaissons l'assassin, nous espérons remonter jusqu'au commanditaire. Ce n'est pas gagné !

Un sourire illumina le visage du juge.

— Chère Alexia, nous allons clore cet entretien. Vous devez être exténuée. Je vous recontacte rapidement. La police met à votre disposition un agent qui va assurer votre protection le temps qu'il faudra. Bonne nuit à vous et bravo pour votre magnifique courage.

Épilogue

Les jours suivants furent noyés dans un brouillard têtu.

Après le cataclysme, Alexia remit de l'ordre dans sa maison. Elle replaça les photos de Peter sur les murs sans savoir quand il sortirait de prison. Elle avait peur qu'un rebondissement de plus remette tout en question. Elle supposait que le juge allait étudier le dossier de près avant de prendre une décision.

Elle n'avait pas écrit à son mari. Elle voulait lui parler de visu, hors de son enfer carcéral, sans passer par la case correspondance.

La dernière fois qu'elle l'avait vu, c'était au col de Menté. Il lui avait couru après. Il avait tapé comme un insensé dans la vitre de la voiture. Avait-il cherché à la tuer ? À la lumière des derniers événements, elle pensait qu'il avait tenté de la rattraper, rien de plus. Elle avait cru qu'il s'était métamorphosé en monstre, il n'était qu'un amoureux éperdu de désespoir.

Elle guettait l'appel de Dayan, le cœur comprimé par l'angoisse. Dans cet océan de ténèbres, il lui avait annoncé le meilleur et le pire. Elle voulait en savoir davantage sur l'implication de Léo. Comment l'ami de toujours, l'homme en qui elle avait toute confiance, avait-il pu devenir un bourreau sanguinaire ? Avait-elle bien entendu ce qu'il avait dit avant d'essayer de la tuer ?

Kevin avait été informé de la probable culpabilité de celui qui, symboliquement, avait pris la place de son père depuis sa disparition. Il avait éclaté en sanglots. Il avait pleuré pendant des heures. Les deux hommes qui guidaient ses pas d'adolescent vers l'âge adulte étaient aujourd'hui derrière les barreaux.

Les médias évoquaient les derniers rebondissements de l'« affaire Chanez », comme ils aimaient l'appeler, sans se soucier de la présomption d'innocence. Le dieu des stades avait été livré en pâture à la vindicte populaire, lynché sur la place publique, et voilà qu'un événement inattendu, une tentative de meurtre contre sa propre femme, remettait tout en question. La police n'avait pas été bavarde. Qui était ce Léo Ustaritz ? On le disait proche de l'ancien rugbyman. Certains journalistes sous-entendaient qu'il n'était pas étranger à la mort des deux prostituées russes. Avait-il aidé Peter dans son projet funeste ? Était-il lui-même l'assassin ?

Vingt jours s'étaient écoulés depuis l'arrestation de Léo. Pas d'appel de Dayan. Aucune déclaration publique du procureur de la République. Rien n'avait filtré dans les médias depuis l'incarcération de celui qui avait tenté de tuer Alexia. Les enquêteurs ne faisaient plus aucune déclaration. Face à ce silence, les journalistes échafaudaient des hypothèses.

Peter Chanez n'avait toujours pas été libéré.

Pour sa femme, chaque minute était un supplice. Elle n'osait pas appeler le juge. S'il ne l'avait pas recontactée, c'est qu'il n'avait rien à dire. À quoi bon l'appeler ?

Dayan passa la voir à l'improviste un mercredi après-midi.

Il était seul. Il semblait décontracté.

— Je vous dérange ?

— Du tout. Je pensais que vous m'aviez oubliée.

— L'enquête a été compliquée.

— Compliquée ? Que voulez-vous dire ? Retour à la case départ ?

Elle craignait que Léo n'ait nié les crimes.

Un sourire illumina le visage du magistrat.

— Cette fois, nous touchons au but. Ce n'est pas trop tôt.

Ils s'installèrent dans le salon qui avait été témoin de tant de drames.

— Ouvrez bien les oreilles ! poursuivit-il. Nous avons agi dans le plus grand secret malgré la pression médiatique. Nous ne voulions rien révéler avant d'avoir tout bouclé.

Jamais Alexia n'avait été aussi attentive à ce qu'on lui disait. Elle ne bronchait pas.

— Commençons par Léo. Il va mieux, du moins physiquement. Nous l'avons cuisiné comme on sait le faire. D'abord il a nié, mais pas longtemps. Nous l'avons eu au bluff. Nous avons prétendu que les deux randonneurs de Barcelone l'avaient formellement reconnu sur des photos que nous leur avons montrées.

— Et c'est faux ?

— En réalité, ils ne savent pas. Le souvenir est lointain, fugace, et comme ils ont hésité au sujet de José et de Peter, ils ont répondu que c'était peut-être lui, sans avoir de certitude. Puis nous lui avons rappelé qu'il vous avait révélé la vérité en braquant son pistolet sur vous. Trois personnes, vous et les deux randonneurs, disent qu'il est l'assassin. Et du coup, il a craqué. Il s'est mis à table, comme on dit dans le jargon policier.

— Il a tout avoué ?

— On sentait que ça le soulageait de vider sa conscience. Je ne vais pas entrer dans les détails, ce serait trop long. Je résume : en juin dernier, à sa grande surprise, il a été contacté par un puissant homme d'affaires dont il ignorait l'identité – il a compris plus tard qu'il était russe – par l'intermédiaire d'un de ses sbires, un certain Boris. Ce dernier a frappé à sa porte. Il lui a proposé une mission payée quatre-vingt-dix mille euros. En partie en espèces, l'autre partie sur un compte bancaire au Panama. Léo, qui ne possède rien, qui a du mal à payer son loyer, a cru à une blague. Il ne s'attendait pas à ce qu'on lui fasse une offre pareille.

— Et il a accepté ? Je trouve ça incroyable.

— L'idée de toucher une telle somme lui a fait perdre la tête. Boris a précisé que la mission durerait peu de temps, mais qu'elle était « particulière » : tuer en toute discrétion trois femmes qui n'avaient aucune famille en France. Trente mille euros par femme. Le risque d'être arrêté était nul dans la mesure où Léo ne les connaissait pas. À condition de prendre quelques précautions, la police ne pourrait établir aucun lien entre le meurtrier et ses victimes. Au début, il a dit oui, en se demandant pourquoi il avait été choisi.

— Effectivement, pourquoi lui ? s'écria Alexia d'une voix sidérée.

— Vous allez vite comprendre. Plus tard, on lui a annoncé qu'il devait également tuer son meilleur ami pour trente mille euros de plus. Il a été effrayé. Et là, il a dit non. Boris est devenu menaçant. Il a sorti un pistolet. Il lui a fait comprendre que s'il ne tuait pas Peter, c'est lui qui serait tué. Un chantage odieux, digne de la mafia russe. Paniqué, il a accepté à contrecœur, c'est du moins sa version.

— Pourquoi n'a-t-il pas porté plainte ?

— Il n'a pas répondu à cette question. Je pense que l'argent l'a rendu fou.

— Et l'homme d'affaires russe, vous l'avez arrêté ?

— Je vous en parlerai après, soyez patiente ! En la pistant, l'oligarque a compris que Natacha était devenue l'amante de Peter Chanez. Il voulait soit la récupérer, soit la mettre à mort. Elle était terrorisée à l'idée qu'il la retrouve. Elle a supplié votre mari de la sauver. Celui-ci a décidé de l'envoyer en secret à Hambourg chez son ami José Bichat. Il voulait également démasquer le tortionnaire et le traîner devant la justice. Le Russe l'a appris et il a paniqué.

Alexia l'interrompit.

— J'ai du mal à vous suivre. Comment savait-il que mon mari voulait le dénoncer ?

— Vous n'avez pas saisi ? Parce que Peter l'avait dit à Léo. Il lui racontait tout dans les moindres détails, y compris ses aventures sexuelles, avec ordre de ne rien répéter à personne. Il avait une totale confiance en lui. Léo a été acheté parce qu'il était le confident de Peter.

Elle fronça les sourcils.

— Comment l'oligarque a-t-il su qu'ils étaient amis ?

— Oh, rien de plus simple ! Depuis des mois, ses hommes espionnaient Natacha. Quand ils ont compris qu'elle avait une liaison avec Peter Chanez, le prestigieux rugbyman, il a cherché à soudoyer l'un de ses proches. Grâce aux réseaux sociaux, on peut tout savoir sur tout le monde. Un jeu d'enfant ! J'en reviens à Léo. Un jour, son meilleur ami lui a annoncé qu'il partait quelques jours à Luchon avec Natacha. Il randonnerait dans la journée, il la verrait le soir. Une bonne nouvelle pour le passionné de moto. Il espérait que le plan machiavélique imaginé par l'oligarque allait enfin s'accomplir. Je vais vous lire son témoignage qui révèle tout.

Dayan sortit des feuillets de sa poche.

— J'ai ici le procès-verbal d'audition. Pour être sûr de ne pas me tromper, je vais vous le lire. C'est M. Ustaritz qui parle, bien sûr : « Le 27 septembre dernier, Peter Chanez m'a indiqué qu'il allait se reposer à Luchon avec Natacha Vikachev. Il envisageait de l'envoyer à Hambourg chez un certain José Bichat qui devait la récupérer dans la station thermale. Une fois la jeune Russe partie, Peter devait commencer sa randonnée itinérante sur le GR10. Il m'a révélé qu'il logeait avec Natacha à l'hôtel d'Aquitaine où José avait également réservé une chambre pour faire connaissance avec elle. Je l'appelais tous les jours pour avoir des nouvelles, guettant la moindre fenêtre pour passer à l'action. Je m'impatientais, j'avais peur de ne pas satisfaire l'oligarque et que, lassé, il finisse par se débarrasser de moi. »

— Et pendant ce temps, soupira Alexia, il venait chez moi me tenir compagnie...

Le juge, imperturbable, poursuivait sa lecture.

— « Le 4 octobre au soir, la veille du meurtre, j'ai de nouveau téléphoné à Peter. Il m'a dit que le lendemain il faisait une randonnée à la journée pendant que Natacha restait dans le village. Chance inouïe, José partait pour Montpellier où il avait des affaires à régler, il avait prévu de repasser deux jours plus tard pour récupérer la jeune fille et l'emmener en Allemagne. Peter la croyait en totale sécurité à Luchon, ils étaient venus là en prenant d'infinies précautions. Sauf qu'il ne savait pas qu'il avait tout raconté au futur assassin de la jeune Russe. J'ai loué une voiture et le jour d'après, je suis arrivé dans la station vers midi. J'ai attendu discrètement devant l'hôtel. À un moment, j'ai aperçu Natacha les bras chargés de courses. Je me suis présenté en disant que j'étais le meilleur ami de Peter et que celui-ci m'avait appelé le matin : il se culpabilisait de laisser sa petite amie une journée entière et m'avait supplié de lui faire découvrir le massif de Néouvielle. Au début hyper méfiante, elle m'a demandé comment je savais qu'elle était Natacha et pourquoi Peter ne l'avait pas prévenue. Je lui ai répondu d'un ton jovial qu'il m'avait envoyé sa photo et qu'il voulait que cette promenade soit une surprise, il adorait faire des surprises à ceux qu'il aimait. Pour l'amadouer, je lui ai montré plusieurs clichés de Peter à mes côtés. Ça se voyait bien qu'on était potes ! Je lui ai dit d'une voix amusée que je connaissais les moindres secrets du rugbyman, comme la présence sur sa fesse gauche d'un tatouage représentant un ballon. Elle portait des sandales en cuir, un short hawaïen imprimé de fleurs rouges et un T-shirt blanc très moulant. Elle m'a dit qu'elle n'était pas équipée pour marcher, elle souhaitait se changer. Je lui ai répondu que c'était inutile. Bien entendu, Peter n'était pas au courant que je venais à Luchon ! »

— Et dire que je croyais que Léo était l'homme le plus doux du monde, murmura Alexia, les yeux embués de larmes.

— Je comprends votre effroi, madame, mais écoutez la suite, elle est stupéfiante. Je reprends le récit de votre ami : « Natacha m'a suivi à la voiture avec ses courses. Nous avons roulé quelques kilomètres, elle était détendue, j'ai plaisanté avec elle, on s'est tutoyé comme deux vieux copains. Je savais que Peter n'appellerait pas. La veille, il m'avait dit qu'il laisserait son téléphone à l'hôtel pour éviter de le perdre en montagne. Je m'étais habillé comme lui, au cas où quelqu'un m'apercevrait : même survêtement blanc, même anorak, mêmes chaussures. Même ourson. Je l'avais acheté l'été dernier, j'avais mûri un scénario où cette babiole entrerait en scène. »

— Quel immonde pervers !

— « Nous nous sommes garés près du lac d'Orédon, j'ai proposé une petite balade à pied. Elle a accepté. J'avais un stylet à l'intérieur de mon anorak. Je voulais la tuer à quelques centaines de mètres du parking au milieu de l'épaisse végétation, mais nous avons rencontré un couple de randonneurs et j'ai pris peur. J'ai décidé d'aller plus loin, plus haut, dans un endroit isolé. Instinctivement, elle a compris qu'elle était en danger et elle s'est mise à courir. J'ai eu du mal à la rattraper. J'ai d'abord essayé de l'étrangler, mais ça n'a pas suffi. Je lui ai enfoncé le stylet dans le cœur. Puis j'ai placé l'ourson dans une main pour convaincre Alexia Chanez de la culpabilité de son mari, j'avais peur qu'elle enquête elle-même. Je n'ai pas violé Natacha. J'ai arraché ses habits pour faire croire à un crime sexuel mais contrairement à ce qui a été suggéré dans les médias, personne n'a violé Natacha. Il était prévu que je laisse ses papiers sur place pour qu'elle soit identifiée, mais elle ne les avait pas sur elle. »

Alexia était tétanisée par ce récit. Elle avait du mal à imaginer Léo, son ami de vingt ans, l'aimable Léo, le serviable, l'adorable, l'attentif, en train de poignarder un être humain. Mais c'était pourtant la vérité. Léo avait bien poignardé Natacha.

Alexia se leva comme un automate, se dirigea vers la cuisine et revint avec une bouteille de gin. Elle remplit deux verres. Elle avala le contenu de l'un deux d'une traite.

— Tout va bien ? demanda Dayan. Si cela ne vous dérange pas, je vais continuer la lecture du procès-verbal. C'est toujours Léo qui parle : « Je suis redescendu sur le parking, je n'ai croisé personne, puis je me suis arrêté dans la vallée pour souffler un peu. Ce moment avait été éprouvant. Natacha avait hurlé juste avant de mourir, un cri déchirant. J'ai eu pitié d'elle. Ce hurlement me hantait. J'ai attendu la fin de la journée pour appeler Peter. Je pensais qu'il allait décrocher et me parler de la disparition de la jeune fille. Je lui aurais proposé de le rejoindre pour l'aider à la retrouver. La suite du scénario élaboré par l'oligarque était assez simple : le lendemain, tôt dans la matinée, j'avais prévu d'emmener Peter en voiture pour chercher Natacha dans les environs. Je devais m'arrêter dans un coin paumé où attendaient deux tueurs, dont le fameux Boris. Peter devait être exécuté sur place, le corps aurait été transporté dans une camionnette et lesté dans la mer le soir même. »

— Cela dépasse l'imagination !

— C'est pourtant ce qui était prévu, murmura le juge d'une voix triste. Un scénario digne d'un roman d'espionnage ! Après la découverte du cadavre de Natacha contenant le sperme de son amant, nous aurions traqué ce dernier sans le retrouver, et pour cause ! Nous en aurions déduit qu'après avoir tué la jeune fille, il avait fui à l'étranger pour échapper à la justice. Vous avez compris : l'oligarque voulait impérativement lancer les enquêteurs sur une fausse piste.

— Le scénario a failli marcher !

— Le problème pour Léo, c'est que Peter n'a pas décroché son téléphone malgré de multiples appels. Léo ne voulait pas débarquer à l'improviste, cela aurait été louche. Les jours suivants, il vivait dans la hantise d'être soupçonné. Après tout, il était le seul en dehors de José à savoir que Peter séjournait à Luchon avec Natacha.

Le juge se moucha avant de reprendre.

— C'est de nouveau Léo qui parle : « J'ai joué à fond la comédie en réconfortant Alexia. Je ne voulais pas qu'elle mène une enquête. J'ai demandé à un complice de la menacer au téléphone un jour où je me trouvais chez elle, mais ça n'a servi à rien. »

Elle avala un deuxième verre de gin. Elle se souvenait très bien que Léo, juste après le crime, avait insisté pour savoir où se trouvait son mari. Il voulait qu'elle prévienne la police pour signaler sa disparition. Maintenant, elle comprenait pourquoi : il espérait que les enquêteurs ouvriraient le plus tôt possible la piste Peter Chanez.

— Excusez-moi, je saute plusieurs passages, reprit Dayan. Voilà ce qu'il nous a encore dit : « Quand Alexia m'a annoncé qu'elle allait rejoindre de nouveau Peter à Salardù, j'ai appelé les deux complices de l'oligarque basés à Toulouse. Le richissime Russe voulait désormais tuer Peter et sa femme par n'importe quel moyen : simuler un accident ou les abattre d'une balle dans la tête avant de faire disparaître les corps. Ses sbires ont foncé vers Salardù, ils ont attendu la voiture d'Alexia qu'ils ont suivie jusqu'à la maison. Après avoir un peu hésité, ils se sont fait passer pour des policiers espagnols mais l'opération a échoué. »

Le juge plissa le front.

— Bon, je ne vais pas tout vous lire, nous avons interrogé Léo pendant des jours, il y a plus de trente pages de procès-verbaux mais je vous ai révélé l'essentiel. Vous avez des questions à me poser ?

— Ma tête fourmille de questions. Comment a été tuée Nadia Jarkov ?

— Léo en personne l'a convaincue d'aller retrouver Peter en Espagne juste après votre premier voyage. Il a téléphoné à Nadia

– l'oligarque lui avait passé son numéro – pour la convaincre de rejoindre l'homme qui avait fui la France. Il s'est dit que c'était une bonne idée de la tuer à la frontière entre les deux pays. Il voulait faire coup double : flinguer Nadia et faire accuser Peter. Vous l'avez deviné, l'homme d'affaires russe tenait absolument à ce que votre mari soit accusé d'un deuxième meurtre tout en se débarrassant d'une jeune fille qu'il avait séquestrée.

— Quelle ordure, quel monstre ! Je n'arrive pas à y croire.

Dayan poursuivit :

— Quand Léo a parlé à Nadia au téléphone, il a prétendu que Peter insistait pour la voir, ce qui était vrai. Il n'en avait pas la certitude, mais il se doutait bien que votre époux cherchait à convaincre les deux esclaves survivantes de témoigner en sa faveur. Il a utilisé le même type de ruse qu'avec Natacha. Il lui a envoyé des photos de lui en compagnie de Peter et elle a accepté de le suivre.

Alexia était interloquée.

— Juste après mon retour de Salardù ? La veille, il avait tenu compagnie à mon fils. Ils ont joué au Monopoly. C'est incroyable !

— L'après-midi même, chère madame ! Nadia logeait dans un hôtel près de Toulouse, il l'a emmenée sur sa moto. Elle ne s'est pas méfiée. Arrivé à la frontière, il a pris un chemin forestier puis, prétextant une panne, l'a fait descendre et l'a poignardée avant de balancer son corps dénudé dans la nature. Peter se trouvait à quelques kilomètres de là. Il ne se doutait de rien. Il avait eu Nadia l'avant-veille au téléphone, elle avait promis d'arriver à Salardù sans tarder. La proposition de Léo d'emmener la jeune fille en Espagne n'avait donc rien de surprenant. Elle n'a pas réalisé un seul instant qu'elle était tombée dans les griffes du meurtrier de son amie Natacha ! Il restait à flinguer Olga, mais elle était introuvable. Vous n'avez jamais soupçonné Léo ?

— Jamais.

Des larmes coulèrent sur les joues de la jeune femme.

— D'autres questions ?

— Quel a été le rôle exact de Xavier Mayol ?

— Un rôle subalterne. Il a touché cinq mille euros pour dire qu'il avait aperçu Peter sur le parking d'Orédon le jour du meurtre, c'est tout et c'est déjà beaucoup. Il n'a tué personne.

— Ça ne l'a pas dérangé de fabriquer un faux témoignage accusant l'un de ses potes ?

— Pas du tout ! Il a dit à Chloé qu'il était persuadé de la culpabilité de votre mari. Cinq mille euros lui sont tombés du ciel. Pourquoi s'en priver ? Le reste n'avait aucune importance.

— Mayol a été géolocalisé le 5 octobre sur le lieu du crime, c'est ça ?

— Ce jour-là, il se baladait dans le coin. Un hasard. Il n'a rencontré personne. Quand il a appris qu'un meurtre avait été commis près du refuge d'Orédon, il a dit naïvement à son ami Léo qu'il se trouvait là mais qu'il n'avait rien à voir avec le drame. Plus tard, comme l'affaire se compliquait pour l'oligarque, le fameux Boris a contacté Mayol sur les conseils de Léo. Il lui a proposé de fournir un témoignage accablant Peter en échange des cinq mille euros.

— Mayol n'a pas trouvé bizarre qu'un inconnu lui fasse pareille proposition ?

— Boris a simplement dit qu'il connaissait Léo et que ce dernier lui avait révélé que Mayol se trouvait dans la réserve de Néouvielle le 5 octobre. Le Russe a convaincu Mayol que Peter était coupable ! L'ADN du rugbyman en était la preuve !

— Machiavélique ! L'argent rend fou.

— Mayol a accepté, à condition que son nom ne soit jamais divulgué. Il avait pour mission de révéler aux enquêteurs que Peter avait du sang sur le pantalon. Au dernier moment, il a eu mauvaise conscience, il a simplement dit qu'il avait vu Peter sur le parking. L'histoire du sang, il n'en a parlé qu'à Chloé, tout en précisant qu'il avait vraiment vu Peter. Il ne voulait pas qu'elle l'accuse d'avoir fabriqué un faux témoignage.

En entendant le prénom de sa meilleure amie, Alexia écarquilla les yeux. Son cœur se mit à battre à tout rompre.

— Chloé Cosson est mêlée à cette affaire ou pas ?

Dayan avala à son tour un verre de gin avant de reprendre la parole.

— Nous n'avons rien trouvé à son sujet, rassurez-vous. Mayol lui a simplement fait croire qu'il avait aperçu votre mari près du lieu du crime, et elle l'a cru. Pour nous, Chloé est blanche comme la neige.

D'une voix monocorde, il révéla qu'une perquisition avait été menée dans le pavillon de Léo. Ses comptes bancaires, son ordinateur, ses mails, ses communications avaient été épluchés avec une minutie d'orfèvre. On avait découvert de nombreux éléments compromettants, comme une ligne téléphonique russe. Cette dernière avait permis de remonter jusqu'aux comparses de l'oligarque, une demi-douzaine d'hommes impliqués à des degrés divers dans l'affaire qui enfiévrait la France.

Olga avait été longuement entendue. Elle avait raconté son calvaire aux côtés de Natacha et de Nadia. Elle avait donné des indications sur le fameux Martin. Son âge, sa physionomie, sa manière de parler. Un Russe obèse, d'une soixantaine d'années, avec un accent caucasien. Elle avait décrit la luxueuse villa ombragée de palmiers.

Les enquêteurs avaient fini par découvrir la véritable identité du tortionnaire en chef.

Il s'appelait Dimitri Artamonov.

Apprenant l'arrestation de Léo, il avait fui la France, abandonnant son palais de Menton entouré d'un parc descendant vers les eaux bleues de la Méditerranée. Les forces de l'ordre avaient investi l'endroit. Elles avaient découvert les preuves irréfutables de la culpabilité d'un homme qui considérait les femmes comme des objets sexuels.

À la demande pressante des autorités françaises, il venait d'être arrêté par la police russe dans une luxueuse datcha de l'Oural.

D'une voix triomphale, le juge annonça à Alexia qu'il serait transféré prochainement au centre pénitentiaire de Toulouse-Muret, celui-là même où Peter Chanez était incarcéré.

Peter sortit de prison le 31 décembre dans l'après-midi.

Les médias n'avaient pas été informés.

Sa femme et son fils l'attendaient, eux seuls, debout à côté de leur voiture, le cœur broyé par l'émotion. Ils se serraient l'un contre l'autre comme deux enfants perdus.

Une brume d'hiver engloutissait le paysage.

Il tenait un petit sac à la main. Ses effets personnels.

C'était aussi simple que ça, une libération. Une grille s'ouvre, un homme avance vers ceux qu'il aime et qui l'attendent la gorge nouée.

Le silence.

Des frimas fleurissaient dans les arbres.

Il marchait d'un pas lent.

Il avait été accusé à tort, les enquêteurs avaient fait de lui le coupable idéal, ils avaient transformé le dieu en démon, la France entière avait vomi sur lui, les médias l'avaient sali, humilié.

Il était la victime d'une machination. Il aurait pu se tuer.

Il s'avança encore.

Alexia avait l'impression qu'il titubait.

Il avait un peu maigri, mais il était toujours aussi beau.

Il était vêtu d'une veste sombre, d'une chemise blanche et d'un pantalon gris qu'Alexia ne connaissait pas. Il avait soigné sa tenue. Il avait acheté ces habits avec ses économies de prisonnier juste avant d'être libéré, sa femme en était certaine. Il voulait être élégant.

Ses yeux étaient humides.

Encore quelques pas.

Il prit sa femme dans ses bras, puis son fils.

Il n'arrivait pas à parler.

Les mots n'étaient pas nécessaires. Il savait ce qu'elle pensait. Elle savait ce qu'il pensait.

Il pleurait.

Il pleurait sans pouvoir se retenir.

Il serra de nouveau Alexia contre lui, très fort, si fort qu'elle en eut presque mal.

Il n'arrivait toujours pas à parler. Son corps immense était secoué de sanglots. La peur, l'angoisse, la frustration, la panique, la solitude, la réclusion, le désespoir infini, tout s'échappait de lui d'un seul coup, comme un barrage qui cède. Il avait connu l'enfer. Il avait hurlé son innocence dans sa cage. Il s'était révolté. Il s'était cru abandonné de tous. Sa femme, son fils ne lui avaient plus adressé la parole.

Il venait d'apprendre que son meilleur ami l'avait trahi. Son meilleur ami était un assassin. Son meilleur ami avait cherché à le tuer.

Comment ne pas sombrer dans la folie ?

Tout le monde le croyait coupable.

Il était innocent.

Innocent.

Sur le parking de la prison recommençait la liberté.

La liberté bouleversante. La liberté chérie.

Le ciel et la terre lui semblaient infinis.

Impossible de ne pas pleurer. Pleurer comme il n'avait jamais pleuré et comme il ne pleurerait plus jamais.

Enlacer la femme qu'il aimait comme il ne l'avait jamais enlacée. Poser sa tête sur son épaule et vider toutes les larmes de son corps.

Il réussit à parler.

— Mon Alexia, je te demande pardon pour tout le mal que je t'ai fait.

Elle sentait ses bras qui l'enserraient de plus en plus fort, comme s'il avait peur qu'elle ne s'échappe. Son corps d'athlète ressemblait à celui d'un enfant accroché à sa mère.

Elle était heureuse de le savoir libre, lavé de tout soupçon, mais elle ne savait pas si le temps était venu de lui pardonner.

Elle avait tellement souffert. Même s'il n'était pas un assassin, elle avait été trompée par un homme qu'elle croyait irréprochable et qui lui avait menti pendant des années.

— Que veux-tu que je te dise ? Que tu es un mari fantastique ?

— Tu as le droit de me traiter de salaud. Je me suis comporté de manière immonde. Je t'ai trahie. Le fait que je sois innocent des crimes dont on m'a accusé n'excuse pas le reste.

Le vent souffla, glacial.

Il lui caressa les cheveux. Elle le serra à son tour dans ses bras.

Il continua d'une voix dévorée par l'émotion.

— Je te promets que ça n'arrivera plus jamais.

Le ciel était triste et beau.

Alexia ferma les yeux. Elle cesserait de lui en vouloir dans quelque temps, peut-être. Elle n'avait pas envie de le lui dire. Pas encore. Il était trop tôt. Son cœur saignait. Elle voulait d'abord que la plaie se referme.

Il faudra des semaines, des mois pour que les blessures guérissent.

La jeune femme savait que ce serait long. On ne sort pas indemne d'un tel traumatisme.

Si un jour elle lui pardonne, ils retourneront dans l'hôtel où ils avaient passé leur première nuit, à Biarritz, face au large. Comme autrefois, ils dormiront la fenêtre ouverte.

Les amants entendront la mer, la mer grandiose, tourmentée, éternelle.

Alors ce jour-là, le miracle de l'amour pourra recommencer.

Cet ouvrage a été composé
par Atlant'Communication
au Bernard (Vendée)

Achevé d'imprimer sur Roto-Page
par l'Imprimerie Floch à Mayenne
en août 2019
pour le compte des Éditions de l'Archipel
département éditorial
de la S.A.S. Écriture-Communication

Imprimé en France
N° d'impression : 94766
Dépôt légal : octobre 2019